AMÉLIE VIOUX

de commentairecompose.fr

Le livre du site N°1 du bac de français

1re générale

RÉUSSIS ton BAC de FRANÇAIS 2024 !

Amélie Vioux

Professeure créatrice de commentairecompose.fr

Le bac de français facile et efficace

hachette ÉDUCATION

SOMMAIRE

Avant-propos 5

Chapitre 1 : Le bac de français : comment ça se passe ? 7

1. La réforme du bac de français : qu'est-ce qui change ? 7
2. Quel est le programme pour l'année 2023-2024 ? 9
3. L'épreuve écrite : comment ça se passe ? 11
4. L'épreuve orale : comment ça se passe ? 12
5. Quel sujet choisir à l'écrit ? 15
6. Comment m'organiser dans l'année ? 17

Chapitre 2 : Œuvres et parcours du programme 19

La poésie du XIXe au XXIe siècle

1. *Cahiers de Douai*, Rimbaud 19
2. *La Rage de l'expression*, Ponge 26
3. *Mes forêts*, Hélène Dorion 32

La littérature d'idées du XVIe au XVIIIe siècle

4. *Gargantua*, Rabelais 38
5. *Les Caractères*, livres V à X, La Bruyère 43
6. *Déclaration des droits de la femme et de la citoyenne*, Olympe de Gouges 48

Le roman et le récit du Moyen Âge au XXIe siècle

7. *Manon Lescaut*, Abbé Prévost 54
8. *La Peau de chagrin*, Honoré de Balzac 59
9. *Sido* suivi de *Les Vrilles de la vigne*, Colette 65

Le théâtre du XVIIe au XXIe siècle

10. *Le Malade imaginaire*, Molière 71
11. *Les Fausses Confidences*, Marivaux 77
12. *Juste la fin du monde*, Lagarce 83

Chapitre 3 : Le commentaire 89

1. Qu'attend-on de moi dans un commentaire ? 89
2. Comment trouver des idées pour un plan ? 93
3. Comment mêler le fond et la forme ? 96

ISBN : 978-2-01-722592-8

4. Comment (bien) utiliser un procédé littéraire ? 98
5. Quelles sont les figures de style à connaître ? 100
6. Comment réussir mon introduction de commentaire ? 106
7. Comment réussir ma conclusion de commentaire ? 110
8. Comment savoir si mon plan tient la route ? 112
9. Comment éviter les contresens ? 115
10. Comment rédiger mon commentaire ? 117
11. Comment me préparer efficacement au commentaire dans l'année ? 121

Sujets du bac corrigés : 123

Sujet 1 – Littérature d'idées 123
Sujet 2 – Poésie 129
Sujet 3 – Théâtre 132
Sujet 4 – Récit 138

Chapitre 4 : La dissertation 143

1. Qu'attend-on de moi dans une dissertation ? 143
2. Comment analyser un sujet de dissertation ? 146
3. Quel type de plan choisir ? 150
4. Comment réussir un plan dialectique ? 152
5. Comment réussir un plan thématique ? 156
6. Comment trouver une problématique de dissertation ? 158
7. Comment réussir mon introduction de dissertation ? 159
8. Comment réussir ma conclusion de dissertation ? 164
9. Comment rédiger ma dissertation ? 166
10. Comment travailler la dissertation efficacement dans l'année ? 170

Sujets du bac corrigés : 173

Sujet 1 – *Juste la fin du monde* 173
Sujet 2 – *Le Malade imaginaire* 178
Sujet 3 – *Les Fausses Confidences* 183

Chapitre 5 : L'épreuve orale 187

1. Qu'attend-on de moi à l'oral de français ? 187
2. La lecture du texte : comment la réussir ? 189
3. Comment réussir l'explication linéaire d'un texte ? 192
4. Comment tirer profit des 30 minutes de préparation ? 195
5. La question de grammaire : comment l'aborder ? 198

6. Comment répondre à une question de grammaire sur la négation ? 199
7. Comment répondre à une question de grammaire sur l'interrogation ? 202
8. Comment répondre à une question de grammaire sur les propositions subordonnées conjonctives circonstancielles ? 205
9. L'entretien : comment réussir ma présentation de l'œuvre intégrale ?.............. 210
10. L'entretien : comment répondre efficacement ?.. 211
11. Comment faire une fiche de lecture ? 214

Chapitre 6 : Au secours, je suis stressé(e) ! 217

1. Au secours, faut-il faire des fiches ?.. 217
2. Au secours, je ne sais pas faire des fiches ! 218
3. Au secours, je ne sais pas faire des fiches pour mes lectures linéaires !............ 223
4. Au secours, je ne retiens rien !.. 227
5. Au secours, je n'arrive pas à lire une œuvre intégrale ! 230
6. Au secours, je suis stressé(e) !.. 232
7. Au secours, je panique (juste avant un examen) ! 236
8. Au secours, je n'arrive pas à être attentif(ve) en cours ! 238
9. Au secours, je suis souvent fatigué(e) ! 241

Chapitre 7 : La boîte à questions... 245

1. Combien de pages doit faire une copie de bac ? 245
2. Faut-il obligatoirement faire des plans en trois parties ? 246
3. Comment savoir si le sujet de dissertation va tomber sur l'une des œuvres intégrales que j'ai étudiées ? 246
4. Est-ce que lire des résumés des œuvres suffit ? 246
5. Peut-on s'aider d'Internet ? 247
6. À quoi sert le carnet de lecture ?.. 247
7. Quand vais-je connaître la date de mon passage à l'oral de français ? 248
8. Peut-on demander à changer de texte le jour de l'oral ? 248
9. Dois-je apprendre toutes mes lectures linéaires par cœur ?................................ 249
10. Comment s'habiller pour l'oral de français ? 249
11. Que faut-il apporter le jour de l'oral de français ?... 250
12. Dois-je lire les didascalies à l'oral ?... 251
13. Lors de l'oral, j'ai l'impression de me répéter. Est-ce normal ?............................ 252
14. Que se passe-t-il si je redouble ma Première ? 252
15. Que se passe-t-il si je suis malade le jour du bac ? 253

AVANT-PROPOS

Mon site commentairecompose.fr reçoit de nombreux visiteurs chaque mois et compte des milliers d'abonnés.

J'y mets en ligne des cours simples et des conseils pragmatiques pour vous faire gagner des points au bac de français.

Pourquoi un livre maintenant ?

Commentairecompose.fr a grandi et son contenu s'est étoffé. Pour toi qui es en Première, il n'est pas toujours évident de savoir par où commencer ni de repérer sur mon site les conseils les plus importants.

Ces dernières années, de plus en plus d'élèves m'ont ainsi demandé de réaliser un « livre de commentairecompose.fr » pour les aider à saisir rapidement l'essentiel.

C'est dans cette perspective que j'ai écrit cet ouvrage.

Tu y trouveras des explications claires et simples sur mes méthodes pour l'écrit et l'oral, sur les œuvres au programme, ainsi que de nombreuses astuces inédites qui n'ont jamais été publiées sur mon site.

Et ce n'est pas tout.

Tu te poses certainement des questions sur la façon d'organiser au mieux ton travail : comment faire une fiche ? Comment mémoriser un cours ? Comment être moins stressé(e) le jour de l'examen ?, etc.

Ces questions n'ont pas le temps d'être abordées en cours alors qu'elles sont au cœur de ta réussite.

J'ai donc décidé d'y consacrer une section entière dans cet ouvrage. Ces conseils t'aideront à travailler plus sereinement et à réussir tes études sur le long terme.

Si tu as des questions ou si tu souhaites simplement m'écrire, n'hésite pas à m'envoyer un email sur amelie@commentairecompose.fr. Je lis et prends en compte tous vos messages.

Je te souhaite une bonne lecture et toute la réussite possible pour le mois de juin !

Amélie

1

LE BAC DE FRANÇAIS : COMMENT ÇA SE PASSE ?

1 La réforme du bac de français : qu'est-ce qui change ?

Pas mal de choses !

Parmi les changements majeurs à retenir :

- L'écriture d'invention et la question sur corpus à l'écrit sont supprimées. L'épreuve écrite se resserre désormais autour de deux exercices au choix : **le commentaire et la dissertation.**
- À chacun des quatre objets d'étude (poésie, littérature d'idées, récit, théâtre) sont désormais associés **une œuvre intégrale et un parcours** qui seront travaillés plus en profondeur durant l'année.
- **À l'oral,** tu présenteras **au minimum seize textes** pour la première partie de l'épreuve (l'explication linéaire).
- L'entretien à l'oral de français porte désormais sur l'une des **œuvres intégrales lues dans l'année :** tu devras la présenter avant de répondre aux questions de l'examinateur sur cette œuvre.

Les objectifs de la réforme sont clairs :

1 Te faire lire des œuvres intégrales

Entre les quatre œuvres intégrales associées à chaque objet d'étude et les lectures cursives, **tu vas donc lire au moins huit œuvres intégrales** dans l'année. Pas de panique ! Je te rappelle que certaines œuvres (comme les pièces de théâtre) sont courtes. Et je te donne plein de conseils dans cet ouvrage pour organiser tes lectures.

2 T'amener à réussir les exercices littéraires « classiques » que sont la dissertation et le commentaire

Tu as désormais **4 heures** pour réussir une dissertation ou un commentaire, contre 3 heures auparavant. Tu béneficies donc désormais du temps nécessaire pour réaliser ces exercices avec succès.

3 T'apprendre à développer un point de vue personnel sur une œuvre et à défendre ce point de vue

Lors de la seconde partie de l'oral, tu présenteras à l'examinateur l'une des œuvres étudiées en classe ou choisies au titre des lectures cursives obligatoires.

On attend de toi que tu sois capable de défendre un point de vue personnel et argumenté sur l'œuvre que tu as choisie.

4 Renforcer ton expression écrite et orale

C'était déjà le cas avant, mais le nouveau programme insiste encore davantage sur l'exigence de **maîtrise de la langue** par les élèves. Signe de ce changement : tu as désormais **une question de grammaire à l'oral.**

Le mémo d'Amélie

- **À l'écrit, il n'y a plus que deux exercices** proposés : la dissertation et le commentaire.
- **8 œuvres intégrales au minimum** seront travaillées dans l'année (4 œuvres au programme et 4 œuvres au titre des lectures cursives).
- **À l'oral, tu présenteras au moins 16 textes** pour la première partie, et l'entretien portera sur **l'œuvre intégrale de ton choix.**

2 Quel est le programme pour l'année 2023-2024 ?

Le programme de français comprend **quatre objets d'étude** et propose **douze œuvres intégrales et parcours** (trois par objet d'étude).

Ton professeur vous fera étudier **une œuvre intégrale et son parcours par objet d'étude,** soit quatre œuvres et parcours au total puisqu'il y a quatre objets d'étude.

La liste des œuvres et parcours est renouvelée par quart tous les ans.

Voici les 12 œuvres et parcours au programme du bac 2024 :

Objet d'étude : La poésie du XIXe au XXIe siècle

- Rimbaud, *Cahiers de Douai*
Parcours associé : Émancipations créatrices
- Ponge, *La Rage de l'expression*
Parcours associé : Dans l'atelier du poète
- Hélène Dorion, *Mes forêts*
Parcours associé : La poésie, la nature, l'intime

Objet d'étude : La littérature d'idées du XVIe au XVIIIe siècle

- Rabelais, *Gargantua*
Parcours associé : Rire et savoir
- La Bruyère, *Les Caractères* (livres V à X)
Parcours associé : La comédie sociale
- Olympe de Gouges, *Déclaration des droits de la femme et de la citoyenne*
Parcours associé : Écrire et combattre pour l'égalité

Objet d'étude : Le roman et le récit du Moyen Âge au XXIe siècle

- Abbé Prévost, *Manon Lescaut*
Parcours associé : Personnages en marge, plaisirs du romanesque
- Honoré de Balzac, *La Peau de chagrin*
Parcours associé : Les romans de l'énergie : création et destruction
- Colette, *Sido* suivi de *Les Vrilles de la vigne*
Parcours associé : La célébration du monde

Objet d'étude : Le théâtre du XVIIe au XXIe siècle

- Molière, *Le Malade imaginaire*
  Parcours associé : Spectacle et comédie
- Marivaux, *Les Fausses Confidences*
  Parcours associé : Théâtre et stratagème
- Lagarce, *Juste la fin du monde*
  Parcours associé : Crise personnelle, crise familiale

Ton professeur t'indiquera l'œuvre qu'il a choisie pour chaque objet d'étude.

Par exemple, pour l'objet d'étude « Le roman et le récit du Moyen Âge au XXIe siècle », ton professeur choisira d'étudier en classe *Manon Lescaut* de l'abbé Prévost ou *La Peau de chagrin* d'Honoré de Balzac ou *Sido* de Colette.

Le programme ne se cantonne pas à ces quatre œuvres. Les objets d'étude restent larges (par exemple « Le théâtre du XVIIe siècle au XXIe siècle » ou « Le roman et le récit du Moyen Âge au XXIe siècle »). Tu continueras donc aussi en classe à étudier l'histoire et les genres littéraires.

Aux œuvres au programme s'ajoutent également 4 œuvres au titre des lectures cursives obligatoires (une par objet d'étude), à sélectionner parmi celles qui te seront proposées par ton professeur.

Le mémo d'Amélie

Le programme de Première comprend 4 objets d'étude.

Pour chaque objet d'étude, ton professeur choisira, parmi les œuvres fixées par le programme national, une œuvre intégrale et son parcours associé.

Il te proposera également un choix de lectures cursives.

Tu auras donc au final 8 œuvres à lire et à étudier dans l'année.

3 L'épreuve écrite : comment ça se passe ?

Coup d'œil sur l'épreuve écrite

Coefficient : 5

Durée : 4 heures

Exercice : au choix, un commentaire ou une dissertation

Note : 20 points

L'épreuve écrite de 4 heures t'offre le choix entre deux exercices :

- **Le commentaire d'un texte littéraire** en lien avec l'un des objets d'étude (mais non issu des œuvres au programme).
- **Un sujet de dissertation portant sur l'une des œuvres au programme et son parcours,** auquel tu devras répondre en te fondant sur ta connaissance de l'œuvre intégrale et des textes étudiés en classe, ainsi que sur ta culture et tes lectures personnelles.
- Trois sujets de dissertation seront proposés à l'examen, un en rapport avec chacune des trois œuvres au programme de l'un des objets d'étude. Tu pourras donc choisir celui en lien avec l'œuvre intégrale étudiée dans ta classe.

À ce stade, voici déjà trois conseils.

1. **Compte tenu du barème (20 points, coefficient 5),** travaille dès le début de l'année la méthode du commentaire et de la dissertation. Cet ouvrage est là pour t'aider.

2. **Les deux exercices proposés sont très différents.** Entraîne-toi aux deux travaux d'écriture, et si tu as une préférence pour l'un des deux, n'hésite pas à t'y entraîner plus assidûment les derniers mois qui précèdent l'épreuve.

3. **Le sujet de dissertation est étroitement lié à l'une des œuvres intégrales au programme.** Pour répondre, tu devras t'appuyer sur l'œuvre intégrale, mais aussi sur les textes étudiés en classe et sur tes lectures personnelles.

LE BAC 2024

Le mémo d'Amélie

L'épreuve écrite dure 4 heures et te donne le choix entre deux exercices :

- **Un commentaire sur un texte en lien avec l'objet d'étude (mais non issu d'une des œuvres intégrales au programme).**
- **Une dissertation sur l'une des œuvres au programme et son parcours, à laquelle tu répondras en t'appuyant sur l'œuvre, les textes étudiés en classe et tes lectures personnelles.**

4 L'épreuve orale : comment ça se passe ?

Coup d'œil sur l'épreuve orale

Coefficient : 5

Durée : 20 minutes d'épreuve et 30 minutes de préparation

Contenu : la première partie (12 minutes) consiste en une lecture du texte, une explication linéaire et une question de grammaire. La seconde partie (8 minutes) consiste en une présentation d'une œuvre intégrale et un entretien avec l'examinateur sur cette œuvre.

Note : 20 points (12 points pour la première partie, 8 points pour la seconde partie).

L'épreuve orale se fonde sur le « descriptif des activités » réalisé par ton professeur.

Ce descriptif précise :

- Pour chaque objet d'étude, au moins quatre textes à présenter pour la première partie de l'épreuve (au moins deux extraits pour chaque œuvre intégrale et au moins un extrait pour le parcours associé).
- L'œuvre que tu as choisie pour l'entretien.

Ton oral en lui-même dure 20 minutes. Tu auras 30 minutes pour le préparer.

À ton entrée en salle d'examen, l'examinateur t'accueille et te donne **une fiche** sur laquelle figurent :

- **Le texte de ton descriptif retenu** (si le texte est long, l'examinateur peut te demander d'étudier uniquement un passage du texte d'une vingtaine de lignes).
- **Une question de grammaire** sur une phrase ou une partie de phrase du texte retenu.

Tu as alors 30 minutes de préparation.

Une fois tes 30 minutes écoulées, ton oral de 20 minutes commence et se déroule en deux temps.

A L'exposé sur un texte de ton descriptif (12 minutes)

Cette première partie de l'oral comprend trois étapes.

1 La lecture du texte à voix haute (2 points)

Après avoir présenté le texte en le situant dans l'œuvre ou le parcours, tu en proposeras une lecture à voix haute. Cette lecture est notée sur 2 points.

2 L'explication linéaire (8 points)

Tu feras ensuite une explication linéaire du texte retenu. Cette explication est notée sur 8 points.

3 La question de grammaire (2 points)

Tu répondras à la question de grammaire sur une phrase ou partie de phrase du texte étudié. La question de grammaire porte sur le programme de Première (la négation, l'interrogation et les propositions subordonnées conjonctives circonstancielles) ou de Seconde (les temps verbaux, la phrase complexe et la proposition subordonnée relative). Elle est notée sur 2 points.

B La présentation d'une œuvre intégrale et l'entretien avec l'examinateur (8 minutes)

La seconde partie de l'oral est notée sur 8 points et porte sur une œuvre que tu as choisie parmi celles lues dans l'année.

Durant l'année, tu vas en effet choisir une œuvre parmi celles étudiées en classe ou proposées par ton professeur au titre des lectures cursives obligatoires.

Cette seconde partie de l'oral se déroule en deux temps.

1 La présentation synthétique de l'œuvre choisie

Tu vas **présenter brièvement l'œuvre** retenue et exposer **les raisons de ton choix :** pourquoi as-tu choisi cette œuvre parmi celles lues dans l'année ?

Cette courte présentation n'est qu'un point de départ pour l'entretien qui constitue l'essentiel de l'épreuve.

2 L'entretien avec l'examinateur

Ton examinateur va rebondir sur ta présentation en te posant quelques questions.

Tu vas être amené(e) à étoffer ta réflexion sur l'œuvre, argumenter ton point de vue, défendre ton choix de lecture.

On attend de toi un véritable **engagement vis-à-vis de ta lecture** et une capacité à dialoguer avec l'examinateur.

Une fois cet entretien fini, ton oral est terminé !

Le mémo d'Amélie

L'épreuve orale de 20 minutes se déroule en deux temps :

- **La lecture à voix haute du texte retenu, son explication linéaire et ta réponse à la question de grammaire.**
- **La présentation d'une œuvre issue de tes lectures cursives ou des œuvres étudiées en classe et l'entretien avec l'examinateur.**

5 Quel sujet choisir à l'écrit ?

À l'écrit, tu as le choix entre un commentaire et une dissertation.

Quel sujet choisir ?

Même si tu as une préférence pour l'un ou l'autre exercice, je te conseille dans un premier temps d'aborder ces deux sujets sans préjugés, en essayant de faire de ton mieux.

Puis, vers décembre-janvier, évalue si l'un de ces exercices te correspond mieux ou te semble plus accessible.

Entraîne-toi alors plus intensément sur l'exercice que tu préfères durant les derniers mois qui précèdent l'épreuve.

Pour t'aider à y voir plus clair, voici les avantages et dangers de chacun de ces deux sujets.

A Le commentaire

1 Ses avantages

Le risque de hors-sujet n'existe pas puisque tu as un texte qui te sert de support et auquel tu dois systématiquement te référer.

La réussite du commentaire repose avant tout sur la méthode et la maîtrise des outils d'analyse que tu utilises déjà tout au long de l'année pour préparer l'oral (champs lexicaux, figures de style, syntaxe...). Le commentaire est donc un **exercice qui t'est plus familier.**

Le commentaire ne nécessite pas une culture littéraire aussi étendue que la dissertation. On te demande d'analyser un seul extrait avec les outils d'analyse à ta disposition. C'est un **exercice pratique.**

2 Le danger du commentaire

Tu dois **éviter la paraphrase,** qui consiste à répéter ce que dit le texte au lieu de l'analyser. Mais la paraphrase n'est pas une fatalité. Je t'explique comment l'éviter dans cet ouvrage.

B La dissertation

1 Ses avantages

La dissertation est un **exercice argumentatif** dans lequel tout le monde peut progresser.

Pour t'entraîner, suis ma méthode expliquée dans ce livre et abonne-toi à mes vidéos sur commentairecompose.fr.

Si tu as travaillé ta **culture littéraire** tout au long de l'année, la dissertation est un exercice qui te permet de la mettre en valeur.

2 Le danger de la dissertation

Le danger n° 1, c'est le **hors-sujet,** qui peut prendre deux formes :

- **L'élève glisse vers une autre question** que la question posée.
- **L'élève prend le sujet de dissertation comme un prétexte pour réciter son cours.** Il « plaque » ses connaissances sans problématiser le sujet et sans chercher à y répondre par sa réflexion personnelle.

La dissertation requiert une **culture littéraire solide.** En plus des quatre œuvres au programme, tu dois absolument mobiliser d'autres lectures pour répondre (textes étudiés en classe et lectures personnelles).

Le mémo d'Amélie

Privilégie le commentaire si tu n'es pas à l'aise avec l'argumentation et si tu as du mal à mobiliser ta culture littéraire.

Privilégie la dissertation si tu aimes argumenter et si tu as une bonne culture littéraire fondée sur les quatre œuvres au programme mais aussi sur les autres textes étudiés en classe et tes lectures personnelles.

6 Comment m'organiser dans l'année ?

Le programme de français est étendu mais pas insurmontable !

Voici le mode d'emploi pour t'organiser au mieux dans l'année.

A Lis les œuvres intégrales dès le début de l'année

Tu as au moins huit œuvres intégrales à lire : quatre œuvres au programme et quatre lectures complémentaires.

N'attends pas le dernier trimestre pour t'y mettre, au risque d'y passer tes nuits et d'arriver à l'examen avec des cernes de panda. **Lis au moins une œuvre par mois.**

Fais une **fiche de lecture** sur chaque œuvre immédiatement après l'avoir lue : c'est le meilleur moyen de l'ancrer dans ta mémoire. Je te montre comment faire tes fiches dans le chapitre « Comment faire une fiche de lecture ? », p. 214.

Si tu as du mal à lire une œuvre intégrale jusqu'au bout, va voir mes conseils p. 230.

B Entraîne-toi à l'écrit toute l'année

L'écrit du bac de français n'est pas un examen théorique où l'on te demande de restituer un cours.

C'est un **examen pratique** dans lequel tu mets en application tes connaissances dans le cadre d'un exercice (dissertation ou commentaire).

Or c'est la méhode et les entraînements qui te permettent de réussir l'épreuve (et non l'apprentissage par cœur).

Profite de chaque opportunité offerte par les bacs blancs et les devoirs maison pour t'entraîner.

C Répartis ta préparation pour l'oral sur l'année

Les textes à présenter à l'oral font l'objet d'une étude en classe avec ton professeur. Sois le (la) plus attentif(ve) possible en cours. Ce sera autant de travail en moins à effectuer tout(e) seul(e) chez toi !

Le week-end ou pendant les vacances scolaires, fiche les textes étudiés durant le trimestre et apprends tes fiches avec la méthode de réactivation des connaissances que je t'explique p. 227.

Si tu réalises ce travail régulièrement, tu seras beaucoup plus serein(e) au mois de juin.

Le mémo d'Amélie

Voici comment t'organiser efficacement tout au long de l'année :

- **Lis les œuvres intégrales au fur et à mesure** **(une œuvre par mois) et fiche tes lectures cursives dès que tu les as terminées (aide-toi de ma méthode de fichage p. 214).**
- **Fais sérieusement tous tes bacs blancs et devoirs : ce sont autant d'opportunités de t'entraîner et de progresser pour l'écrit.**
- **Pour l'oral, réalise au fur et à mesure tes fiches sur les textes à présenter et apprends-les en suivant mes conseils du chapitre 6 « Au secours, je suis stressé(e) ! », p. 217.**

2

ŒUVRES ET PARCOURS DU PROGRAMME

Poésie

œuvre 1 *Cahiers de Douai,* Rimbaud

Parcours : Émancipations créatrices

Rimbaud à 17 ans

Fiche d'identité de l'œuvre

Titre : *Cahiers de Douai* (aussi appelés *Recueil Demeny* ou *Recueil de Douai*)

Auteur : Arthur Rimbaud

Date : Poèmes écrits entre mars et octobre 1870, publiés en 1895, à titre posthume.

Mouvement littéraire : Un recueil précurseur du symbolisme.

Thèmes principaux : La nature, le désir amoureux, la liberté, la critique de la bourgeoisie.

Particularités de l'écriture : Une tonalité à la fois lyrique et satirique.

Parcours associé : Émancipations créatrices.

A Qui est Arthur Rimbaud ?

Arthur Rimbaud naît à Charleville, dans les Ardennes, en 1854. En 1870, à seulement 16 ans, il **fugue** à deux reprises et remet 22 poèmes à Paul Demeny, un ami : ce sont ces **textes de jeunesse** qui seront publiés à titre posthume dans ***Cahiers de Douai.***

En 1871, Rimbaud noue une relation passionnée et orageuse avec un autre poète, **Paul Verlaine,** puis publie *Une saison en enfer* en 1873. À l'âge de 20 ans, il s'arrête d'écrire pour mener une **vie d'aventure et de négoce** à travers le monde. En 1886, Verlaine fait publier le recueil *Illuminations* composé de poèmes en prose et en vers libres rédigés entre 1871 et 1875. Souffrant d'une tumeur au genou, Rimbaud rentre à Marseille en 1891 où il meurt à l'âge de 37 ans.

B Pourquoi me fait-on étudier *Cahiers de Douai* ?

Rimbaud n'a que **16 ans** lorsqu'il écrit les poèmes rassemblés dans les *Cahiers de Douai*. À côté de textes évoquant les **premiers émois amoureux** et le **désir d'errance et de liberté,** on ne peut être que frappé par l'**engagement politique et social** du jeune poète qui fait aussi entendre sa **révolte** et son **désir de changement.**

C Comment résumer *Cahiers de Douai* ?

Le recueil est composé de deux cahiers, de respectivement 15 et 7 poèmes, présentés dans l'ordre chronologique.

Une partie de ces poèmes relate **l'éveil des sens et de l'adolescence** comme « Sensation », « Roman », « Au Cabaret-Vert » et « La Maline ».

D'autres textes ont une visée politique. Ils évoquent **l'univers militaire de la guerre franco-prussienne** des années 1870 comme « Le Mal » ou « Le Dormeur du val » qui dénoncent l'irruption délétère de la guerre dans la vie des jeunes gens. Rimbaud se dresse **contre la tyrannie** et n'hésite pas à **vilipender Napoléon III,** dans « Rages de Césars » ou « L'Éclatante Victoire de Sarrebrück ».

L'adolescent manie également une **plume satirique** comme le montre la **critique de la bourgeoisie** dans « À la musique » ou « Roman ».

Les poèmes « Ophélie », « Bal des pendus », « Le Châtiment de Tartufe », « Vénus anadyomène » effectuent, quant à eux, un **voyage dans la littérature :** avec « Ophélie », Rimbaud nous offre son regard sur un personnage d'*Hamlet* de Shakespeare ; le « Bal des pendus » constitue une **réécriture parodique** de la « Ballade des pendus » de François Villon ; dans « Le Châtiment de Tartufe », le poète convoque le personnage créé par Molière tandis que « Vénus anadyomène » constitue **un contre-blason** conformément à la tradition littéraire du XVIe siècle.

Enfin, dans « Ma Bohème », le poète s'affranchit des règles poétiques traditionnelles et construit **son propre mythe du poète vagabond,** à mi-chemin entre Orphée, qui anime la nature de sa lyre, et le Petit-Poucet, figure errante qui sème des rimes.

D Quels sont les thèmes importants dans *Cahiers de Douai* ?

1 La nature

La nature est l'occasion pour Rimbaud d'une **rencontre sensuelle avec le monde,** d'où l'important champ lexical de la perception, qui souligne la symbiose du poète avec la nature : « Picoté », « fouler », « j'en sentirai la fraîcheur », « baigner ma tête nue » (« Sensation »).

La nature apparaît souvent comme une **figure féminine maternelle, bienveillante et protectrice,** comme dans « Ma Bohème » (« Mon auberge était à la Grande-Ourse ») ou « Le Dormeur du val » (« Nature, berce-le chaudement »). Elle prend une dimension presque érotique dans « Sensation » où Rimbaud se sent avec elle « heureux comme avec une femme ».

Dans « Soleil et Chair », la nature **divinisée** acquiert le statut de Déesse-Mère de la mythologie, incarnation de la profusion et de l'abondance.

2 Le désir amoureux

Dans « Roman », « Première Soirée », « Sensation » et « Les Reparties de Nina », Rimbaud évoque les **premiers émois amoureux,** envisagés sous le prisme de la **sensualité.** L'atmosphère de ces poèmes est **intimiste ;** la jeune fille aimée se montre réceptive et complice (« Elle jeta sa tête mièvre / En arrière » dans « Première Soirée » ou « Rieuse » dans « Au Cabaret-Vert »).

On note toutefois que l'initiation amoureuse reste souvent **fantasmée.** Ainsi, si « Rêvé pour l'hiver » dégage une atmosphère libertine, le titre suggère qu'il ne s'agit que d'une scène « rêvée » que le futur (« nous irons », « tu me diras ») déréalise. Dans « Au Cabaret-Vert », « la fille aux tétons énormes, aux yeux vifs » disparaît de la fin du poème pour laisser place aux mets et à la boisson, qui semblent suffire au plaisir épicurien de Rimbaud. On constate donc dans le recueil une **hésitation permanente entre la réalité et la fiction de l'amour.**

3 La liberté

Les *Cahiers de Douai* constituent une **ode à la liberté** comme en témoignent les nombreuses allusions au **voyage** et à **l'errance** (« Au Cabaret-Vert », « Ma Bohème »).

La liberté est également envisagée dans une **perspective sociale et politique.** Avec « Le Forgeron », l'ouvrier devient une allégorie du peuple qui défie l'aristocratie et Louis XVI. Dans *« Morts de Quatre-vingt-douze et de Quatre-vingt-treize... »*, Rimbaud fait l'éloge de la **Révolution.** Le Second Empire et Napoléon III sont attaqués dans « Rages de Césars ». « L'Éclatante Victoire de Sarrebrück » tourne en dérision les titres laudateurs des journaux à l'égard de l'empereur.

4 La critique de la bourgeoisie

Rimbaud raille la bourgeoisie, empesée dans ses certitudes et son confort. Dans « À la musique », le champ lexical de l'étouffement (« poussifs », « étranglent », « chaleurs », « bouffis ») dresse le portrait d'une **élite pédante et autosatisfaite.** Les termes relatifs au commerce (« rentiers », « bureaux », « airs de réclames », « en argent », « "En somme !..." ») envahissent la langue bourgeoise et suggèrent que la recherche du gain financier empêche l'expression du lyrisme et de la beauté.

E Quelles sont les caractéristiques de l'écriture de Rimbaud ?

Cahiers de Douai est une œuvre profondément **lyrique.** L'omniprésence de la **première personne du singulier** place le **moi** au centre de la démarche du poète. La **forme exclamative** traduit le surgissement de **l'émotion** (« Nuit de Juin ! Dix-sept ans ! » dans « Roman »). **L'écriture hyperbolique et les apostrophes,** comme dans « Soleil et Chair », relèvent également d'une écriture lyrique traditionnelle : « Et <u>tout</u> croît, et <u>tout</u> monte ! / – <u>Ô</u> Vénus, <u>ô</u> déesse ! ».

Néanmoins, impossible de passer à côté de la **verve satirique** de Rimbaud. Le jeune poète **s'en prend à Napoléon III** dans « Rages de Césars » et « L'Éclatante Victoire de Sarrebrück » où l'empereur apparaît comme un vulgaire personnage burlesque, « raide, sur son dada ». Dans « À la musique », Rimbaud cible les **bourgeois,** bafoués pour leur pesante fatuité et leur appât du gain.

Plus étonnant encore, la plume satirique de Rimbaud s'étend jusqu'à lui-même si l'on considère que le poète se présente souvent avec **autodérision.** Dans « Au Cabaret-Vert », par exemple, le style épique du vers « J'entrais à Charleroi » est ironique : la solennité de cette annonce, qui fait songer au triomphe d'un empereur, porte un **regard amusé de Rimbaud sur ses propres espoirs de voyage.**

Le parcours : Émancipations créatrices

Introduction

Pour bien comprendre ce parcours, il faut tout d'abord éclaircir le sens du terme « émancipation ». L'émancipation, c'est l'affranchissement d'une autorité, d'une dépendance morale, d'un préjugé.

Pourquoi ce terme est-il au pluriel dans le parcours ?

Tout simplement parce que **Rimbaud s'affranchit de plusieurs types d'autorité : familiale, sociale, politique, poétique.**

Les multiples émancipations de Rimbaud sont donc bien au cœur de sa création poétique.

Pour aller plus loin, regarde ma vidéo sur Rimbaud :
https://commentairecompose.fr/rimbaud/

Lis également sur **commentairecompose.fr** mes nombreuses analyses des poèmes de ce recueil qui te fourniront des références précises pour tes dissertations.

Cahiers de Douai peut se lire comme l'histoire abrégée des émancipations créatrices d'Arthur Rimbaud.

La première émancipation du jeune poète se fait à l'égard du **foyer familial** et de la **pression maternelle** à laquelle il échappe lors de ses **fugues.** Les haltes heureuses « Au Cabaret-Vert », ou dans la « salle à manger brune » de « La Maline », constituent pour l'adolescent une libération. Les femmes rencontrées incarnent le contre-modèle de sa mère : nourricières, inspirantes, elles dégagent chaleur et hospitalité. Si le foyer familial est une prison, un lieu austère, les **auberges** dans lesquelles Rimbaud fait halte en Belgique représentent un **espace de sensualité, de liberté et d'émancipation.**

Le recueil retrace aussi **l'émancipation de l'enfance et la découverte de l'adolescence.** Dans « Sensation » ou « Ma Bohême », Rimbaud découvre la sensualité et le désir amoureux, partagé dans « Première Soirée », à sens unique dans « Les Reparties de Nina ».

La **libération** de Rimbaud est également **sociale.** Le jeune poète se forge, en effet, l'image d'un **personnage en marge de la société,** comme en témoigne sa désinvolture dans « À la musique » : « – Moi, je suis, débraillé comme un étudiant ».

Cette tenue vestimentaire impertinente symbolise une émancipation morale et sociale : le poète revendique le fait d'évoluer en marge des codes étouffants de la société des années 1870.

Mais Rimbaud rêve aussi d'**émancipation collective et politique.** Le thème de la **Révolution** est très présent dans les *Cahiers de Douai* (comme dans « Le Forgeron »). Le ton sarcastique envers Napoléon III, « raide, sur son dada », s'inscrit dans une perspective de **lutte contre les régimes oppressifs.**

Les *Cahiers de Douai* donnent enfin à voir **l'émancipation poétique de Rimbaud.** Avant de s'en affranchir, le jeune poète imite les modèles littéraires qui lui sont chers. Certains poèmes s'apparentent ainsi à des **exercices de style** où Rimbaud réécrit François Villon (le « Bal des pendus » est un pastiche de la « Ballade des pendus »), Clément Marot (« Vénus anadyomène » s'inspire du blason « Du laid tétin »), Victor Hugo (« Soleil et Chair » fait songer aux *Contemplations*). Si les poèmes des *Cahiers de Douai* sont assez traditionnels dans leur forme – nombre d'entre eux sont des sonnets en alexandrins ou en octosyllabes – Rimbaud, qui joue sur les rythmes et disloque le vers traditionnel, montre déjà un profond **désir de renouvellement de la tradition,** qui sera confirmé par ses recueils ultérieurs.

Prolongement artistique

Paul Verlaine, *Arthur Rimbaud*, illustration de juin 1872

En 1872, Paul Verlaine réalise ce croquis d'Arthur Rimbaud. Les mains dans les poches, fumant une pipe, l'adolescent dégage l'image d'un **jeune homme en rupture avec les conventions sociales** et les mœurs bourgeoises de l'époque.

Son allure rappelle le premier vers du poème « Ma Bohême » : « Je m'en allais, les poings dans mes poches crevées ; ». Cette attitude nonchalante traduit une **posture poétique :** celle d'une **vie de bohème désintéressée, portée vers la beauté.** La fumée de la pipe, ascendante, semble représenter le souffle de l'esprit qui vagabonde.

On remarque que la silhouette de Rimbaud n'est pas statique : Verlaine a représenté les jambes du poète de manière dynamique, impression renforcée par la technique du trait hachuré. Comme dans sa poésie, **Rimbaud est toujours en mouvement** voire en errance. Ce vagabondage géographique, que Verlaine a partagé un temps avec Rimbaud, est aussi, et surtout, une errance ou un voyage poétique.

Poésie

œuvre 2 *La Rage de l'expression*, Ponge
Parcours : Dans l'atelier du poète

Francis Ponge

Fiche d'identité de l'œuvre

Titre : *La Rage de l'expression*

Auteur : Francis Ponge

Date : 1952

Mouvement littéraire : Aucun.

Thèmes principaux : La primauté de l'objet, la recherche de l'expression vraie, la remise en cause de la poésie traditionnelle, la figure du poète.

Particularités de l'écriture : Une écriture métalinguistique (c'est-à-dire qui réfléchit sur le langage lui-même), qui s'inspire de la démarche scientifique mais reste teintée d'humour.

Parcours associé : Dans l'atelier du poète.

A Qui est Francis Ponge ?

Francis Ponge, né à Montpellier en 1899, est **l'un des poètes français les plus importants de la seconde moitié du XXe siècle.** Membre du parti communiste dès 1937, résistant pendant la Seconde Guerre mondiale, il publie ***Le Parti pris des choses,*** un recueil de poèmes en prose, qui lui assure une reconnaissance soudaine en 1942. Commence alors une vie consacrée à l'enseignement, aux conférences et à l'écriture avec la publication notamment de *Proêmes* (1948), *La Rage de l'expression* (1952), *Le Grand Recueil* (1961), *Pour un Malherbe* (1965) et *Le Savon* (1967). Il reçoit de nombreuses récompenses, dont le Grand Prix de poésie de l'Académie française en 1984, avant de s'éteindre en 1988.

B Pourquoi me fait-on étudier *La Rage de l'expression* ?

Dix ans après *Le Parti pris des choses*, *La Rage de l'expression* ne se contente pas d'expérimenter de nouveaux objets à décrire. Ce recueil propose en effet une **véritable réflexion sur l'écriture poétique elle-même.** Francis Ponge questionne les représentations traditionnelles de la poésie, l'exercice de la description littéraire, le piège des images poétiques qui tendent à embellir leur objet parfois jusqu'à l'effacer. C'est un **recueil fascinant** car, loin de l'image habituelle du poète, l'écrivain **se présente en scientifique** qui observe, expérimente, doute et remet en question son projet poétique et linguistique.

C Comment résumer *La Rage de l'expression* ?

Ce recueil est divisé en sept sections.

Dans « Berges de la Loire », première section du recueil, Francis Ponge pose le principe qui va présider à son écriture : « une rectification continuelle de mon expression [...] en faveur de l'objet brut ». Le poète est donc **au service de l'objet et non de la forme ou de la beauté des phrases.**

Dans « La Guêpe », Francis Ponge réalise une **description humoristique et scientifique** de l'insecte. L'écrivain tente d'approcher son sujet par de **nombreuses analogies :** « danseuse », « brasier pétillant », « balle de fusil », « forme musicale ».

Dans « Notes prises pour un oiseau », le poète s'évertue à trouver les caractères communs à tous les spécimens de cette classe d'animaux. Il analyse les déviances symboliques qui ont été imposées à l'oiseau et souhaite **revenir à l'essentiel :** non ce que nous évoque l'oiseau, mais ce qui fait sa « qualité ». Dans les deux sous-sections suivantes, « Notes prises pour un oiseau » et « Nouvelles notes pour mon oiseau », il écrit contre toute attente un texte poétique plus traditionnel, dans une alternance de décasyllabes et d'alexandrins.

Dans « L'Œillet » et « Le Mimosa », Francis Ponge s'efforce d'aboutir à l'évocation la plus juste possible de chacune de ces deux plantes. Il **consulte le *Littré*** (dictionnaire de la langue française publié pour la première fois en 1863 par Émile Littré), **s'essaie à des styles ou registres différents.**

Dans « Le Carnet du bois de pins », il cherche à saisir les caractéristiques du bois de pins. Il utilise souvent le signe de l'accolade { pour **montrer la multiplicité des expressions possibles.** À la fin de la section, il relit et commente ses notes avec une sévérité impitoyable jusqu'à conclure dans une sous-section que « Tout cela n'est pas sérieux ».

Le manuscrit du « Carnet du bois de pins » a été lu par Gabriel Audisio, une connaissance de Francis Ponge liée au milieu littéraire, (nommé G. A. dans le poème), avec qui s'ensuit une correspondance. Pour Gabriel Audisio, l'ambition de Ponge de connaître l'objet est vouée à l'échec, car l'artiste « ne peut prétendre à mieux qu'éterniser le moment conjoint de la chose et de lui ». Francis Ponge rétorque qu'il ne se veut pas poète et que « Le Carnet du bois de pins » est la tentative d'assassinat d'un poème par son objet.

Dans la dernière section, « La Mounine », l'écrivain tente de rendre compte d'un ciel de Provence – au lieu-dit La Mounine, entre Marseille et Aix-en-Provence, un matin

ŒUVRES ET PARCOURS

d'avril –, qui provoqua chez lui une émotion profonde. Francis Ponge réfléchit au sens de son écriture : **pour lui, sa démarche est proche de celle d'un scientifique.** Il ne se considère pas poète, mais savant.

D Quels sont les thèmes importants dans *La Rage de l'expression* ?

1 La primauté de l'objet

Francis Ponge veille dans son recueil à « En revenir toujours à l'objet lui-même, à ce qu'il a de brut, de *différent* » (« Berges de la Loire »). **L'objet est donc placé au premier plan.** Il prime sur toute forme verbale ou poétique. L'auteur reproche en effet à la poésie traditionnelle de contourner l'objet, de l'invisibiliser en l'exploitant ou en l'embellissant. Pour Francis Ponge, il convient de **rendre à l'objet sa liberté :** « Reconnaître le plus grand droit de l'objet, son droit imprescriptible, opposable à tout poème... » (« Berges de la Loire »). Par cette **formulation humoristique,** qui parodie la *Déclaration des droits de l'homme et du citoyen,* le poète confère à l'objet un **statut autonome** qui impose un **devoir à l'auteur :** celui de ne pas le dénaturer.

2 La recherche de l'expression vraie

L'objectif de Ponge est d'**aboutir à l'expression juste, vraie,** qui donne une représentation complète et objective de la réalité de l'objet. Mais cette recherche est une « *conquête* » comme l'écrit Francis Ponge lui-même dans l'« Appendice au "Carnet du bois de pins" ». En effet, le poète se heurte au « mutisme habituel de l'objet » (« L'Œillet »). Sa tâche est donc complexe : « Oh ! qu'il est difficile d'approcher de la caractéristique des choses ! », s'écrit-il dans « Le Mimosa ». Cet aveu nous fournit des pistes pour interpréter le titre du recueil, *La Rage de l'expression* : **l'expression est-elle rageuse elle-même ou le poète est-il rageur parce que l'expression juste finit toujours par lui échapper ?**

3 La remise en cause de la poésie traditionnelle

Francis Ponge cherche à renouveler l'art de la poésie.

Il **se méfie tout d'abord de la forme poétique** qu'il perçoit comme un piège, au point de se donner comme consigne de « ne jamais [s']arrêter à la forme *poétique* » (« Berges de la Loire »). Cela ne signifie pas que l'auteur refuse toute forme poétique, mais il la **désacralise,** la considère comme un outil, parmi d'autres, pour saisir l'essence des choses.

Francis Ponge **se méfie aussi des images poétiques** qui viennent s'interposer entre le poète et l'objet : « À noter que j'éprouve les plus grosses difficultés du fait du nombre énorme d'images qui viennent se mettre à ma disposition (et masquer, mettre des masques, à la réalité) » (« La Mounine »). L'image, matériau poétique traditionnel par excellence, n'est donc plus considérée comme un moyen d'exprimer la réalité mais devient au contraire **un « masque », une fiction mensongère** qui éloigne l'écrivain de son sujet.

4 La figure du poète

Francis Ponge **rompt avec la représentation traditionnelle du poète,** être romantique et passionné, capable de capturer la beauté du monde dans des moments de fulgurance. Il privilégie au contraire une **approche objective et scientifique de la poésie.** Par exemple, il part du dictionnaire, le *Littré*, qu'il utilise abondamment et dont il reporte scrupuleusement les définitions comme dans « Le Mimosa » ou dans « Le Carnet du bois de pins ». Il n'hésite pas à utiliser l'*Encyclopédie* ou tout ouvrage à caractère scientifique ou informatif, s'éloignant ainsi de l'inspiration par les Muses attribuée aux poètes classiques. « Je me veux moins poète que savant », écrit-il à Gabriel Audisio dans sa lettre du 19 juillet 1941.

E Quelles sont les caractéristiques de l'écriture de Francis Ponge ?

Le poète se livre dans ce recueil à une **réflexion littéraire sur son art,** d'où l'omniprésence du champ lexical de la langue dans ses poèmes : « trouvaille verbale », « propos », « arrangement », « expression »... Francis Ponge se fait même **critique littéraire de lui-même,** parfois avec une sévérité impitoyable : « Mais il faut que je me débarrasse d'une tendance à dire des choses plates ou conventionnelles. Ce n'est vraiment pas la peine d'écrire si c'est pour cela » (« Le Carnet du bois de pins », 17 août 1940). Cette **distance avec sa propre écriture** relève de la **fonction métalinguistique du langage :** ce dernier est utilisé pour porter une réflexion sur lui-même.

C'est que l'ambition de Francis Ponge est moins d'aboutir à un poème que de **« fonder une science »** comme il l'écrit à son ami Gabriel Audisio. Son écriture se rapproche ainsi de celle d'un scientifique, comme le montre la section « La Guêpe » qui s'ouvre sur une **terminologie savante** avec le terme « Hyménoptère ». Afin de définir la guêpe, le poète procède comme un laborantin : par approximation (« Elle semble vivre »), hypothèse, supposition, analogie (« Analogie de la guêpe et du tramway électrique »). Le **champ lexical de la physique** (« choc », « mécanique », « contact électrique », « vibration ») dévoile **un imaginaire et une exigence scientifiques.** De façon encore plus surprenante, dans « Le Carnet du bois de pins », après avoir exploré de multiples « variantes » d'expressions, Francis Ponge propose une série de **dispositions combinatoires, comme si le poème suivait une loi mathématique.**

La rigueur scientifique de Francis Ponge n'empêche pas **l'humour ni les jeux de mots,** très présents dans le recueil, allant parfois jusqu'aux calembours : « Pantomime, mimosa. / Un fervent de la pantomime osa / Enfer ! Vendre la pente aux mimosas. » (« Le Mimosa »).

Le parcours : Dans l'atelier du poète

Introduction

Dans ce parcours, le terme « atelier » peut surprendre…

En effet, n'est-il pas paradoxal de parler d'un « atelier du poète », alors que la création poétique est habituellement considérée comme une activité spontanée et inspirée ?

Et pourtant ! C'est bien dans son « atelier » que Francis Ponge nous fait pénétrer. À rebours des poètes traditionnels, il dévoile ses efforts et ses difficultés à **trouver le mot juste,** ses multiples essais de formulations et ses renoncements. C'est donc bien un **poète à l'œuvre, en plein travail,** que nous découvrons dans ce recueil.

Pour aller plus loin, profite des nombreuses analyses des poèmes de ce recueil que j'ai publiées sur **commentairecompose.fr** : elles enrichiront ta compréhension de ce parcours !

Dans *La Rage de l'expression*, Francis Ponge nous fait pénétrer dans son atelier de poète.

On l'a vu, l'auteur **remet en cause les images et conventions poétiques traditionnelles :** il souhaite « écrire contre » ce qui a été dit auparavant. On pourrait en déduire qu'il fait table rase de toute tradition littéraire. Mais il n'en est rien… On retrouve dans son recueil de nombreux jeux d'intertextualité avec les grands poètes des siècles passés. L'écrivain se livre par exemple à des exercices de réécriture : le 10e poème de la section « L'Œillet » (« Ainsi aux approches de juillet / Se déboutonne l'œillet ») s'inspire de Ronsard ; le 14e (« O fendu en Œ ») est une réécriture du célèbre poème « Voyelles », de Rimbaud. Que le pin « qui plie et ne rompe pas » est un hommage à la fable « Le Chêne et le Roseau » de La Fontaine. Francis **Ponge, en nous invitant dans son atelier, nous emmène donc tout d'abord dans sa bibliothèque.** Il nous montre les grandes voix de la poésie française qui l'ont nourri, inspiré et aidé à trouver sa propre voix poétique.

Ensuite, le poète nous **livre sa méthode pour écrire un poème.** À bien des égards, sa démarche s'apparente à celle d'un scientifique.

Comme un savant délimitant son sujet d'étude, le poète énonce d'abord ce que doit rechercher un écrivain : « En revenir toujours à l'objet lui-même, à ce qu'il a de brut, de *différent* » (« Berges de la Loire »).

Si le scientifique part toujours d'hypothèses, Francis Ponge s'appuie quant à lui sur un **matériau objectif,** le dictionnaire *Littré*, afin d'élaborer son poème à partir de définitions précises. Pour cela, il rédige des notes qui apparaissent sous forme de fragments comme dans « L'Œillet », ou de variantes comme dans « Le Mimosa » ou « Le Carnet du bois de pins ». Ces notes ou variantes donnent parfois à lire un poème à plusieurs entrées, car les accolades proposent différentes versions d'un même poème. L'écrivain nous ouvre ainsi les portes de son esprit puisqu'il reconstitue ses hésitations, ses choix possibles, ses éventuels renoncements (« pèse n'est pas le mot » dans « La Mounine »).

Tel un scientifique, **Francis Ponge analyse et évalue le résultat de ses expériences.** On peut être surpris par la distance critique avec laquelle il aborde sa propre écriture, allant jusqu'à remettre en cause l'utilité de son activité : « Ce n'est vraiment pas la peine d'écrire si c'est pour cela » (« Le Carnet du bois de pins », 17 août 1940).

En définitive, **l'atelier de Francis Ponge s'apparente à un véritable laboratoire de recherche.** Pour lui, le poète est un « savant » qui étudie, observe, définit, classifie, expérimente son objet, et cherche à faire disparaître les marques de subjectivité de son auteur.

Prolongement artistique

Paul Cézanne et Francis Ponge ont ceci en commun qu'ils **tendent à vouloir laisser l'objet s'exprimer lui-même dans leurs œuvres,** sans la médiation de la stylisation, de la mise en scène et de la subjectivité de l'auteur.

Paul Cézanne, *Pommes et Oranges*, vers 1899

Ainsi, on retrouve dans ce tableau de Cézanne, *Pommes et Oranges*, cette **exigence d'exactitude dans la représentation du sujet,** avec le souci de distinguer les différentes variétés de pommes et leurs couleurs dans la corbeille du premier plan.

Néanmoins, on ne peut s'empêcher de voir dans cette nature morte une **composition visant à aider l'objet à parler.**

En effet, la nappe blanche qui sert d'écrin aux corbeilles de fruits, elle-même posée sur un arrière-plan décoratif, rappelle, par le travail des plis, un drapé classique ou même un rideau de théâtre. Les échos entre les couleurs chaudes des fruits et celles des étoffes en arrière-plan (le rouge et le jaune notamment) encouragent le regard à errer autour des fruits qui deviennent le **prétexte d'une mise en scène de couleurs.** Or, c'est exactement ce que Francis Ponge voulait éviter et c'est ce qui provoque la « rage de l'expression » : **voulant décrire l'objet dans sa nudité, dans sa vérité, la parole se laisse prendre à son propre piège.** Irrésistiblement, elle met en scène, elle ajoute des sentiments, des impressions, opposant ainsi une barrière à l'« objet lui-même, à ce qu'il a de brut » (« Berges de la Loire »).

Poésie

œuvre 3 *Mes forêts*, Hélène Dorion
Parcours : La poésie, la nature, l'intime

Hélène Dorion

Fiche d'identité de l'œuvre

Titre : *Mes forêts*

Auteur : Hélène Dorion

Date : 2021

Mouvement littéraire : Aucun.

Thèmes principaux : La nature, le temps, la faille et la réparation, le monde numérique.

Particularités de l'écriture : Une écriture lyrique aux accents litaniques.

Parcours associé : La poésie, la nature, l'intime.

A Qui est Hélène Dorion ?

Hélène Dorion est une **poétesse québécoise** née en 1958. Elle s'oriente vers une carrière littéraire à partir de 1983 à travers des œuvres poétiques comme *L'Intervalle prolongé* suivi de *La Chute requise* (1983), *Les Corridors du temps* (1988), *L'Issue, la résonance du désordre* (1993), *Fenêtres du temps* (2000), *Le Hublot des heures* (2008), *Cœurs, comme livres d'amour* (2012), *Comme résonne la vie* (2018) et *Mes forêts*, publié en 2021. Outre son œuvre poétique, Hélène Dorion est essayiste et romancière, auteure du roman *Pas même le bruit d'un fleuve* en 2020.

B Pourquoi me fait-on étudier *Mes forêts* ?

Ce recueil est fascinant car Hélène Dorion y interroge notre **modernité,** celle des algorithmes, des réseaux sociaux, de « *facebookinstagramtwitter* », du « made in China » et nous rappelle notre **besoin de beauté, de poésie et d'unité** dans ce monde contemporain qui favorise l'éclatement et l'éparpillement. La voix de la poétesse n'évolue pas en dehors du monde ; au contraire, elle se met à son écoute pour en exprimer la fragilité et la beauté et tenter de faire cicatriser nos blessures.

C Comment résumer *Mes forêts* ?

Le recueil *Mes forêts* est composé de **quatre sections** dans l'intervalle desquelles apparaissent des **poèmes intitulés « Mes forêts ».** Ces poèmes, commençant tous par « Mes forêts sont… », font songer aux **chants du chœur dans les tragédies grecques** ou aux **intermèdes** entre les actes d'une pièce de théâtre.

La première section, **« L'écorce incertaine »,** est élaborée comme une **promenade en forêt** dont la poétesse marque les étapes : après « L'horizon », Hélène Dorion évoque « L'arbre », « Le ruisseau », « Le rocher », « Le tronc », « La branche », « Les feuilles », « L'écorce », « L'humus », « Les racines »… À la fin de la section, avec « Le feu » et « Les vents », la poétesse plonge dans les **quatre éléments,** c'est-à-dire dans un monde essentiel, premier.

La deuxième section, **« Une chute de galets »,** évoque l'écoute du « bruit du monde » et de « l'écoulement du temps ». La poétesse retrace dans un raccourci saisissant la **naissance du monde,** de « l'œuf » à la « chute ».

La troisième section, **« L'onde du chaos »,** fait allusion aux menaces qui mettent en péril la nature : les « guerres », les « famines », les « tristes duretés » (p. 67[1]), les orages des chiffres qui ne disent rien, les acronymes vides de sens (« pib » / « nip fmi »), et le chaos des pixels et de l'algorithme. Hélène Dorion s'interroge ici sur la possibilité d'existence de la poésie dans un tel environnement. Y a-t-il encore une place pour le lyrisme dans un **univers profondément « illyrique »** où « chutent nos poèmes » ? La réponse est affirmative : le monde est réparable et cette **réparation** est la tâche essentielle du poète.

La quatrième section, **« Le bruissement du temps »,** explore **l'histoire collective** de l'humanité et propose une réécriture de la Genèse (premier livre de l'Ancien Testament, dans la Bible, qui fait le récit de la création du monde). Dans « Avant la nuit », la poétesse explore également son **histoire personnelle** en évoquant par touches impressionnistes des épisodes autobiographiques.

D Quels sont les thèmes importants dans *Mes forêts* ?

1 La nature

La nature est un thème fondamental du recueil, comme l'illustre son titre, *Mes forêts*. Elle apparaît sous les traits du **monde végétal,** omniprésent. La poétesse décrit chaque aspect de la forêt, passant de l'« arbre » (p. 14) au « tronc » (p. 17), à la « branche » (p. 19), aux « feuilles » (p. 20), à l'« écorce » (p. 22), à l'« humus » (p. 23), à la « cime » (p. 25), puis aux « racines » (p. 27). Elle en relève la **sensualité** et la **musicalité** mises en relief par les nombreux **effets rimiques,**

1. Les références de pagination correspondent à l'édition poche de *Mes forêts*, parue en mars 2023 aux éditions Bruno Doucey, collection « Sacoche ».

comme cette assonance en [i] et cette allitération en [f] : « toute *f*euille est dés*i*r / de *f*leur et *f*ru*i*t / avec l*u*i / le monde surg*i*t » (p. 85).

Dans la section « Une chute de galets » et les poèmes « Avant l'aube » et « Avant l'horizon » (section « Le bruissement du temps »), la poétesse reprend les étapes de la **création du monde** et parsème ses textes de **références bibliques** évoquant la faute originelle (« reptile », « poisson », « créature », « femme », « souffle », « fissure », « chute », p. 48). Ainsi, la nature devient un **lieu sacré,** un **espace spirituel,** mythologique, habité par une force qui la dépasse.

La nature est aussi un **lieu paradoxal,** à la fois **paisible et violent,** menaçant et réconfortant, obscur et lumineux. Elle héberge à la fois la **barbarie,** symbolisée chez la poétesse par « La bête » qui « bondit avec sa soif / un goût de froid / dans la gueule » (p. 26) et la possibilité d'exploration et de **régénération :** « et quand je m'y promène / c'est pour prendre le large / vers moi-même » (p. 114).

2 Le temps

Le temps est un thème qui traverse tout le recueil.

Il apparaît dès le premier poème comme un **temps linéaire,** qui avance inéluctablement : « Mes forêts sont de longues traînées de temps / elles sont des aiguilles qui percent la terre ». Le **chaos du monde moderne accélère le cours du temps,** pris dans un rythme effréné : « C'est le bruit du monde / l'écoulement du temps – […] sirènes klaxons alarmes du siècle / amas de choses jetables / et tintamarre de nos pas » (p. 45-47). Le temps instantané des écrans, de « *facebookinstagramtwitter* » (p. 51), consomme et consume l'individu.

Mais la **poésie** permet justement de trouver un autre temps, un **temps circulaire,** celui de la **régénération** après la corruption. La « nuit », omniprésente dans le recueil, annonce ainsi la promesse du jour à venir, grâce au « poème / qui soulève l'aube » (p. 91).

Le **temps météorologique** est également central, comme l'illustre la récurrence de l'expression **« Il fait un temps » :** « Il fait un temps de bourrasques et de cicatrices / un temps de séisme et de chute » (p. 62). Le temps climatique est souvent froid, menaçant, glaçant, voire **apocalyptique.** Il est la **métaphore du chaos** qui menace le monde, de la froideur intérieure qui se saisit des hommes dans la vie contemporaine. Mais le calme peut surgir après la tempête comme dans « Le houppier » (p. 30) : « la lumière éblouit la montagne / dessine des espoirs / dans la neige ».

3 La faille et la réparation

L'image de la **faille** apparaît sous diverses formes métaphoriques : la « déchirure » (p. 21 et 68), les « brèches » (p. 31), les « déchirures » (p. 32), une « large rayure » (p. 33), « se fracture » (p. 35), « se fissure » (p. 46), « fissure » (p. 49), « fêlure »

(p. 61), « cicatrices » (p. 62), « je sarcle » (p. 71), le « sillage » (p. 85), la « blessure » (p. 114). Cette faille est d'abord la **métaphore de la blessure du monde :** blessure de la nature saccagée par l'homme, blessure de la guerre, de la haine. Elle symbolise également les **blessures intérieures,** notamment celle du temps qui passe et « jamais ne s'arrête » (p. 110). Mais la faille a aussi sa **fertilité ;** elle est la **ligne de l'écriture :** « elles sont des lignes au crayon / sur papier de temps » (p. 113). La **poésie** porte en elle une **fonction réparatrice.** Elle redonne une âme à un monde matérialiste : « et les premiers mots   des phrases / pour dire un monde plus vaste / que celui des maisons » (p. 106).

4 Le monde numérique

Dans ce recueil, le **monde moderne** est un **espace « illyrique »,** codé, chiffré, fait d'**acronymes,** de raccourcis, d'**efficacité :** « il fait un temps d'arn / de ram   zip et chus / sdf   et vip / il fait triple k / usa   *made in China* / un temps de o » (p. 73). À cette langue utilitaire, Hélène Dorion **oppose le vers poétique,** les « mots de travers », les « mots de trop » qui n'ont apparemment rien à faire dans ce monde et qui pourtant le réparent : « nous dénouons   nous réparons / ce que nous pouvons » (p. 94).

E Quelles sont les caractéristiques de l'écriture d'Hélène Dorion ?

L'écriture d'Hélène Dorion est profondément **lyrique.** La nature personnifiée qu'elle met en scène offre un reflet à l'âme humaine et un espace d'expression de soi. Ce lyrisme est accentué par un **ton litanique,** parfois proche de celui de la **prière :** « je me tiens dans le sillage / de la nuit   je remonte / vers toi   l'unique / présence qui jamais ne s'éteint » (p. 85). Les poèmes sont saturés de **références bibliques,** comme « Avant l'aube » qui réécrit la Genèse : « au commencement / il n'y avait [...] ».

Ce lyrisme n'empêche ni la modernité ni la profonde originalité de l'écriture. **L'absence de ponctuation** ouvre la voie à diverses possibilités de lecture. Par exemple, dans les vers « écoute / le chemin qui s'ouvre / dans ton cœur   et ta main / cherchant une autre main » (p. 46), la conjonction de coordination « et » peut coordonner les deux noms « cœur » et « main » mais aussi les deux propositions « le chemin qui s'ouvre dans ton cœur » et « ta main cherchant une autre main ».

Autre originalité : l'utilisation des **espacements entre les mots.** Ces espacements, non conventionnels, semblent illustrer la **fragilité de la parole poétique** menacée par les bruits du monde : « il fait un temps de verre éclaté / d'écrans morts   de nord perdu » (p. 62). Ils s'apparentent aussi aux **silences** en musique, comme si le recueil poétique était la retranscription de « cette partition / du temps » (p. 14) que la poétesse écoute. L'auteure a d'ailleurs conçu un concert littéraire autour de ce recueil avec quinze musiciens de l'orchestre I Musici.

ŒUVRES ET PARCOURS

Le parcours : La poésie, la nature, l'intime

Introduction

Dans le recueil d'Hélène Dorion, la poésie, la nature et l'intime sont inextricablement mêlés.

La **nature** est en effet un **miroir de l'intime.** C'est en se mettant à son écoute que la poétesse explore toutes les facettes de son intériorité, des plus sombres et effrayantes aux plus lumineuses.

Hélène Dorion retranscrit cette exploration par **l'écriture poétique** qui répare le monde et les blessures intérieures.

Pour aller plus loin, regarde ma vidéo sur *Mes forêts* d'Hélène Dorion : https://commentairecompose.fr/mes-forets-dorion/

Pense aussi à lire mes analyses des poèmes clés de ce recueil : elles te fourniront des exemples précis pour tes dissertations !

Mes forêts est porté par le lien entre la poésie, la nature et l'intime.

Le recueil est d'abord organisé comme une **promenade en forêt** lors de laquelle la poétesse évoque les éléments naturels, du général au particulier : « l'arbre », « le ruisseau » laissent place à l'« écorce », à « l'humus », comme si le regard entrait de plus en plus dans **l'intimité de la nature,** à la façon d'un **microscope.** Le lien entre la poétesse et la nature n'est donc pas que celui d'une émotion artistique. Entrer dans l'intimité de la nature, c'est apprendre à la **connaître** dans ses moindres détails.

C'est à partir de cette connaissance que naît l'émotion, la véritable rencontre intime avec la nature. Cette dernière entre en résonance avec la poétesse, dévoilant un **texte secret à interpréter :** « je déchiffre enfin / le désordre des branches » (p. 14). L'adverbe « enfin » montre l'effort nécessaire pour parvenir à ce démêlement.

Lorsque la nature finit par parler, **l'écriture poétique** devient enfin possible : « les forêts s'embrasent / dans le clair-obscur / révèlent des chemins de sève » (p. 16). La technique picturale du « clair-obscur » suggère le surgissement de la lumière au sein du chaos et rappelle que, dans l'intimité de la nature, se côtoient les **tensions,** l'orage et le temps calme, la fissure et la cicatrice.

Car entrer dans l'intimité de la nature, c'est aussi **descendre en soi** et explorer les multiples facettes de son intériorité : sa **part lumineuse** (« les forêts creusent / parfois une clairière / au-dedans de soi », p. 20) comme sa **part sombre** (« mes forêts sont des greniers peuplés de fantômes », p. 7). Cet effet de miroir entre la nature et l'âme de la poétesse est accentué par la **personnalisation de la nature :** les « nuages chuchotent », « les forêts hurlent » ou « entendent nos rêves ». La promenade dans la nature constitue donc en définitive une promenade intérieure au cœur de l'intime : « et quand je m'y promène / c'est pour prendre le large / vers moi-même » (p. 114). Les **strophes autobiographiques** dans « Avant la nuit » en témoignent : la nature constitue un **chemin vers la vérité de soi**.

Prolongement artistique

Théodore Rousseau, *Paysage de forêt*, 1850

Théodore Rousseau est l'un des précurseurs de l'École de Barbizon, un mouvement pictural du XIXe siècle qui réagit à l'industrialisation naissante afin de revenir à la peinture en plein air, d'après nature. Comme pour Hélène Dorion dans *Mes forêts,* la **nature** est à ses yeux un espace de **ressourcement** en opposition avec le chaos des villes. Dans cette toile, la forêt apparaît dense, fermée, **imposante.** Le personnage en position statique, à droite, comme **recroquevillé** par le froid, est adossé à un tronc coupé dont les reflets rouges rappellent le sang, symbole de la souffrance ou de la cicatrice évoquée par Hélène Dorion. Mais, comme chez la poétesse, les signes négatifs sont réversibles. Les couleurs de cette toile sont à dominante chaude et la lumière du jour dessine une **issue à l'itinéraire du personnage.** Le chaos et l'écrasement ne sont donc qu'apparents. La forêt constitue plutôt un **espace de repli,** de **retour sur soi,** qui permet de retrouver **l'unité intérieure.**

Littérature d'idées

œuvre 4 *Gargantua*, Rabelais
Parcours : Rire et savoir

Rabelais

Fiche d'identité de l'œuvre

Titre : *Gargantua*

Auteur : François Rabelais (pseudonyme : Alcofribas Nasier)

Date : Publié en 1534-1535, environ deux ans après *Pantagruel*.

Mouvement littéraire : L'humanisme.

Thèmes principaux : L'éducation, la guerre, le corps, la liberté.

Particularités de l'écriture : Une écriture foisonnante mêlant les genres, les tonalités et les niveaux de langue.

Parcours associé : Rire et savoir.

A Qui est Rabelais ?

Né à la fin du XVᵉ siècle, moine puis médecin réputé, Rabelais a effectué de nombreux déplacements et plusieurs séjours en Italie. C'est un érudit **passionné de culture antique.**

Il est connu notamment pour ***Pantagruel*** (1532) et ***Gargantua*** (1534-1535), des œuvres comiques et satiriques relatant les aventures d'une famille de géants et leurs amis. Mais derrière l'exubérance et le rire de ces œuvres se cache une **réflexion humaniste** sur l'homme.

B Pourquoi me fait-on étudier *Gargantua* ?

Gargantua est une **œuvre comique, inclassable,** qui marque une rupture avec le Moyen Âge et peut être considérée comme un manifeste humaniste. Dans un monde où les méthodes médiévales d'apprentissage règnent encore en maîtresses au sein des universités, Rabelais propose un ouvrage d'une richesse extraordinaire dans lequel il expose une **conception humaniste de l'éducation, de la politique et de la religion.**

C Comment résumer *Gargantua* ?

Gargantua s'ouvre par un prologue qui livre une clé de lecture : derrière le comique et le burlesque, Rabelais nous invite à extraire la **« substantifique moelle »** de l'œuvre, c'est-à-dire à découvrir son **sens profond.**

L'histoire débute par **l'enfance et l'éducation du géant Gargantua :** sa naissance extraordinaire, ses vêtements, son goût démesuré pour la nourriture et les boissons.

Gargantua bénéficie d'abord d'une éducation traditionnelle dispensée par des théologiens qui lui font apprendre les choses par cœur. Mais cette méthode pédagogique est un échec : Gargantua devient « tout rêveur et assoti » (chapitre 15). Son éducation est alors confiée à Ponocrates, un professeur humaniste qui lui fait suivre un programme où l'exercice intellectuel, physique et l'hygiène du corps sont importants. Grâce à cette éducation humaniste, Gargantua est transformé.

Rabelais narre ensuite les **guerres picrocholines** qui opposent le roi Picrochole à Grandgousier (le père de Gargantua). **Le pacifique Grandgousier** tente par tous les moyens d'éviter la guerre, mais face à la furie belliqueuse de Picrochole, il est contraint de mener une **guerre défensive** pour restaurer la paix. La troupe de Gargantua, aidée par l'énergique Frère Jean des Entommeures, remporte la victoire.

La guerre finie, Gargantua offre en récompense à son ami Frère Jean des Entommeures l'étonnante **abbaye de Thélème.** Cette abbaye s'oppose en tout point aux abbayes de l'époque dans lesquelles régnaient l'ordre, la pauvreté, la chasteté et l'enfermement. À l'inverse, la devise de l'abbaye de Thélème est **« Fais ce que tu voudras »** (chapitre 57). Cette liberté, loin de mener au chaos, permet aux jeunes gens bien éduqués de vivre dans l'harmonie et l'abondance.

D Quels sont les thèmes importants dans *Gargantua* ?

1 L'éducation

Les premiers chapitres de *Gargantua* répondent à la question : « Qu'est-ce qu'une bonne éducation ? » Cette interrogation est fondamentale car, pour les humanistes comme Rabelais, **c'est l'éducation qui permet à l'homme d'exprimer le meilleur de sa nature.**

L'éducation de Gargantua n'a pas été de tout repos ! Il a d'abord subi l'enseignement selon les **méthodes médiévales** fondées sur le par cœur, l'abstraction et le mépris du corps. Les conséquences sont désastreuses. Grandgousier, le père de Gargantua, s'aperçoit que son fils « étudiait très bien et y mettait tout son temps, toutefois qu'en rien il ne profitait, et, qui pis est, en devenait fou, niais, tout rêveur et assoti » (chapitre 15).

Grandgousier choisit alors pour son fils **l'éducation humaniste** de Ponocrates, fondée sur la curiosité scientifique, la lecture des textes anciens, la réflexion, la pratique et l'hygiène du corps. Cette éducation est une réussite.

2 Le corps

Gargantua évoque les fonctions naturelles du corps **sans tabou :** l'accouchement, le fait d'uriner, la défécation... Ces allusions ne sont pas seulement comiques. Rabelais montre le corps comme **une source de réjouissance.**

3 La guerre

Quelles sont les vertus d'un bon souverain ? Existe-t-il une guerre juste ? À travers les guerres picrocholines, qui font **écho** aux **rivalités entre François Ier et Charles Quint** pour la domination de l'Europe, Rabelais mène une réflexion sur ces questions politiques.

Il entend montrer l'absurdité de la guerre et ses ravages. Pour lui, seule la **guerre défensive** se justifie. Ce n'est qu'après avoir tenté en vain la diplomatie et la conciliation que Grandgousier fait la guerre à Picrochole pour restaurer la paix.

4 La liberté et la société idéale

La liberté est un thème important dans *Gargantua*, au cœur des chapitres 52 à 58 sur l'abbaye de Thélème. Dans cette abbaye utopique, où sont accueillis les hommes et les femmes bien nés et bien éduqués, les murailles sont inexistantes et les jeunes gens n'ont qu'une seule règle : « Fais ce que tu voudras. » Loin de créer des conflits, cette **liberté individuelle** mène à une **société épanouie et fraternelle.**

E Quelles sont les particularités de l'écriture de Rabelais ?

L'écriture de Rabelais est d'une variété et d'une richesse extraordinaires. L'auteur use de **différents niveaux de langue,** mêlant termes techniques et savants, dialectes régionaux, expressions latines, mots vulgaires et mots inventés. Cette **exubérance lexicale** s'exprime particulièrement dans les nombreuses énumérations qui étourdissent le lecteur.

Rabelais multiplie aussi les tonalités (satirique, épique, comique, lyrique...) et ne recule devant aucune forme de **comique** (calembours, situations farcesques, allusions obscènes et scatologiques...).

Le parcours : Rire et savoir

Introduction

Gargantua de Rabelais est un point de rencontre entre le rire et le savoir.

En effet, derrière le rire, la farce et l'imagination exubérante, l'œuvre de Rabelais témoigne d'**une soif de connaissance et de savoir typiquement humaniste.**

Dès le prologue, Rabelais invite d'ailleurs le lecteur à ne pas se fier au comique apparent de l'œuvre afin d'en « sucer la substantifique moelle ». Le lecteur doit « interpréter » le **sens profond** derrière la plaisanterie.

Pour aller plus loin, regarde ma vidéo sur l'humanisme :
https://commentairecompose.fr/humanisme/

Lis aussi mes analyses des passages clés de *Gargantua* sur commentaire compose.fr : elles te seront utiles pour approfondir cette séquence !

Gargantua est une œuvre placée sous le **signe du rire.**

Dès l'adresse aux lecteurs, le rire est présenté comme une **consolation au chagrin et aux difficultés de la vie :** « Quand je vois la peine qui vous mine et consume. / Il vaut mieux traiter du rire que des larmes / Parce que le rire est le propre de l'homme. »

Mais le rire n'empêche ni l'érudition, ni l'étude et la réflexion.

Ainsi, Rabelais, qui connaît le latin, le grec, et admire la culture antique, nourrit son texte de **références à Platon, Socrate, Aristote, Plutarque**... Le prologue s'ouvre d'ailleurs sur une référence au *Banquet* de Platon et un éloge de Socrate, « prince des philosophes ».

La **soif de connaissance** transparaît également dans le **programme éducatif de Gargantua** puisque aucun domaine n'échappe à l'étude : la terre, la mer, les végétaux, les pierres, les métiers, les techniques humaines, les mathématiques, l'astronomie, la musique...

Rabelais se plaît à employer dans son œuvre un **vocabulaire technique** qui témoigne d'une **érudition dans des disciplines variées :** lexique religieux, médical, juridique, universitaire. Ainsi, dans le chapitre 13 où Gargantua évoque l'invention d'un torchecul, l'humour scatologique côtoie un vocabulaire médical spécialisé : « le périnée », « la dysenterie », « la matière fécale », « et autres intestins ».

Le message est clair : le savoir et le sérieux ne font pas bon ménage. Au contraire, le savoir doit être l'occasion d'un **plaisir intellectuel intense, proche de l'ivresse.**

L'écriture dionysiaque et l'inventivité lexicale de *Gargantua* désaltèrent et enivrent le lecteur comme un bon vin. **L'accès au savoir** n'est plus caractérisé par la privation ou la pénitence mais par une **vie festive.**

Tu dois bien sûr comprendre que cette approche du savoir est originale !

Rabelais écrit en effet au début du XVIe siècle, à une époque où l'éducation est dominée par les **austères méthodes médiévales,** dites méthodes scolastiques.

Cette nouvelle approche du savoir par le rire marque une rupture avec le Moyen Âge et témoigne de la **naissance de l'humanisme.**

Prolongement artistique

Pieter Bruegel, dit l'Ancien, *Le Combat de Carnaval et Carême*, 1559

Dans cette peinture, Bruegel l'Ancien représente une fête paysanne. En bas du tableau, à gauche, tu aperçois le **personnage de Carnaval,** vêtu en bleu et rouge, avec un certain embonpoint, assis sur un tonneau et portant une rôtissoire. Ce personnage incarne le **savoir dionysiaque fondé sur le plaisir de l'âme et du corps,** un savoir où le rire prend une place importante. Le **tonneau** sur lequel est assis Carnaval symbolise **l'ivresse du savoir** que Rabelais recherche dans la pédagogie humaniste.

En face de Carnaval, en bas à droite, tu remarques un personnage antithétique : c'est le **personnage de Carême,** maigre et maladif, portant deux poissons. Carême est une **métaphore du savoir fondé sur l'abnégation.** Il incarne l'enseignement médiéval dont Rabelais critique les méthodes d'apprentissage. Sa maigreur maladive et les poissons qu'il tient représentent l'assèchement d'un enseignement qui ne permet plus de voir de manière heureuse l'abondance de la Création.

L'opposition de ces personnages, Carnaval et Carême, traduit les **deux conceptions opposées du savoir** que l'on retrouve dans *Gargantua*.

Littérature d'idées

œuvre 5 *Les Caractères*, livres V à X, La Bruyère
Parcours : La comédie sociale

La Bruyère

Fiche d'identité de l'œuvre

Titre : *Les Caractères ou les Mœurs de ce siècle* (livres V à X)

Auteur : Jean de La Bruyère

Date : 1688

Mouvement littéraire : Le classicisme.

Thèmes principaux : L'honnête homme, la Cour, la ville, le théâtre du monde, l'argent, l'art de gouverner.

Particularités de l'écriture : Une écriture à la fois satirique et moraliste, souvent sous forme de maximes, qui porte un regard acéré sur l'homme et l'âme humaine.

Parcours associé : La comédie sociale.

A Qui est Jean de La Bruyère ?

Né en 1645, Jean de La Bruyère est un **écrivain du XVIIe siècle,** auteur d'une œuvre unique, ***Les Caractères,*** qui rencontre un **succès retentissant** dès sa publication en **1688** et connaît plusieurs éditions augmentées jusqu'en 1696. Moraliste du Grand Siècle qui peint l'âme humaine, il s'inscrit dans le sillage de Montaigne, Pascal et La Rochefoucauld. Dans la célèbre querelle des Anciens et des Modernes, **il prend parti pour les Anciens** dont il prône l'imitation.

B Pourquoi me fait-on étudier *Les Caractères* (livres V à X) ?

La Bruyère présente ses *Caractères* comme la simple continuation des *Caractères* de Théophraste, auteur grec du IVe siècle avant Jésus-Christ. Mais La Bruyère **enrichit et dépasse le texte source** pour élaborer un véritable chef-d'œuvre. Comme le souligne le sous-titre « Les Mœurs de ce siècle », ses remarques dressent un **tableau des mœurs et des hommes du XVIIe siècle,** mais elles tendent aussi à l'**universalité** et à l'**intemporalité** car derrière chaque portrait se cache la peinture d'un **type humain.**

C Comment résumer *Les Caractères* (livres V à X) ?

Dans ***De la Société et de la Conversation*** **(livre V),** La Bruyère évoque **l'art d'être en société.** Il dresse le portrait de personnages contraires aux valeurs de civilité, de politesse et d'honnêteté.

Dans ***Des Biens de Fortune*** **(livre VI),** le moraliste met l'accent sur le rôle de **l'argent** qui déstabilise l'ordre social et crée des différences de fortune ne reposant pas sur le **mérite.**

Dans ***De la Ville*** **(livre VII),** il dépeint la ville comme un **théâtre** où tout est caché, masqué. Les hommes sont rattachés les uns aux autres par le **« regard »,** instrument de comparaison, de malveillance et de moquerie.

Dans ***De la Cour*** **(livre VIII),** La Bruyère présente le tableau satirique de la cour de Louis XIV. Il s'agit d'une **société superficielle,** soumise au culte des apparences.

Dans ***Des Grands*** **(livre IX),** le moraliste dresse le portrait des **hommes de la haute noblesse,** orgueilleux, vaniteux, imprévisibles et corrompus. L'auteur oppose le rang social et le mérite.

Dans ***Du Souverain ou de la République*** **(livre X),** il critique la guerre et adresse des **conseils aux dirigeants** et au roi.

D Quels sont les thèmes importants dans *Les Caractères* (livres V à X) ?

1 L'honnête homme

Dans *Les Caractères*, La Bruyère fait le portrait de **l'honnête homme** (idéal de l'homme au XVIIe siècle) : un homme mesuré, convenable, cultivé, qui n'essaie pas de paraître pour ce qu'il n'est pas. Ainsi, les **portraits satiriques** sont à lire comme des **contre-modèles de l'honnête homme.** Par exemple, Théodecte (livre V, remarque 12) est trop théâtral. Il veut être le centre de tout et a des gestes et des tons de voix excessifs, qui manquent de discrétion. Narcisse (livre VII, remarque 12) ne se soucie que de lui-même. L'honnête homme, au contraire, se caractérise par sa **modestie,** sa **mesure** et sa **maîtrise des relations sociales et de la conversation.**

2 Le théâtre du monde

La Bruyère représente **le monde comme un théâtre,** thème traditionnel dans la littérature moraliste du XVIIe siècle. Le monde est théâtral car chacun met en scène sa richesse et sa fortune, dans une société régie par l'**artifice** et la **superficialité.** Ainsi, tout est spectacle et **destiné à être vu :** « L'on se donne à Paris [...] pour se regarder au visage et se désapprouver les uns les autres » (livre VII, remarque 1). La Bruyère décrit même un « spectateur de profession » (livre VII, remarque 13) qui passe sa vie à fréquenter la Cour et la ville pour voir et être vu. Sur cette scène, **chaque courtisan est un acteur** « maître de son geste, de ses yeux et de son visage » (livre VIII, remarque 2). Cette **comédie sociale** est néfaste car l'hypocrisie et l'art de la dissimulation détruisent le « naturel », très important au XVIIe siècle.

3 La Cour et la ville

Dans le livre VIII, La Bruyère s'intéresse particulièrement à deux espaces qui amoindrissent les vertus de l'homme et font ressortir ses vices : la Cour et la ville. Pour La Bruyère, ce sont les lieux du **changement perpétuel.** Tout y est en mouvement, ce qui ne peut que déplaire au moraliste qui souhaite l'équilibre, la raison, et la perpétuation de la tradition. Le champ lexical de l'agitation caractérise par exemple le portrait de Cimon et Clitandre qui « portent au vent, attelés tous deux au char de la Fortune, et tous deux fort éloignés de s'y voir assis » (remarque 19).

La Cour et la ville sont également dominées par la figure de **la Roue de Fortune** qui fait et défait les destins à l'aveugle. Celui qui vient d'être placé à un nouveau poste en sera rapidement déchu (remarque 32). Dans ces espaces, les hommes sont en **esclavage :** « Qui est plus esclave qu'un courtisan assidu, si ce n'est un courtisan plus assidu ? » (remarque 69).

4 L'argent

Dans le livre VI, La Bruyère dénonce la **supériorité de l'argent sur la vertu.** En effet, l'argent **perturbe l'ordre social** censé être régi par le mérite aristocratique. Ainsi, Giton représente l'allégorie des fortunés se donnant tous les droits sur les autres en raison de leur richesse (remarque 83). Celle-ci ne semble pourtant pas le fruit d'un travail abondant : « il dort le jour, il dort la nuit » ! L'argent est devenu un **instrument de décadence**. Dans une société où l'argent est le fondement de l'individu, celui qui n'en possède pas est exclu, comme Phédon que la pauvreté rend inapte à toute interaction sociale (remarque 83).

5 L'art de gouverner

Dans le livre X, La Bruyère réfléchit au **meilleur gouvernement** possible. Il critique la tyrannie, « manière la plus horrible et la plus grossière de se maintenir » (remarque 2), ainsi que la guerre et le désir de conquête de certains princes (remarques 9 et 10).

Le roi doit être le **« Père du peuple »** (remarque 27) et assurer la paix et la tranquillité publique au lieu de poursuivre sa gloire personnelle (remarque 24). Dans la remarque 29, La Bruyère représente même le roi comme un **berger** qui conduit son peuple avec justice, fermeté mais surtout sobriété et humilité. Le prince idéal doit avoir « une parfaite égalité d'humeur », « le cœur ouvert, sincère » (remarque 35), le sens de la mesure, le souci de tous et de chacun. On reconnaît aisément dans cette remarque la **transposition de l'idéal de l'honnête homme en politique.**

Le roi doit aussi savoir s'entourer. Quand il **sélectionne ses ministres,** c'est en songeant à ceux qu'aurait choisis son peuple (remarque 23).

E Quelles sont les caractéristiques de l'écriture de La Bruyère ?

Dans *Les Caractères*, La Bruyère veut étudier l'homme et l'âme humaine. Pour cela, il adopte une écriture prenant la forme de **maximes** souvent brèves, faisant penser aux *Maximes* de La Rochefoucauld (1665), un autre célèbre moraliste du XVIIe siècle. Les maximes correspondent à une **affirmation à valeur universelle,** au présent de vérité générale : « Un caractère bien fade est celui de n'en avoir aucun » (livre V, remarque 1). C'est une écriture qui vise la **clarté** mais aussi l'**abstraction** comme le montre l'important vocabulaire philosophique.

Mais *Les Caractères* relèvent avant tout d'une **écriture satirique.** La Bruyère a souvent recours au **portrait en action** qui lui permet de brosser rapidement une **caricature.** La juxtaposition de propositions et les énumérations créent un **effet cumulatif** qui montre la démesure et l'impolitesse choquante des personnages décrits : « il rit, il crie, il éclate » ou « il mange, il boit, il conte, il plaisante » dans le portrait de Théodecte, livre V, remarque 12.

Le parcours : La comédie sociale

Introduction

Dans *Les Caractères*, La Bruyère dénonce la comédie sociale : sur le théâtre du monde, **chacun essaie de paraître pour ce qu'il n'est pas.** Les hommes vivent dans l'hypocrisie permanente et s'éloignent de l'idéal de l'honnête homme.

Pour aller plus loin, va voir ma vidéo sur le classicisme (**https://commentairecompose.fr/le-classicisme/**) et mes explications sur l'honnête homme du XVIIe siècle (**https://commentairecompose.fr/honnete-homme/**).

Tu trouveras également sur **commentairecompose.fr** l'analyse de nombreux extraits de l'œuvre, comme les portraits d'Arrias (V, 9), Giton (VI, 83), Phédon (VI, 84), Théophile (IX, 15) ou Pamphile (IX, 50).

La Bruyère invite le lecteur à être le spectateur amusé d'une comédie sociale.

Cette comédie a **une scène : la Cour et la ville.** Ce sont les lieux de la superficialité et de l'artifice. Quand Arfure, dont le mari s'est enrichi, arrive à l'église, c'est dans « un char » et en portant une robe à « lourde queue », comme dans une **scène de spectacle baroque** (livre VI, remarque 16).

Cette comédie possède également **ses acteurs, les courtisans,** « vrais personnages de comédie » (livre IX, remarque 50) qui maîtrisent leur rôle à la perfection. Le champ lexical du regard, omniprésent dans *Les Caractères*, suggère que les hommes sont tous respectivement acteurs et spectateurs de leur propre vie.

Pour mieux dénoncer la comédie sociale, l'**écriture** de La Bruyère se fait volontiers **théâtrale.** C'est ainsi que certaines remarques adoptent la forme de **dialogues,** comme dans le portrait d'Acis : « Que dites-vous ? Comment ? Je n'y suis pas ; vous plairait-il de recommencer ? J'y suis encore moins. [...] » (livre V, remarque 7).

D'autres portraits s'apparentent à de véritables **saynètes de comédie,** tel celui d'Arrias qui se termine par un coup de théâtre (livre V, remarque 9) : Arrias énonce des erreurs qu'il affirme avoir apprises de Séthon alors que Séthon se trouve justement en face de lui !

Derrière la comédie sociale, se cache néanmoins la **satire sociale.** L'hypocrisie, la rivalité, la jalousie et l'inimitié pointent sous l'artifice et la superficialité. « L'air de Cour est contagieux » écrit La Bruyère dans la remarque 14 du livre VIII. Cette métaphore de la maladie suggère que ce théâtre du monde, amusant à regarder, n'en reste pas moins un **espace de corruption et de déchéance.**

Prolongement artistique

Le Caravage, *Narcisse*, vers 1598-1599

Dans ses portraits satiriques, La Bruyère dénonce **l'amour-propre, considéré au XVIIe siècle comme un amour de soi excessif et trop soucieux du regard des autres.** C'est également cette passion que représente Le Caravage dans sa peinture de la fin du XVIe siècle.

Narcisse est un personnage de la mythologie grecque qui **tombe amoureux de son reflet** dans l'eau. En cherchant à s'en saisir, il meurt en tombant dans la source.

Le tableau est composé de deux parties symétriques. Dans la première moitié, **en haut, Narcisse est lumineux.** Mais dans la deuxième moitié du tableau, **en bas,** l'image dont il tombe amoureux est **dans l'ombre.** Le blanc du vêtement devient un gris presque métallique et le visage reflété n'a plus la jeunesse et l'éclat du réel. Comme La Bruyère, Le Caravage suggère à travers cette toile **qu'un amour excessif de son image conduit à la perte de soi.**

ŒUVRES ET PARCOURS

Littérature d'idées

œuvre 6 *Déclaration des droits de la femme et de la citoyenne*, Olympe de Gouges
Parcours : Écrire et combattre pour l'égalité

Olympe de Gouges

Fiche d'identité de l'œuvre

Titre : *Déclaration des droits de la femme et de la citoyenne*

Auteur : Olympe de Gouges

Date : 1791

Mouvement littéraire : Le texte d'Olympe de Gouges paraît juste après la Révolution et s'inscrit dans la continuité des Lumières.

Thèmes principaux : L'égalité, la justice, les libertés politiques pour les femmes, le mariage.

Particularités de l'écriture : Le style est juridique car Olympe de Gouges réécrit la *Déclaration des droits de l'homme et du citoyen* de 1789. Dans le postambule, sa plume se veut plus rhétorique et prend des accents révolutionnaires.

Parcours associé : Écrire et combattre pour l'égalité.

A Qui est Olympe de Gouges ?

Née en 1748, **Marie Gouze** grandit en Occitanie dans un milieu modeste. Mariée à l'âge de 16 ans, elle trouve quelques années plus tard, grâce au **veuvage,** une liberté inattendue. Elle prend alors le nom d'**Olympe de Gouges** et monte à Paris poursuivre une carrière littéraire en publiant essentiellement des **pièces de théâtre.** Sensible aux questions progressistes de l'époque, elle milite pour la **condition de la femme** et **l'abolition de l'esclavage.** Son écrit le plus célèbre, ***Déclaration des droits de la femme et de la citoyenne,*** défend la cause des femmes, oubliées par l'univers masculin de la Révolution française. Elle est **guillotinée en 1793** pour un manifeste dans lequel elle dénonçait les crimes de la Terreur.

B Pourquoi me fait-on étudier la *Déclaration des droits de la femme et de la citoyenne* ?

Ce texte n'a pas eu un grand retentissement en 1791 et son auteur est rapidement **tombée dans l'oubli.** Les mouvements féministes du XXe siècle lui ont redonné de la visibilité, et Olympe de Gouges est aujourd'hui considérée comme une **personnalité féminine marquante de la Révolution française.** Son engagement pour l'égalité entre les sexes fait d'elle une des **figures précurseurs du féminisme moderne.**

C Comment résumer la *Déclaration des droits de la femme et de la citoyenne* ?

1 Le préambule

Olympe de Gouges demande que les femmes soient constituées en Assemblée nationale et que la déclaration rappelle à tous les membres du corps social leurs droits et leurs devoirs vis-à-vis d'elles. Ce petit texte introduit les articles qui vont suivre.

2 La déclaration

Elle est composée de **17 articles** qui adoptent la même structure syntaxique que ceux de la ***Déclaration des droits de l'homme et du citoyen* de 1789** (*DDHC* ci-après). La déclaration d'Olympe de Gouges constitue donc un **texte-miroir voire un pastiche de la *DDHC*.**

Les droits suivants y sont proclamés :

- **L'égalité des droits** de la femme et de l'homme (art. 1).
- La liberté, la propriété, la sûreté et la résistance à l'oppression pour les deux sexes (art. 2).
- La souveraineté qui est la réunion de la femme et de l'homme dans le corps politique (art. 3).
- La protection des droits de la femme par les lois de la nature et de la raison (art. 4 et 5).
- Le droit pour la femme et l'homme de participer à l'élaboration des lois et de prétendre aux dignités **selon leur mérite** (art. 6).
- **L'égalité devant la loi** pour les deux sexes, y compris pour les **devoirs** et les **châtiments** (art. 7, 8, 9 et 10).
- **La liberté d'expression** pour la femme (art. 10 et 11).
- La garantie des droits de la femme (art. 12).
- La contribution de la femme à l'impôt et le droit de participer à la **distribution** des places, des emplois, des dignités et de l'industrie (art. 13 et 14).
- Le droit pour la femme de demander à tout agent public des comptes sur son administration (art. 15).
- La participation des femmes à la **rédaction de la Constitution** (art. 16).
- **Le droit à la propriété,** « inviolable et sacré » pour les deux sexes (art. 17).

3 Le postambule

Ce texte plus **rhétorique** commence par un appel à la lutte pour l'égalité : « Femme, réveille-toi ». Olympe de Gouges constate que malgré la Révolution, les femmes sont toujours méprisées et dédaignées.

ŒUVRES ET PARCOURS

Elle évoque le **rôle décisif des femmes dans l'Histoire**. Mais une fois leur capital de jeunesse et de beauté disparu, ces dernières perdent leur influence dans la société. C'est pourquoi Olympe de Gouges propose de **sécuriser leur situation juridique** par le « partage des fortunes entre les hommes et les femmes, et de l'administration publique ».

D Quels sont les thèmes importants dans la *Déclaration des droits de la femme et de la citoyenne* ?

1 L'égalité

Olympe de Gouges estime que l'**égalité** entre la femme et l'homme est **inscrite dans la nature,** ce qui lui donne un **caractère inaliénable**. Dans l'article 5, elle évoque « Les lois de la nature et de la raison » absentes de la *DDHC*. Les propriétés sont considérées à l'article 17 comme « vrai patrimoine de la nature » et doivent à ce titre être partagées entre la femme et l'homme. Au XVIIIe siècle, on considérait que la nature créait des différences entre les deux sexes, en fonction de critères comme la force physique. Or pour Olympe de Gouges, la nature est au contraire **placée sous l'égide d'une autorité,** « l'Être suprême » (préambule), **rationnelle et juste,** soucieuse de l'égalité entre la femme et l'homme.

2 La justice

Déclaration des droits de la femme et de la citoyenne est avant tout un **texte juridique.** Son objet est donc la justice. Olympe de Gouges en a une **conception distributive :** il s'agit de répartir les biens, dignités, emplois et récompenses en fonction de la valeur et du **mérite** de chacun (art. 6).

Elle insiste aussi sur le **principe de responsabilité,** indissociable de la justice. Elle n'hésite pas ainsi à détourner le sens des articles 7, 8, 9 et 10 de la *DDHC* pour affirmer que la loi doit s'appliquer avec la **même rigueur** aux femmes et aux hommes. Cette logique est poussée jusqu'à la revendication d'un « droit de monter sur l'échafaud » (art. 10).

3 Les libertés politiques pour les femmes

Si Olympe de Gouges revendique un « droit » à l'échafaud, c'est pour mieux justifier celui de **« monter à la tribune ».** Elle met en valeur le rôle politique des femmes et réclame dans l'article 10 la **liberté d'expression** pour tous. Elle souhaite également que les femmes soient intégrées à l'administration et aux charges publiques importantes (art. 13), qu'elles aient un rôle décisionnaire dans la répartition de l'impôt, symbole de l'appartenance à la Nation. L'auteur va plus loin dans l'article 16 en défendant le rôle actif des femmes dans la **rédaction de la Constitution.** En tant que corps de la Nation, les femmes doivent pouvoir assumer tous les **rôles politiques** et parcourir tous les échelons des **emplois publics.**

4 La Révolution

Pour Olympe de Gouges, il faut faire une révolution dans la Révolution. Sa **réécriture** de la *DDHC* de 1789 est hautement **symbolique :** elle montre que la Révolution est **incomplète** et n'incarne pas l'égalité des droits qu'elle était censée prôner.

5 Le mariage

Dans le postambule, Olympe de Gouges affirme : « Le mariage est le tombeau de la confiance et de l'amour. » Elle souhaite substituer à ce sacrement religieux des « conventions conjugales » afin que les **relations entre époux** soient fondées sur un **contrat,** une sorte de pacte civil qui donne à la femme une place digne dans son foyer et dans la société.

E Quelles sont les caractéristiques de l'écriture d'Olympe de Gouges ?

Olympe de Gouges choisit la forme de la déclaration pour défendre la place de la femme dans la société. Elle réécrit la *DDHC* en reprenant scrupuleusement ses **concepts juridiques.**

La division en « articles », la rédaction d'un préambule et d'un postambule montrent le désir de rendre **solennelle** cette déclaration et de lui donner une **force juridique.** Olympe de Gouges souhaitait en effet que sa déclaration soit présentée et votée par la représentation nationale, ce qui ne sera jamais fait.

Mais dans le postambule, Olympe de Gouges sort du cadre juridique et se fait plus rhétorique : « Femme, réveille-toi [...] reconnais tes droits. » Cette apostrophe adopte le **style emphatique des révolutionnaires** qui employaient des formules identiques.

En modifiant le sens originel de certains articles de la *DDHC*, Olympe de Gouges fait par moments une **parodie de la *DDHC*.** Ainsi, l'article 9 de la *DDHC* évoque la présomption d'innocence : « Tout homme étant présumé innocent jusqu'à ce qu'il ait été déclaré coupable [...] » mais, dans sa *Déclaration*, Olympe de Gouges opère un détournement ironique en écrivant : « Toute femme étant déclarée coupable, toute rigueur est exercée par la loi ». Les femmes se voient presque appliquer une **présomption de culpabilité !**

Le parcours : Écrire et combattre pour l'égalité

Introduction

Par sa *Déclaration des droits de la femme et de la citoyenne*, Olympe de Gouges écrit et combat pour l'égalité entre les femmes et les hommes.

Mais tu dois remarquer que le parcours ne mentionne pas spécifiquement le combat pour l'égalité **femmes-hommes.** Il évoque simplement « l'égalité ».

ŒUVRES ET PARCOURS

Ce parcours te permet donc, si tu le souhaites, d'explorer aussi d'autres combats, comme celui pour **l'abolition de l'esclavage** ou pour **l'égalité politique** entre tous les hommes, quelle que soit leur origine.

Pour enrichir ta réflexion sur l'égalité femmes-hommes, je te conseille de lire sur commentairecompose.fr mon analyse des textes suivants :
– « L'histoire de Polly Baker » dans *Supplément au Voyage de Bougainville* de Diderot.
– La lettre 81 des *Liaisons dangereuses* de Laclos.
– L'acte III, scène 16, du *Mariage de Figaro* de Beaumarchais.

Olympe de Gouges, dans la *Déclaration des droits de la femme et de la citoyenne*, utilise l'**écriture** comme une **arme** au service d'un combat, celui de l'égalité entre les femmes et les hommes.

Les procédés et tonalités auxquels elle a recours sont variés.

Nous avons vu qu'elle utilise **l'écriture juridique** pour donner solennité et force de loi à son combat.

Mais son texte est également un **pastiche de la *DDHC* de 1789.** Olympe de Gouges fait parfois preuve d'une ironie grinçante, comme dans l'article 4 où elle définit la liberté de la femme : « l'exercice des droits naturels de la femme n'a de bornes que la tyrannie perpétuelle que l'homme lui oppose ».

Elle s'exprime de manière plus énergique et vigoureuse dans le postambule où elle emploie les figures de l'**antithèse** et du **chiasme** pour rendre sa lutte mémorable.

Elle y écrit par exemple : « tout a été soumis à la cupidité et à l'ambition de ce sexe autrefois méprisable et respecté, et depuis la Révolution, respectable et méprisé ». Ce chiasme montre la **situation contradictoire** dans laquelle est enfermée la femme au XVIIIe siècle : sa valeur intérieure (« respectable ») ne correspond pas à sa situation politique (« méprisée »).

L'apostrophe aux femmes les invite à faire la révolution dans la Révolution mais relève aussi d'une **tirade tragique aux accents raciniens :** « Ô femmes ! femmes, quand cesserez-vous d'être aveugles ? » Cette tonalité rappelle que les femmes sont victimes d'une **tragédie politique.**

Toujours dans le postambule, Olympe de Gouges adopte un **style romanesque :** « D'autres exemples encore plus touchants s'offrent à la raison. » L'adjectif **« touchants »** dévoile une sensibilité préromantique. La situation de la jeune femme évoquée par l'écrivaine (« l'ingrat la laissera après quelques années ») rappelle le destin de **Manon Lescaut,** l'héroïne du roman de l'abbé Prévost, ou **l'histoire de Polly Baker** dans *Supplément au Voyage de Bougainville* de Diderot.

Prolongement artistique

Eugène Delacroix, *La Liberté guidant le peuple*, 1830

Eugène Delacroix peint cette toile lors de l'insurrection populaire de la **révolution de 1830.** Cette œuvre ne représente donc pas la Révolution française de 1789 mais peut être considérée comme une réécriture de celle-ci, avec l'émergence de **symboles nouveaux.**

Le tableau est organisé de manière pyramidale. Il met en scène une barricade au bas de laquelle sont représentés des corps morts ou mourants, victimes du régime de la Restauration. À droite, un **enfant coiffé d'un béret** exhibe des pistolets de cavalerie et semble illustrer **l'avenir de la France** contestant la Restauration. À gauche, un **homme avec un haut-de-forme** et un fusil paraît signer l'alliance entre la bourgeoisie et le peuple.

Au centre du tableau, une figure féminine arborant le drapeau bleu, blanc, rouge concentre tous les regards : **l'allégorie de la Liberté.** Coiffée d'un bonnet phrygien, elle évoque – en raison de son profil, de sa nudité et de sa blancheur – une **déesse grecque.**

Ce personnage féminin au sommet de la pyramide rappelle le **combat d'Olympe de Gouges.** Dans sa *Déclaration des droits de la femme et de la citoyenne*, l'auteur place la femme au centre du processus révolutionnaire et suggère que sans sa **libération,** il n'y a pas de véritable Révolution. Delacroix, en mettant une **femme au centre de sa composition,** semble rattraper le temps perdu lors de la Révolution.

ŒUVRES ET PARCOURS

Roman

œuvre 7 *Manon Lescaut*, Abbé Prévost Parcours : Personnages en marge, plaisirs du romanesque

Abbé Prévost

Fiche d'identité de l'œuvre

Titre : *Histoire du chevalier des Grieux et de Manon Lescaut*

Auteur : Abbé Prévost

Date : 1731

Mouvement littéraire : Influencé par le classicisme et sa vision pessimiste de la passion, ce roman goûte toutefois à l'exploration des sentiments, préfigurant le héros romantique du XIXe siècle.

Thèmes principaux : La passion amoureuse, l'amitié, l'âme humaine, le libertinage, le bonheur.

Particularités de l'écriture : Un roman-Mémoires qui mêle analyse psychologique et aventures pleines de rebondissements.

Parcours associé : Personnages en marge, plaisirs du romanesque.

A Qui est l'abbé Prévost ?

Né en 1697, Antoine-François Prévost mène une **vie riche en péripéties,** ponctuée de scandales et de fugues successives. Il embrasse, en 1721, une **carrière ecclésiastique** et commence à rédiger, en 1728, *Mémoires d'un jeune homme de qualité*. Mais il rejette la vie religieuse, fuit en Angleterre, puis en Hollande, où il se lie avec Hélène Eckhardt, une aventurière. Il rédige alors l'*Histoire du chevalier des Grieux et de Manon Lescaut*, un roman à forte composante autobiographique. Il retourne à Londres en 1733 et fonde un journal, puis revient en France où il est emprisonné pour dettes (1734), avant de devenir aumônier du prince de Conti en 1736. Il décède en 1763 à Courteuil.

B Pourquoi me fait-on étudier *Manon Lescaut* ?

Manon Lescaut est le 7e tome des *Mémoires d'un jeune homme de qualité*, mais il s'agit sans conteste de l'**œuvre la plus connue** de l'abbé Prévost. Le **mélange des** genres confère à cette œuvre une richesse exceptionnelle. L'histoire du chevalier des Grieux tient en effet à la fois de la tragédie classique, du roman d'aventure et du roman d'analyse psychologique. C'est aussi une œuvre à dimension morale, qui vise à mettre en garde contre les ravages de la passion amoureuse.

C Comment résumer *Manon Lescaut* ?

Le chevalier des Grieux narre au marquis de Renoncour le récit de sa passion amoureuse pour Manon Lescaut.

À 17 ans, le chevalier des Grieux s'éprend de Manon, jeune femme destinée par ses parents au couvent. Il devient son amant et fuit la maison familiale. Mais Manon le trompe. Enlevé par ses parents, le chevalier reprend des études brillantes et devient l'abbé des Grieux. Néanmoins, il succombe à nouveau aux charmes de Manon venue lui rendre visite et part s'installer avec elle à Paris.

Les péripéties s'enchaînent à un rythme effréné : le frère de Manon, un brigand, vient s'installer avec eux, convainc Manon de jouer de ses charmes pour obtenir de l'argent et pousse le chevalier des Grieux au jeu, à la tricherie et au vol. Pris en flagrant délit, les deux amants sont emprisonnés, mais parviennent à se libérer, tuant un garde au passage.

Les deux jeunes gens s'installent à Chaillot, mais Manon, attirée par l'argent et le luxe, conduit des Grieux à manigancer un plan avec elle pour tirer profit du fils de G*** M***. Leur plan échoue et ils sont arrêtés. Manon est déportée en Louisiane. Le chevalier des Grieux la suit en Amérique, se bat en duel contre le fils du gouverneur et fuit à la Nouvelle-Orléans avec Manon. La jeune femme succombe néanmoins dans le désert. Des Grieux, éprouvé et inconsolable, est rejoint par son ami Tiberge et retourne en France où il apprend la mort de son père.

D Quels sont les thèmes importants dans *Manon Lescaut* ?

1 La passion amoureuse

La passion amoureuse domine le chevalier des Grieux. L'amour est assimilé au bonheur comme en témoigne le champ lexical de la tendresse, omniprésent dans le récit, mais il est aussi placé sous le signe de la destruction et de la tragédie. L'amour agit en effet comme une fatalité, un destin funeste dont des Grieux ne parvient pas à se défaire. Ainsi, chaque fois qu'un événement le sépare de Manon (la tromperie de Manon avec M. de B., avec M. de G*** M***, la prison...), le désir les unit de nouveau. La passion est aussi pourvoyeuse d'illusion car des Grieux, aveuglé par ses sentiments, ne voit plus les infidélités de Manon.

2 L'amitié

L'amitié est un thème abordé à travers la figure de Tiberge. Ce dernier offre un miroir vertueux et chrétien à des Grieux. Son amitié est héroïque car elle résiste aux nombreuses déceptions occasionnées par les déviances morales de son ami. Quant au chevalier, s'il réprouve avec ironie les « harangues apostoliques » de son compagnon, il n'en reste pas moins fidèle à Tiberge qui lui sert de **boussole** dans ce roman en perpétuel mouvement.

3 Le tiraillement de l'âme humaine

L'abbé Prévost analyse dans ce roman les **paradoxes de l'âme humaine.** Selon lui, l'homme est **tiraillé** entre l'**idéal religieux et moral** et l'attraction vers le **plaisir.** Ce tiraillement intérieur, propre à tous les hommes, est symbolisé par les personnages de des Grieux et Tiberge. Ainsi, **Tiberge** incarne la **vertu** tandis que **des Grieux** symbolise l'attrait pour la **luxure.** Cette tension se manifeste aussi physiquement, à travers les **« torrents de larmes »** versés par des Grieux qui traduisent des états contradictoires : la joie, la tristesse, la mélancolie, le désespoir.

4 Le libertinage

Ce roman met en scène le libertinage des mœurs et la corruption qui règnent en France au début du XVIIIe siècle. **Manon,** femme fatale, incarne le **libertinage :** « Manon était passionnée pour le plaisir ; je l'étais pour elle », dit des Grieux. Durant tout le récit, le jeune homme ne cherche qu'à satisfaire les **plaisirs matériels** de Manon : son goût pour l'opéra, pour les divertissements, sa recherche du confort. La jeune femme se plaît à élaborer des stratégies de **tromperie** pour dépouiller ses soupirants. Elle n'est pas touchée par les vertus de la religion, contrairement à des Grieux qui est tiraillé entre vice et vertu.

5 Le bonheur

La question du bonheur, centrale dans les écrits du XVIIIe siècle, est déjà présente dans *Manon Lescaut*. Le bonheur y est assimilé à une **vie simple.** Mais cette sérénité est **impossible à Paris** où la menace et la corruption règnent constamment. Paris incarne le lieu de la tromperie et du libertinage.

Le bonheur semble en revanche accessible dans le **Nouveau Monde** qui offre la promesse d'une vie purifiée des tentations libertines. Même Manon semble s'y laisser gagner par la **conception chrétienne du bonheur** comme le suggère sa joie face à la perspective du mariage à la fin du roman.

E Quelles sont les caractéristiques de l'écriture de l'abbé Prévost ?

Le succès de ce roman tient en partie au **mélange des genres et des tonalités** qui crée une vive impression sur le lecteur.

Manon Lescaut est d'abord un **roman-Mémoires,** c'est-à-dire un récit fictif présenté sous la forme de Mémoires. Il comprend des **récits enchâssés :** le narrateur rencontre des Grieux qui lui fait l'exposé de ses aventures. Cet enchâssement crée une architecture complexe, vivante, qui relève d'une esthétique **baroque.**

L'abbé Prévost emprunte ensuite aux techniques du **roman d'aventure :** fugues, tromperies, vols, meurtres, incarcérations, évasions… La richesse des péripéties place le récit sous le signe du **rebondissement** et du coup de théâtre.

Le **lyrisme** demeure toutefois le registre dominant : il permet au chevalier des Grieux d'évoquer son désir fou pour Manon : « Son esprit, son cœur, sa douceur et sa beauté formaient une chaîne si forte et si charmante, que j'aurais mis tout mon bonheur à n'en sortir jamais. »

Mais il ne faudrait pas oublier la **visée morale** de ce roman qui met en garde contre les passions. L'écriture de l'abbé Prévost, lorsqu'elle s'exprime par aphorisme, se rapproche ainsi parfois de celle des **moralistes** du XVIIe siècle, comme La Bruyère ou La Rochefoucauld : « La plupart des grands et des riches sont des sots ; cela est clair à qui connaît un peu le monde. Or il y a là-dedans une justice admirable. »

Le parcours : Personnages en marge, plaisirs du romanesque

Introduction

Dans ce roman, l'abbé Prévost ne s'intéresse pas à des figures héroïques aux actions sublimes mais à des **personnages en marge.**

Pourquoi ?

Les personnages en marge permettent de mieux **peindre l'âme humaine,** et leur **déchéance progressive** constitue un **moteur de l'action romanesque.**

Pour aller plus loin, tu peux faire des parallèles avec de multiples romans qui retracent la chute de leurs protagonistes. Par exemple : *Les Liaisons dangereuses* de Laclos (le libertinage), *Illusions perdues* de Balzac (la corruption), *Le Rouge et le Noir* de Stendhal (l'arrivisme et le meurtre), *Nana* de Zola (la prostitution), *Thérèse Desqueyroux* de Mauriac (l'empoisonnement), *L'Étranger* de Camus (la marginalité)…
Retrouve des résumés de nombre de ces œuvres sur commentairecompose.fr.

Dans *Manon Lescaut*, les personnages sont en marge car ils ne parviennent pas à se conformer à la vie morale et réglée qui est attendue d'eux.

Des Grieux, chevalier, appartient par son père à une lignée héroïque, morale et chrétienne du XVIIe siècle. Mais l'amour éprouvé pour Manon le marginalise. Sa marginalité est d'abord intérieure : incapable d'être un bon chrétien, il ne peut lutter contre la **tentation du péché et des plaisirs.**

Puis cette marginalité devient **sociale :** il passe d'un statut noble à celui d'un déclassé, désargenté et renié par son père. Cette **déchéance** est un ressort romanesque puissant qui **tient le lecteur en haleine.** Le noble des Grieux va-t-il se laisser entraîner dans cette chute ? Va-t-il se ressaisir ? Va-t-il renoncer à son amour pour Manon ?

Manon est, quant à elle, en marge de la docilité et de la pudeur attendue d'une jeune fille à cette époque. Amoureuse des plaisirs, de la variété, du mouvement, de la ville parisienne, son **inconstance** est l'un des moteurs du roman. C'est en effet pour la satisfaire que des Grieux va se lancer dans des aventures risquées.

Le roman nous entraîne également vers un **univers social marginal,** notamment à travers le frère de Manon, qui vit de larcins et de tromperie. Cet univers suscite la **curiosité du lecteur** pour un milieu éloigné du sien qu'il considère comme un espace de péché et de tentations.

Cette marginalisation est toutefois suivie, à la fin du roman, d'une sorte de **normalisation.** En effet, une fois en Amérique, les deux amants reviennent à une vie plus vertueuse comme le suggère leur souhait de se marier. Paradoxalement, l'exil mène à un **apaisement intérieur** qui permet aux personnages de **se retrouver.**

Prolongement artistique

Jean-Honoré Fragonard, *Le Verrou*, 1777

Le Verrou de Fragonard représente **deux amants** qui se rencontrent clandestinement. À l'instar de *Manon Lescaut*, où les deux amoureux se cachent pour vivre leur passion, le geste de l'homme qui pousse le verrou suggère **l'interdit** de ce rendez-vous.

Cette scène est placée sous le signe de la **sensualité,** suggérée par le lourd rideau rouge et le lit en désordre, les pieds nus de l'amant et la posture mélodramatique des personnages qui s'abandonnent au plaisir. Les mouvements de la robe montrent une **attraction irrésistible** de la femme vers son amant.

Ironiquement, l'homme veut se protéger des regards en poussant le verrou, mais se retrouve offert au regard du spectateur, tel le chevalier des Grieux dont les **tiraillements intérieurs** sont **examinés** dans les moindres détails par l'abbé Prévost.

Roman

œuvre 8 *La Peau de chagrin*, Honoré de Balzac
Parcours : Les romans de l'énergie : création et destruction

Honoré de Balzac

Fiche d'identité de l'œuvre

Titre : *La Peau de chagrin*

Auteur : Honoré de Balzac

Date : 1831

Mouvement littéraire : Un roman inclassable, à cheval entre la nouvelle fantastique, le conte oriental et le roman réaliste.

Thèmes principaux : Le jeu, le désir destructeur, le temps, l'argent, la science.

Particularités de l'écriture : Une écriture riche, foisonnante, qui fait cohabiter le merveilleux, le fantastique et le réalisme.

Parcours associé : Les romans de l'énergie : création et destruction.

Œuvres et parcours

A Qui est Honoré de Balzac ?

Né en 1799, Honoré de Balzac fait des études de droit mais s'oriente rapidement vers une carrière littéraire.

Il est l'auteur d'une **œuvre romanesque monumentale** composée de plus de 90 romans rassemblés dans une structure qu'il nomme ***La Comédie humaine***. Son but est de « faire concurrence à l'état civil » et à l'Histoire grâce à une **description minutieuse** de la société de son époque.

Ses romans les plus connus sont *La Peau de chagrin* (1831), *Eugénie Grandet* (1833), *Le Père Goriot* (1834-1835) et *Illusions perdues* (1837-1843). Il meurt en 1850.

B Pourquoi me fait-on étudier *La Peau de chagrin* ?

La Peau de chagrin est une œuvre clé de *La Comédie humaine*. Balzac l'a classée dans la partie *Études philosophiques* de sa fresque romanesque car il y expose sa **conception de l'existence humaine.** Selon lui, notre vie disposerait d'un **capital d'énergie** que le désir et la volonté consument et détruisent peu à peu. Cette philosophie est le moteur de *La Comédie humaine* qui met en scène les **ravages du désir.** De plus, *La Peau de chagrin* est un des premiers romans dans lesquels Balzac tente de **dépeindre la société tout entière :** la mansarde du jeune étudiant désargenté, les orgies parisiennes, les salons, le monde du jeu, l'aristocratie, la science, le monde rural. Cette volonté d'embrasser toutes les classes sociales donne à voir un **roman foisonnant.**

C Comment résumer *La Peau de chagrin* ?

Ce roman se compose de **trois parties.**

Le Talisman. Dans cette première partie, le jeune Raphaël de Valentin entre dans une maison de jeu et y perd son dernier louis d'or. Prêt à **se suicider,** il découvre chez un vieil antiquaire la **peau de chagrin,** peau de bête mystérieuse qui **réalise tous les souhaits** de son propriétaire. Mais à chaque vœu réalisé, la peau **rétrécit,** et avec elle, la vie de son propriétaire. Raphaël accepte le pacte avec l'objet magique. Lui qui rêve d'une fête, son premier vœu se réalise lorsqu'il croise en sortant de chez l'antiquaire des amis écrivains qui l'invitent à un **festin.** Le dîner se transforme en **orgie,** avec l'arrivée de filles de joie, notamment Aquilina et Euphrasie avec qui Raphaël et son ami Émile font connaissance.

La Femme sans cœur. La deuxième partie est constituée du long récit que Raphaël fait de sa vie à Émile, à la fin de la soirée. Ruiné à la mort de son père, le garçon, d'origine noble, est **condamné à une existence misérable.** Il s'installe dans une modeste chambre d'hôtel où il rédige une comédie et un *Traité de la volonté*. Il est aidé dans sa vie matérielle par Mme Gaudin, l'hôtelière, et sa fille **Pauline,** à qui il donne des cours. Sous l'influence de son ami **Rastignac,** il est présenté à la haute société parisienne et fait la connaissance de la **comtesse Foedora,** une coquette **capricieuse et indépendante,** dont il s'éprend bien qu'elle mette froidement fin à ses espoirs amoureux. Il entre alors dans la **spirale de la dette** pour alimenter ses désirs de luxe et de débauche. À la fin de son récit, Raphaël souhaite la richesse. Presque aussitôt, un notaire lui annonce qu'il hérite d'une **fortune considérable** suite à la mort d'un lointain parent. Avec effroi, Raphael se rend compte que **la peau de chagrin s'est réduite.**

L'Agonie. Dans la troisième partie, nous découvrons que Raphaël vit désormais retranché dans un hôtel particulier et **s'interdit tout désir, tout vœu.** Il se rend pourtant un soir au théâtre, y revoit Foedora qu'il ignore, et **retrouve Pauline,** la fille de son ancienne logeuse, devenue riche après le retour de son père. Animés d'un amour sincère, les deux jeunes gens se demandent en **mariage,** mais Raphaël remarque que **la peau de chagrin s'est encore rétrécie.** Il la jette au fond d'un puits ; mais un domestique la lui ramène. Raphaël se tourne alors vers la **science** – il consulte un naturaliste, un professeur de mécanique et un chimiste –, mais aucun savant ne parvient à donner une explication rationnelle au rétrécissement de la peau. Raphaël fuit Paris, demeure un temps à la campagne, mais finit par revenir dans la capitale. Enfin, il révèle à Pauline le pouvoir du talisman. Affaibli, il **meurt** dans les bras de la jeune femme qu'il désire ardemment.

D Quels sont les thèmes importants dans *La Peau de chagrin* ?

1 Le jeu

Le thème du jeu est essentiel dans *La Peau de chagrin* et ouvre d'ailleurs le roman. Raphaël de Valentin joue sa dernière pièce et la perd, ce qui entraîne son envie suicidaire. Le jeu semble être un symbole de la **roue de Fortune** qui distribue **honneurs et richesses** presque par **hasard,** dans un monde aléatoire. Ainsi, lorsque Raphaël joue, il perd. Lorsqu'il ne joue pas, il gagne, comme en témoigne la venue du notaire un lendemain de débauche pour lui annoncer un bel héritage. Le jeu est une **tentation permanente** qui mène à la dépossession des individus : « On ne s'appartient plus », note Balzac au début du roman.

2 Le désir destructeur

Balzac montre comment le **désir** est une **énergie destructrice** qui entame et dévore la vie. La peau de chagrin symbolise l'existence de Raphaël qui s'amenuise à chaque acte de désir ou de volonté. Face à l'énergie implacable du destin, impossible de lutter pour le jeune homme. La **dénégation** et la **fuite** ne fonctionnent pas, comme le souligne l'épisode où la peau de chagrin, jetée par Raphaël dans un puits, est repêchée par un domestique. Les **efforts** et la **raison** échouent. Ainsi, Raphaël a beau s'enfermer dans un hôtel et récuser de son vocabulaire toute référence au désir, la volonté se manifeste toujours et finit par l'emporter. Enfin, **la science est impuissante.** Raphaël est puni d'avoir préféré **le vouloir et le pouvoir,** incarnés par la peau, à la sagesse de l'antiquaire. Ce choix irréversible consume sa vie.

3 Le temps

Dans ce roman, la **peau de chagrin** symbolise le **temps de vie.** Il ne s'agit plus d'un temps objectif, qui répond au nombre des années, mais d'un temps subjectif et élastique, qui diminue plus ou moins selon l'intensité des désirs de Raphaël. Le temps et l'énergie vitale sont donc intimement liés. C'est lorsque l'individu a épuisé son capital d'énergie vitale qu'il meurt. La disposition triangulaire des inscriptions sur le talisman évoque d'ailleurs la forme d'un **sablier** et restitue visuellement la définition de la vie selon Balzac : un temps qui s'achève lorsque notre **capital de vie** est **épuisé.**

4 L'argent

L'argent est omniprésent dans le roman, soit par son **absence cruelle** (avant son héritage, Raphaël est toujours en quête d'argent), soit par sa **prolixité** (après son héritage, Raphaël est saturé d'argent).

Balzac n'idéalise toutefois pas la **pauvreté.** Il l'envisage comme une **prison** qui enferme les personnages dans la recherche monomaniaque de la survie.

Balzac oppose, malgré tout, la **simplicité généreuse de la pauvreté** à la **sécheresse froide du luxe.** Ainsi, Raphaël reçoit de l'argent de Pauline, alors que cette dernière ne possède rien, et qu'il dépense tout pour la riche et insensible Foedora. Les valeurs sont inversées. Dans ce **monde corrompu,** le pauvre donne et le riche reçoit.

5 La science

Raphaël veut obtenir une explication rationnelle au rétrécissement surnaturel de la peau de chagrin. Il fait donc le tour des **scientifiques,** mais ces derniers sont incapables de freiner la réduction du talisman. Balzac fait preuve d'**ironie** face à l'impuissance des scientifiques. Ainsi, le naturaliste Lavrille dresse une **nomenclature de l'existant** sans pouvoir en comprendre le fonctionnement : « en laissant le bon Lavrille au milieu de son cabinet rempli de bocaux et de plantes séchées. Il remportait de cette visite, sans le savoir, toute la science humaine : une nomenclature ! » Balzac montre la **supériorité de l'énergie vitale,** à la fois créatrice et destructrice, **sur la science.**

E Quelles sont les caractéristiques de l'écriture de Balzac ?

On retrouve dans ce roman des **descriptions minutieuses** et le **souci du détail,** par exemple dans la tenue vestimentaire de Foedora où la moindre nuance de couleur est saisie. Les **thèmes de l'économie et de l'argent** constituent un fil conducteur qui témoigne du souci de Balzac de décrire l'aspect matérialiste et prosaïque de la vie bourgeoise.

Il ne faudrait toutefois pas inscrire trop rapidement ce roman dans le courant réaliste, d'autant que ce mouvement n'était pas encore né en 1831. C'est la **dimension fantastique** qui est la plus saillante dans cette œuvre où la frontière entre le réel et l'imaginaire tend à s'effacer. Le fantastique repose tout d'abord sur l'objet central du roman : la **peau de chagrin** dont le rétrécissement résiste à toutes les explications rationnelles. Balzac puise également son inspiration dans les contes des ***Mille et Une Nuits*** et transpose le rêve oriental à Paris. Si la peau de chagrin fait songer à la lampe d'Aladin, le festin auquel participe Raphaël évoque les **orgies orientales,** où les courtisanes parisiennes forment une sorte de « sérail ».

Le parcours : Les romans de l'énergie : création et destruction

Introduction

Dans ce roman, Balzac essaie de saisir **l'énergie qui anime l'âme humaine.**

Il a une **théorie** bien précise à ce sujet, exposée dans le roman à travers la voix de l'antiquaire : « Je vais vous révéler en peu de mots un grand mystère de la vie humaine. L'homme s'épuise par deux actes instinctivement accomplis qui tarissent les sources de son existence. Deux verbes expriment toutes les formes que prennent ces deux causes de mort : VOULOIR et POUVOIR. [...] VOULOIR nous brûle et POUVOIR nous détruit ; mais SAVOIR laisse notre faible organisation dans un perpétuel état de calme. »

De nombreux autres romans sont habités par une philosophie similaire, où l'énergie des personnages mène à la fois au dépassement de soi et à la destruction.

Retrouve sur commentairecompose.fr des analyses et des fiches de lecture d'autres romans où l'énergie vitale est à la fois source de création et de destruction : *La Princesse de Clèves* de Madame de La Fayette, *Les Liaisons dangereuses* de Laclos, *Illusions perdues* de Balzac, *Le Rouge et le Noir* de Stendhal, *Madame Bovary* de Flaubert, *Bel-Ami* de Maupassant...

Pour Balzac, l'**énergie** qui anime l'homme est à la fois **source de création et de destruction.**

Le SAVOIR est une **énergie créatrice** à laquelle Raphaël s'adonne dans sa chambre d'étudiant lorsqu'il travaille sur son *Traité de la volonté*. Elle lui permet de se dépasser et lui insuffle une créativité philosophique et poétique réelle. L'**antiquaire** qui vend la peau de chagrin incarne la sagesse, qui emprunte la voie du savoir. Ainsi, il doit sa **longévité extraordinaire** (120 ans) à son renoncement aux plaisirs des sens et à la possession matérielle. « Je possède le monde sans fatigue », dit-il, car ses jouissances sont **intellectuelles.** Il incarne la **figure de l'artiste** dont le pouvoir est **créateur.** Mais le vieillard se cantonne à une vie retirée au milieu des vestiges du temps.

POUVOIR et **VOULOIR** alimentent en revanche des désirs excessifs et sont des **énergies destructrices.**

La **peau de chagrin** représente ce désir dévastateur qui consume Raphaël à mesure que sa volonté se manifeste. Ainsi, dès que le jeune homme prononce un souhait, la richesse, par exemple, son capital d'énergie, symbolisé par la peau de chagrin, diminue.

Deux choix s'offrent donc au héros. **Gaspiller son capital d'énergie** dans une existence de plaisirs et de débauche, comme Rastignac ou les prostituées Aquilina et

Euphrasie : « Nous vivons plus en un jour qu'une bonne bourgeoise en dix ans », dit Aquilina. Ou, comme l'antiquaire, **choisir la sagesse,** l'étude, la jouissance intellectuelle et préserver ainsi son capital d'énergie et sa puissance créatrice.

L'amour lui-même est une **énergie ambiguë, entre pulsion de vie et destruction.** En effet, au début du roman, l'amour de Pauline semble pouvoir préserver Raphaël d'une vie d'excès. Mais sur les conseils de Rastignac, Raphaël entre dans le monde parisien pour séduire Foedora. L'amour devient **passion** et se transforme alors en énergie destructrice entraînant une **perte incessante d'argent** et un **aveuglement** perpétuel. Foedora est comme un **trou noir** qui retient toute la lumière, une sorte de matière qui emprisonne tout rayonnement et que Balzac nomme la « Femme sans cœur ».

Prolongement artistique

Louis-Léopold Boilly, *L'Intérieur d'un café* dit aussi *La Partie de dames au café Lamblin au Palais-Royal*, vers 1824

Comme dans *La Peau de chagrin,* Louis-Léopold Boilly, dans *L'Intérieur d'un café*, fait du jeu la métaphore de la perdition.

Le **regard** de tous les personnages **converge** vers le plateau de jeu, au centre du tableau, qui exerce une véritable **attraction sur les hommes.** La forme du damier est symboliquement reproduite sur le sol à travers le carrelage noir et blanc. Cette mise en abyme suggère que **la société elle-même est un plateau de jeu,** comme le montre Balzac dans *La Peau de chagrin*, à travers les fortunes de Raphaël et Pauline qui se font et se défont au gré du hasard.

Le jeu social crée des **inégalités** de conditions. Les deux joueurs n'ont ainsi pas la même posture : celui de gauche incarne la **bourgeoisie d'argent** sûre d'elle-même, conquérante, et qui ne doute pas de sa victoire. Le personnage à droite fait songer à un **aristocrate** du siècle précédent : il est concentré, tendu, mal assis, sa position chavire et il paraît être le perdant de ce jeu qu'est la société.

Le jeu fait également des **victimes :** Raphaël au début de *La Peau de chagrin* et la chaise vide dans le tableau de Boilly qui suggère qu'un vaincu a déjà quitté la salle.

Récit

œuvre 9 *Sido* suivi de *Les Vrilles de la vigne*, Colette
Parcours : La célébration du monde

Colette

Fiche d'identité de l'œuvre

Titre : *Sido* suivi de *Les Vrilles de la vigne*

Auteur : Sidonie-Gabrielle Colette, dite Colette

Date : 1930 pour *Sido* ; 1908 pour *Les Vrilles de la vigne*

Mouvement littéraire : L'œuvre de Colette ne se rattache à aucun mouvement littéraire.

Thèmes principaux : La nature, l'amour, le souvenir, la vie mondaine.

Particularités de l'écriture : Une écriture lyrique et poétique qui fait revivre le passé et célèbre la nature avec sensualité.

Parcours associé : La célébration du monde.

A Qui est Colette ?

Née en 1873, **Sidonie-Gabrielle Colette** mène une enfance heureuse à la campagne, auprès de sa mère Sido et de son père, ancien militaire. À l'âge de 20 ans, elle **épouse Willy,** un écrivain mondain qui la pousse à écrire la série à succès des ***Claudine.*** Après son divorce, elle exerce les métiers de mime, de comédienne, puis, plus tard, de journaliste, et tient même un salon de beauté. Ces diverses professions ont profondément marqué son travail d'écrivain. Elle multiplie les conquêtes masculines et féminines et affirme sa bisexualité. **Personnage sulfureux** pour l'époque, elle n'en demeure pas moins un auteur reconnu et obtient de nombreux **honneurs** (comme la présidence de l'Académie Goncourt).

B Pourquoi me fait-on étudier *Sido* suivi des *Vrilles de la vigne* ?

Ces deux ouvrages sont indépendants l'un de l'autre : *Les Vrilles de la vigne* est un recueil de textes paru en 1908 et *Sido*, publié en 1930, évoque des souvenirs d'enfance. Ils permettent néanmoins d'entrer de plain-pied dans l'œuvre de Colette, qui se caractérise par un **rapport sensuel et dialogique** (c'est-à-dire sous forme de dialogue) **avec la nature.**

C Comment résumer *Sido* et *Les Vrilles de la vigne* ?

1 *Sido* est composé de trois parties :

- La **partie I** relate des **souvenirs d'enfance** de Colette dans son village de **Saint-Sauveur-en-Puisaye,** sa maison natale, son jardin, son voisinage et, surtout, **sa mère, Sido,** une femme d'autorité et de charisme, qui jouit d'une connaissance intime de la nature.
- La **partie II, « Le capitaine »,** évoque le **père** de Colette. Militaire ayant perdu une jambe à la guerre, c'est un citadin exilé à la campagne, amoureux de Sido, qui chante la gaieté pour cacher sa tristesse. Après sa mort, sa famille trouve dans sa bibliothèque de nombreux livres aux pages blanches, témoins de sa **vocation manquée d'écrivain.**
- Dans la **partie III, « Les sauvages »,** Colette se remémore sa **fratrie :** le mariage malheureux de sa grande demi-sœur Juliette, le souvenir d'Achille, 17 ans, son demi-frère qui entame des études de médecine et de son frère Léo, 13 ans, qui rêve de liberté. Elle évoque le souvenir de jeux entre les deux garçons.

2 *Les Vrilles de la vigne* est constitué de **courts textes épars.** Mais derrière une structure apparemment éclatée, on repère des séries thématiques :

- **Le retour sur le passé** est omniprésent dans ces nouvelles, notamment dans « Rêverie de Nouvel An » qui évoque des souvenirs d'enfance et la vieillesse (« Éloigne-toi, lentement, lentement, sans larmes ; n'oublie rien ! ») ou « Le dernier feu » dans lequel Colette se souvient du jardin de son enfance.
- **L'amour pour les animaux** est très présent, dans « Nonoche » par exemple, qui évoque la maternité d'une de ses chattes. « Toby-Chien parle » et « Dialogues de bêtes » font converser les animaux de l'écrivaine. Dans « Un rêve », les souvenirs de ses chiens s'entremêlent.
- **Le maquillage,** mensonge qui rend à la femme sa fierté, est un thème récurrent (« Maquillages », « Belles-de-jour »), ainsi que **l'amour malheureux** à travers l'amie Valentine quittée par son amant, que Colette tente de consoler (« Belles-de-jour », « La guérison »).
- **La mer** est présente dans de nombreuses scènes maritimes comme « En baie de Somme », « À marée basse », « Bain de soleil ». Colette y voit dans « Jour gris » ou « Partie de pêche » un espace presque dégoûtant, en **putréfaction.** *A contrario*, elle fait l'éloge de la **campagne** de son enfance, espace animé d'un souffle paradisiaque, et de la forêt, dans « Forêt de Crécy », lieu fascinant et inquiétant.

D Quels sont les thèmes importants dans *Sido* et *Les Vrilles de la vigne* ?

1 La nature

La nature est au cœur de l'œuvre de Colette. **Sido,** sa mère, en est l'**interprète** et la traductrice car elle établit entre les faits des liens de causalité imperceptibles par les autres : « Il va geler, la chatte danse. » La nature est pour elle **un tout** dont les éléments **communiquent** entre eux. Sur les pas de sa mère, Colette interprète aussi la conversation secrète de la nature. Ainsi, le chant du rossignol dans *Les Vrilles de la vigne* ou du rouge-gorge dans *Amours* n'est pas qu'un sifflement mais un **langage que Colette décode.** Elle restitue également les **dialogues entre les animaux,** dans « Dialogues de bêtes ». Colette développe ainsi une vision païenne d'une **nature animée** d'une intention et d'une conscience. Son souci du **mot précis,** exact, notamment sur l'appellation des plantes, des fleurs et des animaux, manifeste le **désir d'embrasser la nature,** d'en jouir, de la serrer le plus près possible.

2 L'amour

L'amour se manifeste de diverses manières dans les deux ouvrages. C'est d'abord **l'amour pour la famille,** exprimé dans *Sido*. L'enfance, « jusqu'à dix ou onze ans », est une période de **fusion avec la mère** à la fois généreuse et tyrannique. Sido a également transmis à sa fille **l'amour de la nature** qui rayonne dans l'œuvre à travers la célébration du monde végétal et animal.

Dans *Les Vrilles de la vigne,* Colette se penche sur la **psychologie amoureuse.** « La guérison » étudie le passage de la passion jalouse à **la fin de l'amour :** l'état « insupportable » d'être quittée, l'impression vaniteuse d'être la seule à souffrir, puis la domestication progressive de la douleur, avant l'attente d'un autre amour.

3 Le souvenir

Sido et *Les Vrilles de la vigne* reprennent de façon romancée des éléments du **vécu de l'auteur :** son village bourguignon, Saint-Sauveur-en-Puisaye, évoqué à travers le nom de ses rues dans *Sido*, l'identité de ses parents... Le recueil est d'ailleurs structuré comme un **arbre généalogique** dont chaque partie dresse le **portrait des membres de la famille :** la mère, le père puis les frères et sœur.

Dans *Les Vrilles de la vigne*, Colette fait également remonter des **souvenirs,** à travers une **approche thématique :** l'enfance, les animaux, les amours, la mer, le music-hall, le maquillage... Le **temps qui passe** transforme toutefois les choses comme le reconnaît avec dépit le frère de Colette, Léo, lorsqu'il évoque la grille de la maison familiale dont la réparation a fait disparaître le « Î-î-î-an » caractéristique des bruits de l'enfance : « Ils ont huilé la grille. »

4 La vie mondaine

La campagne est pour Colette un paradis terrestre où elle a vécu une enfance heureuse et dont elle a une connaissance intuitive, sensorielle et sensuelle. Mais elle fait aussi une place dans son œuvre à l'**artifice.** La **vie urbaine et bourgeoise,** par exemple, est évoquée dans *Les Vrilles de la vigne* à travers son amie **Valentine** dans « De quoi est-ce qu'on a l'air ». Sens du devoir, tyrannie des obligations sociales : tout est fait pour transformer la vie urbaine en un lieu où l'être se consomme et se consume. Le **maquillage,** auquel l'auteur consacre plusieurs nouvelles dans *Les Vrilles de la vigne,* représente ce masque qui permet aux femmes d'affronter la vie mondaine, de résister au temps, d'avoir le goût du risque.

E Quelles sont les caractéristiques de l'écriture de Colette ?

L'écriture de Colette se caractérise par l'extraordinaire **richesse de son vocabulaire,** l'utilisation de **termes précis,** techniques, notamment pour **nommer la faune et la flore :** « Mille roses [...] fleurissaient hors d'atteinte, parmi des glycines à longues gouttes de fleurs et des bigonniers pourpres, victorieux ennemis des clématites épuisées... » L'exactitude du mot juste crée un « effet de réel » dans lequel il ne faudrait toutefois pas enfermer Colette. Son écriture est en effet traversée par un **lyrisme** et une **sensualité poétique.** Pour l'auteur, la nature a une âme et dialogue avec les hommes qui savent l'écouter. Dans *Les Vrilles de la vigne*, tout un **bestiaire** est convoqué (le chat, le chien, le rossignol...) pour suggérer la continuité entre le monde humain, animal et végétal. Les **comparaisons** et **métaphores** jettent des ponts entre les éléments, créent une **continuité entre la prose et la poésie** pour saisir une langue faite de sensations pures.

Le parcours : La célébration du monde

Introduction

Sido et *Les Vrilles de la vigne* relatent la **rencontre** de Colette avec le monde.

L'auteur célèbre ce monde avec sensualité, faisant revivre l'univers de son **enfance** et la relation privilégiée qui l'unit à la **nature** et aux **animaux.**

L'écriture de Colette, tissée d'effets sonores et riche en métaphores, fait songer à des poèmes en prose, c'est-à-dire de courts textes poétiques non écrits en vers. Pour aller plus loin, tu peux comparer ses textes aux poèmes en prose de Baudelaire ou de Francis Ponge que tu trouveras sur mon site commentairecompose.fr.

Célébrer signifie louer, honorer, souvent publiquement et solennellement.

C'est bien ce que fait Colette dans *Sido* et *Les Vrilles de la vigne*. Elle y célèbre tout d'abord l'univers de son **enfance** qu'elle fait **revivre,** avec le village de Saint-Sauveur-en-Puisaye, le nom des rues, la description méticuleuse et lyrique du jardin de Sido et des membres de la famille.

Elle y célèbre aussi la **nature** qui, pour elle, forme un tout harmonieux. **Sido** incarne cette célébration du monde car elle est la **« pythonisse »,** celle qui va interpréter les signes anodins du monde pour en découvrir le fonctionnement et le mystère : « Une... deux... trois robes ! Trois robes sur l'oignon ! [...] C'est signe de grand hiver. » Elle a une **connaissance intime de la nature,** au rebours des « météorologues de Paris » qui n'en ont qu'une approche statistique et rationnelle : « Le dégel ? Les météorologues de Paris ne m'en apprendront pas ! Regarde les pattes de la chatte. »

Les **métaphores** et les **personnifications** montrent que **la vie déborde** dans l'univers créé par Colette. Par exemple, les roses sont personnifiées avec Sido, et sa « manière étrange de relever les roses par le menton pour les regarder en plein visage ». Les animaux parlent, les plantes semblent dotées d'une âme, tout est plein de vie. Le tournoiement, les « vrilles de la vigne », sont un danger pour le rossignol mais manifestent aussi ce mouvement d'enlacement de la nature que Colette recherche à travers l'écriture.

Si on peut parler de célébration du monde, c'est aussi parce que Colette confère aux descriptions les plus banales une tonalité presque **mystique,** qui ouvre le monde apparent sur une autre réalité. Sido, la « pythonisse » fait des « offrandes », « consulte le ciel ». Par de lyriques **incantations,** « Ô géraniums, ô digitales », Colette paraît adresser une prière à la nature, dans une **célébration païenne.**

Colette célèbre surtout la **fusion entre l'homme et le monde.** Dans **« Bain de soleil »** *(Les Vrilles de la vigne)*, elle décrit avec sensualité la chaleur sur la plage de la baie de Somme : « Douceur de se sentir sans défense et, sous le poids d'un beau jour implacable, d'hésiter, de chanceler une minute, les mollets criblés de mille aiguilles, les reins fourmillants sous le tricot bleu, puis de glisser sur le sable, à côté de la chienne qui bat de la langue. » La **« forêt de Crécy »** la fait renaître à elle-même : « À la première haleine de la forêt, mon cœur se gonfle. Un ancien moi-même se dresse, tressaille d'une triste allégresse, pointe les oreilles [...] ».

ŒUVRES ET PARCOURS

Prolongement artistique

Vincent Van Gogh, *Le Semeur au soleil couchant*, 1888

Sido et *Les Vrilles de la vigne* sont une **célébration de la beauté du monde et de la création artistique,** comme cette peinture de Van Gogh, *Le Semeur au soleil couchant*.

Van Gogh représente ici un semeur qui fertilise un terrain sous un soleil ardent.

Une impression de **mystère** et de **sensualité** se dégage de cette toile car le peintre a **inversé les couleurs attendues** pour représenter la nature. Le bleu escompté dans le ciel se retrouve dans le champ et le jaune du blé rayonne dans le ciel. La touche **pointilliste** suscite de vives **impressions.**

Ce tableau, comme *Sido* ou *Les Vrilles de la vigne*, symbolise la **création artistique** et le **plaisir sensoriel.** Le semeur fait du bras un geste créateur, comme s'il semait les couleurs qu'il porte en lui. Le **soleil** qui irradie pourrait représenter l'**inspiration** qui se diffuse dans l'œuvre. Si Colette est si attachée au soleil, comme dans « Bain de mer », c'est parce qu'elle y voit aussi une source de plaisir sensoriel et de fertilité.

Théâtre

œuvre 10 *Le Malade imaginaire*, Molière
Parcours : Spectacle et comédie

Molière

Fiche d'identité de l'œuvre

Titre : *Le Malade imaginaire*

Auteur : Molière

Date : 1673

Mouvement littéraire : Le classicisme.

Thèmes principaux : Le mariage, la satire de la médecine, la maladie, la vérité, le divertissement.

Particularités de l'écriture : Une comédie-ballet qui s'appuie sur tous les ressorts du comique et sur le procédé de théâtre dans le théâtre.

Parcours associé : Spectacle et comédie.

A Qui est Molière ?

Jean-Baptiste Poquelin, dit **Molière,** est un des plus célèbres dramaturges du XVIIe siècle. Également acteur et directeur de troupe, cet homme de théâtre complet est la figure de proue de la comédie classique qu'il hausse au rang de la tragédie. S'il excelle dans un premier temps avec la **farce,** c'est dans la **comédie,** plus profonde, où la **peinture satirique des vices humains** se colore d'une **visée morale,** qu'il se distinguera. Protégé par Louis XIV, Molière est pourtant de nombreuses fois attaqué, notamment par les religieux pour ses critiques des faux dévots dans *Le Tartuffe* (1664). Il meurt en 1673, suite à un malaise lors d'une représentation du *Malade imaginaire*.

B Pourquoi me fait-on étudier *Le Malade imaginaire* ?

Le Malade imaginaire s'inscrit dans une thématique fréquente chez Molière : celle de la **satire de la médecine,** qui symbolise la prétention scientifique à maîtriser la nature. *Le Malade imaginaire* est également un **spectacle total** car la **comédie-ballet** intègre la musique, le chant et la danse, offrant un divertissement des plus plaisants. Enfin, cette pièce a contribué à la **légende** de Molière car le dramaturge qui souffrait de tuberculose **fait un malaise** lors de la quatrième représentation le 17 février 1673 dont il meurt quelques heures plus tard.

ŒUVRES ET PARCOURS

C Comment résumer *Le Malade imaginaire* ?

Dans le **prologue,** des personnages antiques chantent le **retour victorieux de Louis XIV** de sa campagne guerrière contre la Hollande.

Dans l'acte I, Argan, **hypocondriaque** invétéré, compte ses traitements et s'affronte avec sa servante Toinette qui le met en garde contre l'apothicaire M. Fleurant et le médecin M. Purgon qui ne font que tirer profit de lui, sans le soigner.

Angélique, la fille d'Argan, confie à Toinette son amour pour Cléante. Mais pour réduire ses frais médicaux, **Argan veut marier sa fille à un médecin,** Thomas Diafoirus. Toinette s'oppose à ce mariage tandis que **Béline,** la seconde femme d'Argan et belle-mère d'Angélique, défend le projet de son mari et pousse ce dernier à rédiger un **testament** en sa faveur.

Lors du premier **intermède** musical, **Polichinelle** chante sa douleur face à l'inflexibilité de son amante Toinette et se fait rouer de coups de bâton dans une scène de ***commedia dell'arte.***

À l'acte II, Cléante s'introduit dans la maison familiale en se faisant passer pour le remplaçant du professeur de musique d'Angélique. Le père Diafoirus et son fils arrivent, mais la **scène de compliments** est **cocasse :** Thomas Diafoirus confond Angélique avec sa belle-mère, Béline.

Sur la demande d'Argan, Cléante donne une leçon de chant à Angélique. Les deux jeunes amants profitent de cet opéra improvisé pour **se déclarer leur amour indirectement.**

Argan apprend par sa cadette, Louison, la présence d'un jeune homme à la porte de la chambre d'Angélique. Furieux, il décide qu'Angélique ira au couvent si elle ne veut pas épouser Thomas Diafoirus. **Béralde,** le frère d'Argan, intervient et propose, pour calmer son frère, un **intermède de danses d'Égyptiennes** (le deuxième intermède).

Dans l'acte III, Béralde tente en vain de raisonner son frère. Toinette se déguise en médecin pour tromper Argan et ridiculiser la profession de ces faux sachants.

Puis, Toinette décide d'utiliser un subterfuge pour **faire émerger la vérité.** Elle propose à Argan de **contrefaire le mort pour voir la réaction de sa femme.** Cette dernière tombe dans le piège : elle se réjouit du décès de son époux tandis qu'Angélique est accablée par cette annonce. Les masques tombent donc. Argan s'éveille et accepte qu'Angélique épouse Cléante si ce dernier devient médecin. Béralde propose une meilleure solution : pourquoi Argan ne se ferait-il pas médecin lui-même ? La pièce se clôt sur la **cérémonie d'intronisation d'Argan** au troisième intermède.

D Quels sont les thèmes importants dans *Le Malade imaginaire* ?

1 La médecine

Molière dresse dans *Le Malade imaginaire* une **satire** féroce de la médecine.

Au XVIIe siècle, l'Europe connaît des avancées majeures en médecine car, sous l'impulsion de René Descartes, elle se dote de méthodes scientifiques.

Mais les médecins que nous voyons dans *Le Malade imaginaire* sont des personnages **prétentieux**, dissimulant leur **ignorance** derrière des mots savants et un **latin de cuisine.** Ce sont des **pédants** et des **rhétoriqueurs** plutôt que des scientifiques. Leurs pratiques qui remontent à l'Antiquité, comme le lavement et la saignée, sont non seulement incapables de guérir, mais précipitent la mort des patients.

Le médecin n'impressionne que par son **habit** et ses **discours savants.** Ainsi, à la fin de la pièce, il suffit à Argan de revêtir la tunique pour être intronisé médecin : « Béralde – [...] L'on n'a qu'à parler avec une robe et un bonnet, tout galimatias devient savant, et toute sottise devient raison. » (III, 14).

2 Le mariage

Le Malade imaginaire confronte quatre types de mariages possibles :

- **Le mariage avec Dieu :** c'est la menace du couvent.
- **Le mariage d'intérêt :** celui que Béline a contracté avec Argan.
- **Le mariage arrangé** (ou mariage de raison) : celui d'Angélique et Thomas Diafoirus.
- **Le mariage fondé sur les sentiments** (ou mariage d'amour) : celui d'Angélique et Cléante.

Avec le **quiproquo** de Thomas Diafoirus qui confond au départ sa future femme Angélique avec sa belle-mère, Molière critique ironiquement le mariage de raison fondé sur des personnes **interchangeables.**

Le mariage d'intérêt est également blâmé à travers le subterfuge utilisé par Toinette pour révéler les **intentions vénales de Béline.**

Le **mariage d'amour** est mis à rude épreuve à travers la figure paternelle qui utilise ses enfants pour servir ses propres intérêts, mais c'est ce mariage qui finira par **triompher.**

3 La vérité

Au début de la pièce, **Argan vit dans l'illusion.** Il croit en la médecine, en l'amour de Béline, au mariage arrangé entre sa fille et Thomas Diafoirus.

La maladie qui l'affecte est bien plus **l'erreur et le manque de lucidité** que la pneumonie.

Toinette, par son subterfuge, **fait émerger la vérité :** Argan comprend que Béline est intéressée et qu'Angélique est raisonnable et aimante.

Néanmoins, **Argan persiste dans ses illusions sur la médecine.** Prisonnier de sa peur de mourir, il demande à Cléante de se faire médecin avant de le devenir lui-même.

4 Le divertissement

Le divertissement est une thématique fondamentale du *Malade imaginaire*. En effet, cette **comédie-ballet** est un spectacle total qui intègre la **musique, le chant**

ŒUVRES ET PARCOURS

et la danse. Les intermèdes occupent une **part importante de la pièce,** en termes de temps et d'investissements dramaturgiques (musique réalisée par le compositeur Marc-Antoine Charpentier, costumes, décors, chorégraphie).

Par ces intermèdes qui chantent le triomphe de l'amour ou de la joie, Molière cherche avant tout à plaire aux goûts du public de son temps. Mais ces intermèdes font également partie d'un décorum de cour qui montre la **puissance du règne de Louis XIV** et visent à s'attirer les bonnes grâces du roi.

E Quelles sont les caractéristiques de l'écriture de Molière ?

Le Malade imaginaire est avant tout une **comédie** qui utilise **tous les ressorts comiques traditionnels** :

- **Le comique de mots,** notamment avec le latin de cuisine lors du troisième intermède qui n'a rien à voir avec le latin spécialisé du vocabulaire médical.
- **Le comique de répétition** lorsque Toinette se déguise en médecin et répète le diagnostic « Le poumon » (III, 10) quel que soit le symptôme énoncé par Argan.
- **Le comique de caractère,** avec des personnages types et caricaturaux : Argan, le barbon hypocondriaque, Toinette, la servante insolente…
- **Le comique de situation,** notamment dans le troisième intermède lorsque Argan est fait médecin dans « une cérémonie burlesque ».

Le trait est également **satirique :** les médecins sont **caricaturaux** et **l'ironie de Toinette** bouscule la hiérarchie sociale entre maîtres et servants (« Quand un maître ne songe pas à ce qu'il fait, une servante bien sensée est en droit de le redresser. » I, 5).

Le parcours : Spectacle et comédie

Introduction

Spectacle et comédie sont intimement imbriqués dans *Le Malade imaginaire*.

Cette **comédie-ballet** offre en effet un **spectacle total** qui mêle chants, danses et musique. Mais les intermèdes ne sont pas des ajouts superflus pour divertir le spectateur : ils sont intimement liés à l'intrigue et accentuent son **effet comique.**

Par ailleurs, cette comédie s'appuie sur le procédé de **théâtre dans le théâtre :** tout au long de la pièce, les personnages organisent des spectacles dans le spectacle, multipliant là aussi le plaisir comique.

Pour aller plus loin, pense aussi à consulter mes lectures linéaires des scènes clés du *Malade imaginaire* sur commentairecompose.fr !

Le Malade imaginaire est fondé sur le spectacle et la comédie.

La **comédie-ballet** est le creuset de trois arts très prisés à la cour de Louis XIV : l'art dramatique, le chant et la danse.

La pièce alterne donc entre une intrigue de théâtre et des pièces chantées ou dansées.

Mais les moments chantés et dansés sont rigoureusement **liés à l'intrigue :**

- Le prologue évoque la **gloire de Louis XIV** et annonce le thème de la pièce en chantant les **amours** de bergers et bergères.
- Le premier intermède reprend le motif de **l'amour malheureux** avec Polichinelle qui chante son amour pour Toinette dans une scène de *commedia dell'arte*.
- Le deuxième intermède, avec les Égyptiens déguisés en Mores, place la question du **mariage** au cœur de l'intrigue : « Quel parti faut-il prendre / Pour nos jeunes cœurs ? »
- Le **troisième intermède** revient sur la **satire de la médecine.** Argan est intronisé médecin dans une cérémonie burlesque mêlant danse et chant.

Le Malade imaginaire est de ce point de vue **un véritable spectacle** qui stimule les sens auditif et visuel et convoque plusieurs arts pour la satisfaction de la cour et également du spectateur contemporain.

Dans cette pièce, le spectacle est aussi celui **qu'organisent les personnages** eux-mêmes.

Toinette est, de ce point de vue, le **metteur en scène** de nombreuses scènes de **théâtre dans le théâtre.** La plus frappante est la mise en scène de la fausse mort d'Argan qui permet de démasquer la vénalité de Béline et de révéler la loyauté d'Angélique.

Béralde joue le rôle d'**organisateur de spectacles** car c'est souvent lui qui introduit les intermèdes, comme lorsqu'il annonce les danseurs mores pour calmer la colère d'Argan : « Je vous amène ici un divertissement [...] » (II, 9).

Plus généralement, le procédé de **théâtre dans le théâtre** est abondamment utilisé dans la pièce, par exemple lorsque Louison fait semblant d'être morte, quand Cléante et Angélique se déclarent leur amour à travers un opéra improvisé, quand Toinette se déguise en médecin ou lorsque Molière se met lui-même en abyme dans l'échange polémique entre Argan et Béralde : « ARGAN – C'est un bon impertinent que votre Molière avec ses comédies [...] » (III, 3).

Ces procédés de mise en abyme accentuent **l'effet comique** car ils donnent une légèreté à la pièce et dédramatisent l'intrigue.

Spectacle et comédie se répondent donc dans *Le Malade imaginaire*. La comédie-ballet crée un système cohérent qui correspond parfaitement à l'esprit de cour de l'époque et à l'idéal classique de **plaire et instruire.**

Prolongement artistique

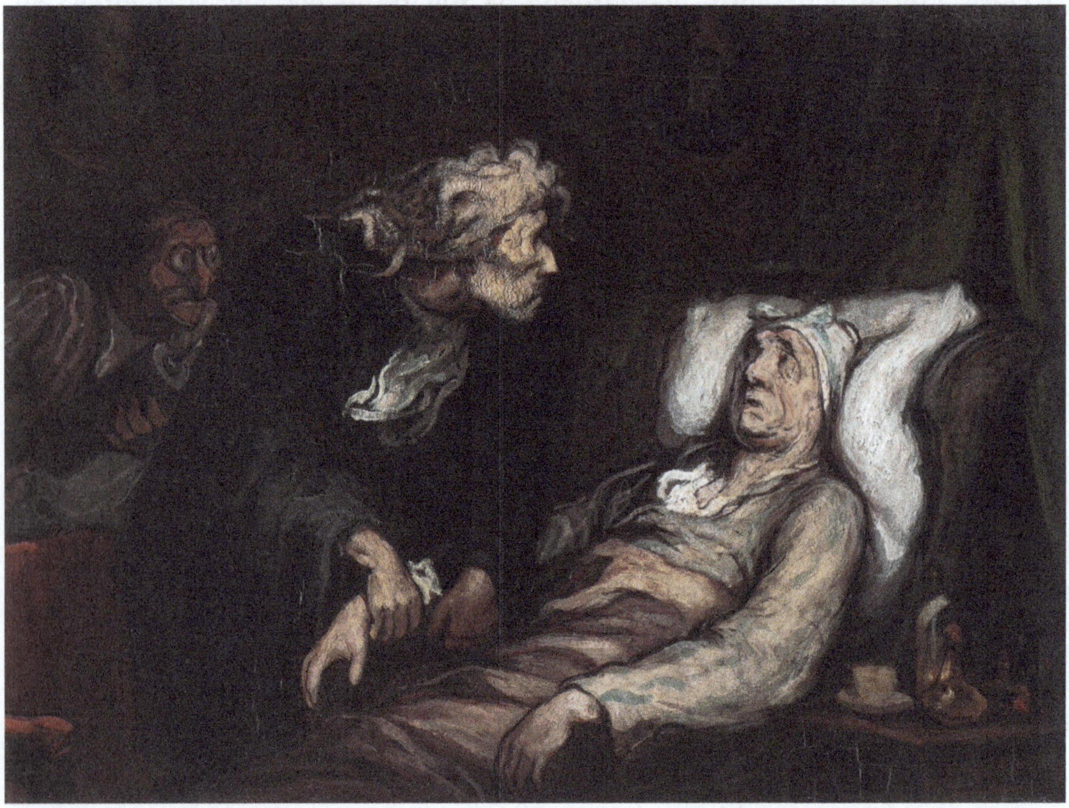

Honoré Daumier, *Le Malade imaginaire*, vers 1860-1862

Honoré Daumier, graveur, caricaturiste et peintre du XIXe siècle, reprend dans cette peinture la **représentation satirique des médecins.**

On ne voit le médecin que de profil. Son visage décharné et son vêtement noir l'assimilent davantage à une **allégorie de la mort** que de la vie ou de la guérison. Ses cheveux extrêmement épais rappellent la tête de Méduse (appelée aussi la Gorgone), monstre de la mythologie grecque qui a le pouvoir de pétrifier ceux qu'elle regarde. Daumier dresse ainsi une représentation humoristique mais également **angoissante** de la médecine, incapable d'assurer la guérison des individus.

Dans cette représentation, Argan, le **malade imaginaire alité,** semble finalement **en meilleure santé** que celui qui le soigne.

Théâtre

œuvre 11 *Les Fausses Confidences*, Marivaux
Parcours : Théâtre et stratagème

Marivaux

Fiche d'identité de l'œuvre

Titre : *Les Fausses Confidences*

Auteur : Marivaux

Date : 1737

Mouvement littéraire : Marivaux ne se rattache à aucun mouvement littéraire mais fait revivre dans ses pièces la préciosité du siècle précédent.

Thèmes principaux : Le sentiment amoureux, les conditions sociales, la vérité.

Particularités de l'écriture : Marivaux écrit une comédie pleine de rebondissements au style spirituel, léger, proche de la conversation mondaine : c'est le marivaudage.

Parcours associé : Théâtre et stratagème.

A Qui est Marivaux ?

Né en 1688, Marivaux est célèbre pour son **œuvre théâtrale** qui dépeint la **surprise de l'amour** dans un style subtil, proche de la **conversation mondaine,** et que l'on appellera le **marivaudage.** Ses pièces les plus célèbres sont *La Surprise de l'amour* (1722), *La Double Inconstance* (1723), *Le Jeu de l'amour et du hasard* (1730) et *Les Fausses Confidences* (1737). Derrière la fine analyse psychologique du sentiment amoureux, Marivaux porte également dans ses pièces une **réflexion sur les préjugés et la hiérarchie sociale,** particulièrement frappante dans *L'Île des esclaves* (1725). Il a écrit également deux **romans inachevés,** *La Vie de Marianne* et *Le Paysan parvenu*.

B Pourquoi me fait-on étudier *Les Fausses Confidences* ?

Les Fausses Confidences, pièce écrite pour les **comédiens italiens,** rencontra un succès immédiat auprès du public. Cette pièce qui mêle **comédie d'intrigue, comédie de mœurs** et **comédie psychologique** permet d'entrer de plain-pied dans le théâtre de Marivaux qui peint la **surprise de l'amour** et ses obstacles.

ŒUVRES ET PARCOURS

Cette pièce permet également de découvrir le **marivaudage,** terme d'abord utilisé au XVIIIe siècle pour moquer le style de Marivaux jugé peu naturel et compliqué, mais qui prit peu à peu un sens positif pour désigner une écriture subtile, raffinée, mondaine et pleine de **rebondissements.**

C Comment résumer *Les Fausses Confidences* ?

L'acte I met en scène **Dorante,** un jeune bourgeois ruiné mais sincèrement **amoureux d'Araminte,** une jeune veuve riche et belle. **Dubois,** ancien valet de Dorante passé au service d'Araminte, met au point un **stratagème :** il pousse Dorante à **se faire engager comme intendant** d'Araminte pour séduire la jeune femme.

Mais **Mme Argante,** la mère d'Araminte, est furieuse : elle avait prévu d'engager un autre intendant susceptible de servir ses intérêts car elle souhaite **marier sa fille au Comte Dorimont** pour la faire entrer dans la noblesse. Quant à M. Rémy, l'oncle de Dorante, il conseille à son neveu d'épouser Marton, la servante d'Araminte.

À la fin de l'acte I, Dubois se livre à la première fausse confidence essentielle de la pièce : il **révèle à Araminte que Dorante est épris d'elle** depuis plusieurs mois. Cette confidence n'est pas fausse en soi puisque Dorante aime réellement Araminte, mais elle l'est dans son intention car elle a pour but de tromper et manipuler la jeune femme. Araminte demande à Dubois de ne pas éventer ce secret.

Dans l'acte II, plusieurs rebondissements viennent complexifier l'intrigue menée de main de maître par le valet Dubois. Dorante reçoit une autre **demande en mariage** que l'on devine manigancée par Dubois et qu'il refuse en arguant que son cœur est déjà pris. Marton s'imagine alors que Dorante est épris d'elle. Mais il n'en est rien. Un quiproquo s'ensuit autour d'un **portrait** apporté pour Dorante, qui se révèle être celui d'Araminte.

La jeune veuve Araminte décide alors de **piéger Dorante** pour le pousser à révéler ses sentiments : elle lui fait croire qu'elle va épouser le Comte Dorimont. Dorante avoue aimer une femme mais ne révèle pas son nom.

Dans l'acte III, Dubois s'arrange pour faire **intercepter une lettre** dans laquelle Dorante révèle sa passion pour Araminte. Dorante **confesse** alors **son amour** et dévoile à Araminte le stratagème mis en place par Dubois pour favoriser leur rapprochement. **Araminte lui pardonne** ses manigances et renonce au mariage avec le Comte pour épouser Dorante. **Dubois,** qui a tiré toutes les ficelles de cette machination, **triomphe.**

D Quels sont les thèmes importants dans *Les Fausses Confidences* ?

1 L'amour

Dans *Les Fausses Confidences*, l'amour doit vaincre des **obstacles extérieurs et des obstacles intérieurs.**

L'obstacle extérieur, ce sont les **conventions sociales** qui considèrent le **mariage** comme une affaire d'**intérêt** et non de sentiments. Ainsi, Dorante, même s'il est roturier comme Araminte, n'est pas un bon parti car il n'est pas fortuné. Le Comte, dont la fortune est certainement affaiblie, présente en revanche l'avantage d'élever socialement Araminte en la faisant accéder à la noblesse.

L'amour doit également vaincre un obstacle intérieur : celui de **l'amour-propre.** Lorsque Araminte est surprise à la vue de Dorante (I, 6) et lui témoigne de nombreux égards (I, 7), le spectateur devine que la jeune femme éprouve de l'amour **avant même qu'elle n'en ait pris conscience.** Mais Araminte va devoir surmonter son embarras et vaincre son amour-propre en acceptant ses sentiments amoureux.

2 Les conditions sociales

À l'époque de Marivaux, la société est divisée en **trois ordres :** le clergé, la noblesse et le tiers état dont fait partie la bourgeoisie. Araminte appartient à la grande bourgeoisie des financiers et sa mère souhaite tirer profit de cette fortune pour la marier au Comte. Mais Araminte hésite et Mme Argante déplore qu'elle n'ait pas le **sens du rang social :** « le rang de comtesse ne la touche pas assez ; elle ne sent pas le désagrément qu'il n'y a de n'être qu'une bourgeoise » (I, 10).

Les autres personnages sont également considérés selon leur rang et leur **fortune.** Ainsi, **Dorante** est fils d'avocat, « un homme de très bonne famille » (I, 7), mais il est **ruiné.** M. Rémy envisage donc de marier Dorante à Marton car cette dernière est l'héritière d'une vieille parente, jusqu'à ce qu'il lui préfère une veuve qui possède « trente mille livres de rente » (II, 2). En montrant sur scène ces **calculs intéressés,** Marivaux dresse la **satire d'une société obnubilée par l'argent et le rang social.**

Plus encore, il souligne **que le mérite n'est pas lié au statut social.** Ainsi, le valet **Dubois,** vif, intelligent et astucieux, est le seul à avoir une **influence réelle** sur le destin des personnages. Ce personnage du **petit peuple** parvient à manipuler et à dominer la haute bourgeoisie et l'aristocratie grâce à son ingéniosité et à sa connaissance des sentiments amoureux.

3 La vérité

Au début des *Fausses Confidences*, tout le monde est **masqué :** Dorante dissimule ses sentiments, Araminte tait son amour naissant pour Dorante et Dubois camoufle son stratagème. L'enjeu de la pièce est de **faire émerger la vérité.** Cette vérité affleure parfois, par exemple lorsque Araminte avoue son trouble dans des apartés (I, 15). Mais cette vérité est vite refoulée. C'est le **procédé de la fausse confidence** qui va obliger chacun à se démasquer et à **se comporter en accord avec ses sentiments.** Contre toute attente, le Comte, à la scène 13 de l'acte III, résume dans une brièveté saisissante la vérité des sentiments : « J'ai deviné tout. Dorante n'est venu chez vous qu'à cause qu'il vous aimait ; il vous a plu ; vous voulez lui faire sa fortune ; voilà tout ce que vous alliez dire. »

E Quelles sont les caractéristiques de l'écriture de Marivaux ?

Les Fausses Confidences s'inscrivent dans la **tradition de la comédie** dont on retrouve de nombreux procédés.

Mme Argante par exemple est un personnage ridicule et **caricatural** qui ressemble à une version féminine de M. Jourdain dans *Le Bourgeois gentilhomme* de Molière. **Arlequin** est un personnage traditionnel de la ***commedia dell'arte*** qui donne lieu à des **scènes farcesques** comme dans sa confrontation avec Dubois à la scène 10 de l'acte II : « Comme je te bâtonnerais, sans le respect de Madame ». Les **quiproquos** sont nombreux, par exemple lors de la confusion de Marton autour du portrait adressé à Dorante (II, 9).

Mais le comique de Marivaux repose avant tout sur les **jeux de langage et la double énonciation.** Les dialogues sont vifs, gracieux et pleins d'**ironie** comme dans les répliques d'Araminte et Mme Argante : « Araminte : On se trompe apparemment ? / Madame Argante : Il ne serait pas impossible qu'il le fût. » (III, 6).

Plane néanmoins sur cette comédie une légère **mélancolie.** L'amour triomphe grâce à la manipulation et la **tristesse** du Comte à la fin de la pièce est bien réelle : « Le Comte, tristement : Il n'y a plus que notre discussion, que nous réglerons à l'amiable. J'ai dit que je ne plaiderais point et je tiendrai parole. » (III, 13).

Parcours : Théâtre et stratagème

Introduction

Dans *Les Fausses Confidences*, Dubois met en œuvre un **stratagème** complexe **pour faire émerger la vérité** des sentiments.

Ce stratagème est proprement théâtral : **Dubois** se comporte comme un **metteur en scène** qui dirige ses acteurs, les manipule et va même jusqu'à leur souffler les répliques.

Il incarne le **valet d'intrigue,** personnage traditionnel de la *commedia dell'arte* qui utilise sa ruse et son intelligence pour servir la passion de son maître.

Pour aller plus loin, n'hésite pas à te renseigner sur les valets d'intrigue afin de te construire des références solides pour tes dissertations.

Plus fin et éloquent que le Scapin de Molière, Dubois préfigure déjà le Figaro de Beaumarchais.

Je te conseille de lire en regard ma fiche de lecture sur *Le Mariage de Figaro* de Beaumarchais :
https://commentairecompose.fr/le-mariage-de-figaro-beaumarchais/

Un **stratagème** est une ruse de guerre qui a pour but de **tromper** l'ennemi.

Tout le paradoxe des *Fausses Confidences* réside dans le fait que le stratagème, procédé qui repose sur le mensonge et la tromperie, est utilisé ici pour **faire émerger la vérité** des sentiments.

Dès le début de la pièce règne un **univers de dissimulation** et d'illusion car Dubois enjoint à Dorante de ne pas révéler qu'ils se connaissent.

Dubois est le grand ordonnateur de ce stratagème. Il incarne le **valet d'intrigue, ingénieux et éloquent,** qui met sa ruse au service de son maître.

Son **assurance** est irrésistible : il annonce à l'acte I scène 2 ce qui va se dérouler : « [...] je sais mes talents, je vous conduis, et on vous aimera, toute raisonnable qu'on est ; on vous épousera, toute fière qu'on est ; et on vous enrichira, tout ruiné que vous êtes [...]. »

L'expression « je vous conduis » est celle d'un **metteur en scène** qui pilote ses personnages et qui n'hésite pas à utiliser l'**impératif** comme un maître du jeu (« Partez », acte I, scène 16).

Le stratagème de Dubois est véritablement théâtral : il tire les fils comme un **marionnettiste** (l'intrigue de Marton, l'intrigue d'Araminte) et manipule à distance les personnages en leur expliquant quoi faire et pourquoi : « Partez ; aussi bien ai-je un petit avis à donner à Marton. Il est bon de jeter dans tous les esprits les soupçons dont nous avons besoin » (I, 16). Il complexifie l'intrigue pour **rendre le jeu illisible** aux autres personnages et rester **maître de la situation.**

En bon stratège, **Dubois connaît le cœur des hommes et des femmes.** Il perçoit la préciosité d'Araminte et sait que le stratagème du portrait – qui est un code amoureux de la préciosité comme dans *La Princesse de Clèves* de Madame de Lafayette – ne peut qu'être gagnant. Dubois sonde les cœurs, les martyrise parfois (Marton, par exemple, est déçue de ne pas être l'élue de Dorante). C'est grâce à sa connaissance des mécanismes de l'amour que Dubois assure son jeu théâtral et **son triomphe** à la fin de la pièce.

Dubois est meneur du jeu dans cette pièce, mais ce qui rend l'intrigue particulièrement complexe et renforce l'impression de **théâtre dans le théâtre,** c'est qu'il n'est pas le seul à user de stratagèmes.

Presque tous les personnages, en effet, ont recours à la **fausse confidence : Araminte** feint de vouloir épouser le Comte pour tromper Dorante ; **Marton** dupe sa maîtresse en lui recommandant d'épouser le Comte ; **Dorante** trompe Marton en lui laissant croire qu'il l'aime. Dorante ne trompe-t-il pas même Araminte à la fin de la pièce en feignant d'avoir été « forcé de consentir » au stratagème de Dubois alors que le spectateur l'a vu y consentir volontiers au début de la pièce ?

En fin de compte, le vrai stratagème est celui qu'utilise Marivaux pour concevoir une **pièce complexe dans laquelle la vérité se dérobe tout le temps.**

Prolongement artistique

Jean-Antoine Watteau, *Pierrot, dit autrefois Gilles*, vers 1718-1719

Il se dégage du *Pierrot* de Watteau une atmosphère semblable à celle des *Fausses Confidences* de Marivaux. On retrouve tout d'abord **l'univers de la *commedia dell'arte*** à travers le personnage central, un zanni (personnage de valet-bouffon dans la comédie italienne), mais aussi ceux en arrière-plan, en particulier celui à gauche du tableau, souriant, qui ressemble au personnage de **Dubois triomphant** à la fin de la pièce. Malgré le comique de son costume, Pierrot offre un visage mélancolique. La tristesse pointe donc derrière la légèreté, comme dans *Les Fausses Confidences* où la vérité se dégage au prix de la tromperie et de la désillusion pour Marton et le Comte.

Théâtre

œuvre 12 *Juste la fin du monde*, Lagarce
Parcours : Crise personnelle, crise familiale

Lagarce

Fiche d'identité de l'œuvre

Titre : *Juste la fin du monde*

Auteur : Jean-Luc Lagarce

Date : 1990

Mouvement littéraire : Jean-Luc Lagarce est un auteur contemporain qui ne se rattache à aucun mouvement littéraire. Mais on perçoit dans son œuvre l'influence du théâtre de l'absurde.

Thèmes principaux : La famille, le conflit, le jugement, le temps, la mort, le langage, les non-dits.

Particularités de l'écriture : Lagarce explore l'incapacité à communiquer avec une écriture répétitive, des incises et de nombreuses épanorthoses (figure de style qui consiste à corriger et préciser ce qui vient d'être dit) où l'ironie côtoie le désarroi.

Parcours associé : Crise personnelle, crise familiale.

Œuvres et parcours

A Qui est Jean-Luc Lagarce ?

À la fois comédien, metteur en scène, directeur de troupe, dramaturge et même éditeur, Jean-Luc Lagarce touche à **tous les métiers du théâtre.** Il écrit ses propres pièces et met en scène Marivaux, Labiche, Ionesco. En 1988, il apprend qu'il est **atteint du sida** et se sait condamné. Au printemps 1990, il reçoit une bourse de la Villa Médicis et part 3 mois à Berlin pour rédiger *Juste la fin du monde*. Malgré sa **mort prématurée** en 1995, à l'âge de **38 ans,** Jean-Luc Lagarce laisse derrière lui plusieurs **dizaines de pièces** qui rencontreront un **succès posthume.**

B Pourquoi me fait-on étudier *Juste la fin du monde* ?

Juste la fin du monde est entrée au répertoire de la **Comédie-Française en 2008.** Cette pièce est particulièrement intéressante car elle ne suit pas les étapes traditionnelles de l'action dramatique, avec un nœud, des péripéties et un dénouement.

Dans le théâtre de Lagarce, c'est **la parole qui tient lieu d'action.** Les scènes apparaissent comme des juxtapositions de tableaux et de soliloques qui se font écho et qui donnent peu à peu accès à l'intériorité des personnages.

C Comment résumer *Juste la fin du monde* ?

La pièce s'ouvre sur un prologue. **Louis, 34 ans,** s'exprime seul sur scène : il **va mourir** et décide de retourner dans sa famille pour annoncer la nouvelle.

Dans la première partie, Louis est **accueilli par les membres de sa famille :** sa mère, sa sœur Suzanne, son frère Antoine et Catherine, la femme de son frère. La mère se rend compte que **Louis ne connaît pas Catherine.** Suzanne reproche à Louis de ne pas l'avoir prévenue de sa venue et évoque le vide de sa vie. Catherine parle de ses enfants et du choix du prénom de son fils Louis. La mère raconte **sa vie de famille et ses souvenirs** (le père, la voiture familiale, le rapport entre Louis et Antoine) et **demande l'âge de Louis.** Catherine décrit la vie banale de son mari Antoine. Suzanne dépeint Catherine. Chaque personnage est ainsi l'objet du discours d'un autre. Les rapports entre les personnages sont tendus et des **disputes** éclatent. Antoine notamment s'emporte contre Louis au sujet du motif de sa venue. Suzanne reproche à Louis de s'être absenté pendant douze ans, sans jamais leur rendre visite. Dans un long monologue, Louis évoque la façon dont il a essayé de fuir la mort, de lui résister pour finalement s'y abandonner.

Dans la deuxième partie, Louis décide de **partir sans révéler sa mort** prochaine. L'annonce de son départ crée de vives tensions. Antoine veut en effet **raccompagner Louis à la gare** mais Suzanne se propose également, provoquant la colère d'Antoine qui reproche à sa sœur de vouloir tout le temps changer de plan. Catherine dit qu'Antoine est **« brutal » :** ce mot déchaîne la **colère** de son mari qui devient violent à l'égard de Louis. Antoine revient sur ses **souvenirs d'enfance** et reproche à son frère de s'être toujours plaint de ne pas recevoir assez d'amour.

Dans l'épilogue, Louis, post mortem, évoque une promenade nocturne au cours de laquelle il n'a pas poussé « un grand et beau cri » comme il l'aurait souhaité : c'est son **seul regret.**

N.B. : *Juste la fin du monde* a été **adaptée au cinéma par Xavier Dolan en 2016.** Je te conseille de regarder le film mais **attention :** il ne suit pas fidèlement l'œuvre de Lagarce et plusieurs scènes, ajoutées par Xavier Dolan, ne figurent pas dans la pièce. Il ne faudra donc pas confondre la pièce avec le film à l'examen !

D Quels sont les thèmes importants dans *Juste la fin du monde* ?

1 La famille

Dans *Juste la fin du monde*, la famille occupe une place centrale. Ironiquement, Lagarce souligne que la scène se déroule un « dimanche, évidemment », **moment** symbolique de la **réunion familiale.** Cependant, il y a un grand **absent :** le père. Louis et Antoine, les deux hommes de la famille, semblent vouloir s'approprier cette place du père, mais la mère domine en chef de famille. On découvre que trois hommes de **trois générations successives** portent le prénom de **Louis** comme dans la royauté française. La mère, dont le sentiment maternel est peu perceptible (elle a oublié la date de naissance de son fils Louis), s'apparente à une **régente** détentrice d'une couronne dont ses fils ne parviennent pas à se saisir. La famille est ainsi présentée comme une **cour parodique.**

2 La difficulté à se comprendre

Les personnages **ne parviennent pas à communiquer** et les malentendus et quiproquos provoquent des disputes, comme l'emportement d'Antoine sur le mot « brutal ». Le plus souvent, les personnages soliloquent et **le langage est fermé sur lui-même,** en forme de chiasme (A-B-B-A) : « Ce n'est pas bien que tu sois parti, parti si longtemps / ce n'est pas bien » (1re partie, scène 3).

L'**épanorthose,** figure de style qui consiste à corriger ou nuancer une affirmation, est abondamment utilisée. Les personnages poursuivent une **quête obsessionnelle du « mot exact »,** mais ironiquement, cette quête ne porte pas ses fruits : les personnages tournent autour du réel, sans parvenir à le nommer.

3 Le conflit

Lagarce met en scène la difficulté à communiquer, mais il montre aussi le culte de la complication, la recherche de **la crise pour la crise** comme si c'était la seule manière d'exister. L'obsession psychologique des personnages qui se disputent sur chaque mot **prête parfois à sourire** alors que la mort, elle vraiment tragique, n'émerge pas sur scène. Les personnages se déchirent pour des broutilles tout en passant **à côté de l'essentiel.**

4 Le jugement

La famille est un véritable **tribunal** comme en témoigne le **champ lexical du droit** qui parsème le texte (« m'accuser », « m'accable », « droit », « juste », « crimes »). Catherine dit elle-même : « je ne voudrais pas avoir l'air de vous faire un mauvais procès » tandis que Louis accepte d'endosser la **culpabilité :** « et ces crimes que je ne me connais pas, je les regrette, j'en éprouve du remords » (2e partie, scène 1). Louis est manifestement accusé de s'être absenté durant douze ans. Mais ce tribunal familial juge de manière expéditive. Louis ne parvient pas à dire ce qui lui tenait à cœur et les membres de la famille préfèrent **le sacrifier** pour retrouver leur équilibre familial.

5 Le temps et la mort

Le temps travaille et dévore les personnages. Ainsi, ils **répètent les verbes à des temps différents** comme Catherine : « Nous vous avions, avons, envoyé une photographie d'elle » ou Louis : « Cela me fait plaisir, je suis touché, j'ai été touché » (1re partie, scène 2). Ces répétitions donnent l'impression que **le temps se dilate** et échappe aux personnages. Quant à la mort, elle est le grand non-dit de ce texte : Louis est venu pour annoncer la sienne mais il repart sans avoir rien révélé.

E Quelles sont les particularités de l'écriture de Lagarce ?

Juste la fin du monde est structurée comme une **tragédie** avec le **Prologue** de Louis qui fait songer au **chœur tragique** annonçant le destin des personnages. Le prénom Louis porté par trois générations d'hommes donne également une dimension héréditaire à cette histoire familiale. La tension entre les deux frères relève de la rivalité fraternelle des tragédies ou rappelle les figures de Caïn et Abel. Quant à Louis, dont la mort est inéluctable, il incarne le **héros tragique** par excellence, « L'Homme malheureux » selon Antoine.

Mais on aurait tort de considérer *Juste la fin du monde* comme une pièce uniquement tragique. Jean-Luc Lagarce n'est pas sans **ironie** à l'égard de ses personnages, comme le souligne le titre de la pièce *Juste la fin du monde*. Alors que l'expression « la fin du monde » renvoie à une situation apocalyptique, l'adverbe « juste » ajoute une touche de distance et d'ironie qui dédramatise la situation. Louis lui-même fait souvent preuve d'ironie, par exemple lorsqu'il répond à sa famille qui lui propose de rester plus longtemps : « Mieux encore [...] je renonce à tout, j'épouse ma sœur, nous vivons très heureux » (2e partie, scène 2).

L'écriture de Lagarce est également **lyrique.** Derrière les répétitions et la parole mécanique, on entend une musique. Les retours à la ligne donnent aux répliques des personnages une forme versifiée dans laquelle les effets de rimes internes sont nombreux : « il a le droit, ne lui dis ri**en** / Je vais bi**en** / Suzanne et moi, ce n'est pas mal**in** » (2e partie, scène 2).

Le parcours : Crise personnelle, crise familiale

Introduction

Juste la fin du monde met en scène une crise personnelle et une crise familiale.

Louis traverse tout d'abord une crise personnelle en raison de la menace imminente de sa propre mort. C'est cette crise personnelle qui l'amène à revenir dans sa famille.

Mais son retour vient bousculer le quotidien ronronnant d'une famille traditionnelle. Louis fonctionne comme un **catalyseur :** sa présence réveille les **souffrances** et les **complexes** de chacun.

Pour approfondir ce parcours, pense à lire mes lectures linéaires des extraits de cette pièce sur **commentairecompose.fr**.

Le retour de Louis **bouleverse l'équilibre familial** et réveille les souffrances de chaque membre de la famille.

Pour la mère, c'est le retour du **fils prodigue**, écrivain, dont on n'a pas vraiment compris le départ. Pour Antoine, c'est le retour du frère **aîné rival** qui réactive les complexes, les passions et la jalousie. Pour Catherine et Suzanne, Louis est un miroir qui les confronte à la médiocrité et à la **banalité de leur vie.**

On comprend dès lors le **procès familial** fait à Louis, le chef d'accusation étant sa longue absence. Dans le prénom « Louis », on peut d'ailleurs entendre le pronom « Lui », c'est-à-dire celui que l'on pointe du doigt et qu'il faut **sacrifier.** Louis emploie d'ailleurs lui-même le terme : « je me sacrifie » (1re partie, scène 10).

La crise familiale qui se déroule prend des formes diverses. **Tous les personnages se disputent :** Antoine et Catherine, Antoine et Suzanne, Suzanne et Catherine, la mère et ses enfants.

La **violence d'Antoine** est particulièrement spectaculaire. Tout oppose Antoine et Louis qui apparaissent comme deux **frères ennemis.** Louis est écrivain, il a voyagé, tandis qu'Antoine est ouvrier, père de famille, responsable. Louis est calme, poli ; Antoine est agressif, « brutal ». Le retour de Louis réactive chez Antoine la jalousie fraternelle, le complexe d'infériorité. Leurs échanges dégénèrent jusqu'à la menace physique (Antoine : « Tu me touches : je te tue ») (2e partie, scène 2).

La crise familiale se traduit également par une **crise du langage.** Les personnages sont incapables de trouver les mots exacts, d'où l'inflation d'**épanorthoses.**

Cette réunion familiale peut également se voir comme une **cure psychanalytique.** Selon Freud, trois instances sont présentes chez l'homme : le **moi** qui assure la stabilité et le contact avec la réalité extérieure, le **ça,** lieu de pulsions qui ne supporte pas la contradiction, et le **surmoi,** instance morale qui rappelle les interdits. Les personnages de Lagarce semblent symboliser ces trois éléments : la **mère** serait une sorte de **surmoi** (l'instance morale), **Antoine** le **ça (les pulsions)** et Louis **l'inconscient** qui ne parvient pas à émerger et à dire la mort. La crise familiale symbolise alors la crise personnelle.

Prolongement artistique

***Juste la fin du monde*, mise en scène de Joël Jouanneau pour le théâtre de la Colline (2000)**

Cette mise en scène se rapproche des mises en scène du **théâtre de l'absurde.** Le décor est en effet **minimaliste,** dépouillé. La **maison,** point de convergence de toute la famille, est le **personnage principal** qui écrase les autres personnages. Les murs imposants sont dépourvus de porte ou fenêtre et n'ouvrent donc sur rien, accentuant l'impression d'enfermement et d'étouffement. Cette maison représente le **destin tragique,** oppresseur et implacable, mais aussi l'**enfermement de chaque personnage** dans son monde intérieur et l'impossibilité de s'ouvrir à l'autre. L'absence de décoration et de meuble, à l'exception d'un banc, donne à voir un espace nu, austère, dénué d'affect, propice au surgissement de la violence.

3

LE COMMENTAIRE

1 Qu'attend-on de moi dans un commentaire ?

Que ce soit dit une fois pour toutes : les très bonnes notes au bac de français ne sont pas réservées aux génies de la littérature.

Tu n'as pas besoin d'être le prochain Victor Hugo pour réussir un commentaire.

Les correcteurs savent que tu n'étudies les lettres que 4 heures par semaine pendant deux ans, et ils ne cherchent pas à déceler dans ton commentaire le prochain prix Nobel de littérature.

Je te déçois peut-être, mais les attentes des correcteurs sont beaucoup plus terre à terre.

Pour mettre de très bonnes notes aux élèves, ils veulent trouver dans ton commentaire le trio gagnant :

- **Compréhension du texte et interprétation**
- **Connaissances techniques**
- **Argumentation**

C'est tout !

A Interprète le texte en dégageant l'implicite

Dans un commentaire, il faut interpréter le texte, mais rassure-toi : les capacités d'interprétation exigées au bac sont très basiques. On ne te demande pas de décrypter un sens caché des textes (il n'y en a pas !), mais simplement de tirer une signification du texte étudié, **en révélant son sens implicite.**

« Mais où trouver de l'implicite dans un texte ? » vas-tu me dire.

Partout !

En réalité, si tu y fais attention, l'implicite est omniprésent dans notre quotidien.

Imaginons que tu es sorti(e) tout le week-end et que ta mère entre dans ta chambre pour te demander si tu as fini ton devoir de maths. Ta mère ne veut pas seulement savoir si tu as fini ton devoir, elle suggère **(implicitement)** que tu n'as rien fait et qu'il est temps de te mettre au travail avant qu'elle ne s'énerve.

Si un ami ne peut détacher le regard d'une fille de la classe et te dit « Elle est pas mal Julie », tu comprends implicitement qu'il est beaucoup plus attiré par elle que ce que ce « pas mal » peut laisser croire.

Toutes ces situations contiennent de l'implicite et tu les décodes sans difficulté au quotidien.

Or les extraits à commenter au bac contiennent eux aussi de l'implicite.

Mais nul besoin de chercher midi à quatorze heures pour interpréter et dégager l'implicite d'un texte : **mets simplement des mots sur ce qui est suggéré.**

Exemple

Prenons par exemple le début du roman *L'Étranger* de Camus :

> « Aujourd'hui, maman est morte. Ou peut-être hier, je ne sais pas. J'ai reçu un télégramme de l'asile : "Mère décédée. Enterrement demain. Sentiments distingués." Cela ne veut rien dire. C'était peut-être hier.
> L'asile de vieillards est à Marengo, à quatre-vingts kilomètres d'Alger. Je prendrai l'autobus à deux heures et j'arriverai dans l'après-midi. Ainsi, je pourrai veiller et je rentrerai demain soir. J'ai demandé deux jours de congé à mon patron et il ne pouvait pas me les refuser avec une excuse pareille. Mais il n'avait pas l'air content. »
>
> Albert Camus, *L'Étranger*, 1942.

Le texte est simple à comprendre (n'y cherche pas de mystérieux sens caché, tu ne trouverais rien) mais il renferme de l'implicite :

Le narrateur semble détaché, indifférent à la mort de sa mère. Il paraît davantage préoccupé par le jour exact du décès (« Aujourd'hui », « hier » ?) et par les détails triviaux à régler (« autobus », « jours de congé ») que par la décès de sa mère. Il apparaît insensible.

Vois-tu ce que j'ai fait ?

Nulle part dans le texte tu ne trouves écrit en toutes lettres que le personnage est « détaché », « indifférent », « insensible ». Mais son attitude et sa réaction expriment, sans que cela soit dit, un détachement et une insensibilité. **À travers ces adjectifs, je fais donc une interprétation fondée sur l'implicite du texte.**

Un élève qui ne dégage pas l'implicite du texte a tendance à rester collé aux mots qu'il lit et risque la paraphrase. Il écrira par exemple :

Le narrateur ne sait pas quand sa mère est morte (« aujourd'hui » ou « hier »). Il est préoccupé par l'organisation de son trajet pour se rendre à la maison de retraite (« autobus », « jours de congés »).

Tu comprends la différence ?

Dans mon premier paragraphe, je m'appuie sur l'implicite du texte pour en tirer une interprétation, tandis que dans le second paragraphe, même si je m'appuie sur les mêmes citations, je n'en tire pas d'interprétation : je paraphrase le texte, ce qui n'a pas d'intérêt littéraire.

Dans ton commentaire, pense à toujours **mettre des mots sur ce qui est implicite ou suggéré.**

B Utilise le vocabulaire technique

Le bac de français est l'examen final qui vient consacrer tes dix ans d'étude de la langue française.

Rappelle-toi : depuis tes tendres années au CP, tu as acquis des connaissances grammaticales (sur la nature et la fonction des mots, les temps verbaux...), puis un vocabulaire littéraire spécialisé pour décrire la langue et son fonctionnement (métaphore, hyperbole, allitération, focalisation...).

Nul besoin de faire Polytechnique pour deviner que les correcteurs attendent ce vocabulaire spécialisé dans ton commentaire, puisqu'ils sont là pour vérifier que tu as acquis ces connaissances.

LE COMMENTAIRE

Bien sûr, il ne faut pas chercher à jeter de la poudre aux yeux du correcteur en gonflant ton commentaire de termes techniques mal maîtrisés. Le vocabulaire employé doit l'être à bon escient !

Ce livre et mon site **commentairecompose.fr** sont là pour t'aider à combler tes lacunes dans ce domaine. N'aie aucune crainte : quelques heures de travail ciblé suffisent à réactiver ces connaissances endormies afin de les mobiliser le jour du bac !

C Déroule une argumentation

Enfin, dernier critère pour réussir ton commentaire : tu dois y développer une argumentation convaincante.

Le commentaire est un **exercice argumentatif.** Chacune de tes idées directrices doit être confirmée et démontrée par des arguments et des illustrations.

Cette structure argumentative est essentielle pour éviter deux écueils :

- Le commentaire descriptif, qui se contente de paraphraser le texte et d'énumérer ses procédés littéraires.
- Le commentaire qui donne une opinion sur le texte. Garde en effet à l'esprit qu'en l'absence de démonstration, une idée directrice demeure une opinion sans valeur, même si elle repose sur des intuitions pertinentes.

Pour améliorer tes qualités argumentatives, nulle connaissance n'est requise : **tout repose sur la méthode et l'entraînement.**

La bonne nouvelle, c'est que loin de ne servir qu'en français, l'entraînement à la dynamique argumentative est une clé de la réussite dans TOUTES les matières et même un critère de sélection dans les études supérieures. C'est un entraînement qui te servira toute la vie.

Le mémo d'Amélie

Une bonne note, et même une TRÈS bonne note au commentaire est facilement accessible si tu respectes le trio d'exigences suivant :

- **Interpréter le texte en dégageant son sens implicite.**
- **Utiliser le vocabulaire spécialisé (termes de grammaire, vocabulaire d'analyse littéraire).**
- **Dérouler une argumentation pour démontrer la validité de chaque idée directrice.**

2 Comment trouver des idées pour un plan ?

Le plan est un peu le Graal des lycéens de Première : il fait l'objet d'une quête obsédante et sans cesse renouvelée.

Pourtant, force est de constater que les élèves ne se donnent pas toujours les moyens de trouver un plan : certains l'attendent comme s'il allait tomber du ciel, alors qu'un plan ne s'élabore qu'à partir d'idées... et les idées ne viennent qu'en se posant des questions sur le texte !

Avant de chercher un plan, il faut donc lire le texte et te poser quelques questions :

- **Quel est le thème de ce texte ?** Si le texte est argumentatif, quelle est la thèse de l'auteur ?
- **Quel est son genre ?** Son registre ? Sa structure ? Son but ? Son mouvement littéraire ?
- **Quels sont les procédés stylistiques marquants ?** Comment décrire le style de l'auteur ?
- **Comment sont les personnages ?** Quelles sont leurs caractéristiques ?

Grâce à ces questions, tu vas dégager des idées que tu pourras alors organiser dans un plan.

Se pose aussi une autre question importante : **quel est le meilleur moment au brouillon pour faire ton plan ?**

On t'a certainement enseigné une méthode « classique » qui consiste à te plonger dans l'analyse du texte avant de synthétiser le fruit de ton travail dans un plan. Mais je vais t'expliquer pourquoi j'utilise une autre méthode qui donne généralement de meilleurs résultats.

A La méthode « classique »

La méthode « classique » : c'est faire une analyse approfondie du texte avant de trouver un plan.

Le principe de la méthode classique est simple : tu commences par une analyse approfondie du texte, ligne par ligne, puis tu organises le fruit de ton travail en un plan de deux ou trois parties.

LE COMMENTAIRE

Durant la phase d'analyse, qui dure environ 1 h 30, tu vas étudier méthodiquement l'extrait à l'aide des outils d'analyse : champs lexicaux, figures de style, étude de la syntaxe, des sonorités, etc.

Une fois ce travail réalisé, tu relis tes feuilles de brouillon et tu surlignes de la même couleur les idées qui vont ensemble. Selon cette méthode, tu devrais te retrouver avec deux ou trois grandes couleurs qui constitueront tes deux ou trois axes de lecture.

Cette méthode semble parfaite sur le papier mais... dans la pratique, elle n'est pas si simple à utiliser.

L'as-tu déjà testée ?

Quand ils utilisent cette méthode, beaucoup de mes élèves se retrouvent coincés devant leur brouillon, leurs surligneurs immobilisés en l'air, incapables de faire ressortir de leur brouillon deux ou trois idées directrices.

La raison est simple : cette méthode « classique » demande de bonnes capacités d'analyse ET de synthèse, ce qui ne correspond pas à tous les profils d'élèves. Pas si facile de rassembler toutes ses idées du brouillon en deux ou trois grands axes...

C'est pourquoi je préfère m'appuyer sur une méthode que j'appelle « inversée » et qui donne de meilleurs résultats dans le temps imparti pour l'examen.

B La méthode inversée

La méthode « inversée » : c'est faire des hypothèses de lecture puis chercher à les justifier.

Au lieu de te plonger dans l'analyse du texte pendant 1 h 30 puis d'essayer d'élaborer un plan, inverse les étapes : **élabore un plan AVANT d'analyser le texte dans le détail.**

Si tu as toujours respecté à la lettre les conseils de tes professeurs, ma méthode peut te faire sursauter : « Comment faire un plan si on n'a pas analysé le texte ?! »

Je t'explique.

1 Le plan d'un commentaire repose toujours sur deux ou trois idées simples.

Contrairement à des préjugés tenaces, le plan d'un commentaire ne repose pas sur des idées directrices d'une subtilité à tout casser, bien au contraire.

Va sur commentairecompose.fr et lis les intitulés de mes parties de commentaires : trouves-tu qu'ils soient si élaborés que cela ? Il n'y a généralement pas de quoi casser trois pattes à un canard.

Le plan d'un commentaire se fonde sur deux ou trois interprétations qui mettent en relief tes premières impressions sur le texte.

En se plongeant pendant 1 ou 2 heures dans l'analyse du texte, beaucoup d'élèves perdent de vue la simplicité des idées directrices attendues.

Lors de l'élaboration du plan, ils ont alors tendance à créer des axes de lecture alambiqués et peu cohérents, parce qu'ils veulent y « caser » coûte que coûte le résultat de leur analyse.

Trouver un plan AVANT de te plonger dans l'analyse va te permettre d'inverser ce processus et d'utiliser la phase d'analyse pour justifier tes idées directrices (et non l'inverse).

2 Avec la méthode inversée, tu analyses les procédés en sachant où tu vas.

Seconde difficulté rencontrée avec la méthode « classique » : les élèves relèvent des procédés dans le texte mais, en l'absence d'idées directrices pour les guider, ils ne savent pas comment organiser et analyser ces procédés.

La méthode inversée règle ce problème puisque **tu analyses les procédés EN FONCTION de tes idées directrices :** tu analyses les procédés pour justifier, illustrer et servir ton plan.

Du coup, tu ne te disperses pas à analyser des procédés que tu ne saurais où intégrer dans un plan et qui t'embarrasseraient.

3 Comment trouver les idées directrices rapidement ?

En te posant des questions clés comme celles que j'évoquais plus haut :

- **Quel est le thème de ce texte ?** Si le texte est argumentatif, quelle est la thèse de l'auteur ?

- **Quel est son genre ?** Son registre ? Sa structure ? Son but ? Son mouvement littéraire ?

- **Quels sont les procédés stylistiques marquants ?** Comment décrire le style de l'auteur ?
- **Comment sont les personnages ?** Quelles sont leurs caractéristiques ?

Pose-toi des questions pour quadriller le texte et faire sa fiche d'identité.

Note aussi tes impressions de lecture : ce sont souvent des pistes judicieuses à explorer.

À partir de ce travail, fais une hypothèse de lecture.

Exemple

Par exemple, si on prend le poème « Le Dormeur du val » de Rimbaud, tu pourrais faire l'hypothèse de lecture suivante :

Ce poème décrit un soldat endormi dans un cadre paisible afin que la chute surprenne le lecteur et le fasse réfléchir aux atrocités de la guerre.

Tes hypothèses de lecture deviendront les idées directrices de ton devoir.

Par exemple :

❶ Un poème qui décrit un soldat endormi dans un cadre paisible…

❷ … pour créer la surprise et dénoncer les atrocités de la guerre.

Le mémo d'Amélie

Pour le plan, ne cherche pas midi à 14 heures ! Un plan repose sur des idées simples fondées sur tes premières impressions du texte.

N'hésite pas à élaborer un plan dès le début de l'épreuve, après avoir lu le texte et avant de passer à la phase d'analyse. C'est le meilleur moyen pour garder un plan simple et cohérent (car le travail le plus subtil, c'est celui de l'analyse et non du plan).

3 Comment mêler le fond et la forme ?

Les élèves font différentes erreurs dans un commentaire, mais une des plus dommageables et que tu dois éviter absolument est celle de séparer le fond et la forme.

Le fond, c'est le sens du texte, ce qu'il dit, ce qu'il signifie.

La forme, ce sont les procédés d'écriture utilisés.

Séparer le fond et la forme consiste à énumérer des procédés (« On observe une métaphore... il y a aussi une hyperbole... ») sans faire le lien avec la signification du texte étudié.

C'est quelque chose que tu dois absolument éviter car lister des procédés n'a pas d'intérêt en soi.

Le but d'une analyse est au contraire de montrer que **le style de l'auteur accompagne et accentue le sens du texte.** Pour montrer cela, il te faut donc sans cesse mêler le fond et la forme dans ton devoir.

Tu vas mieux comprendre avec un exemple.

LE COMMENTAIRE

Exemple

Prenons cette strophe du poème « Le Pont Mirabeau » issu du recueil *Alcools* de Guillaume Apollinaire :

Sous le pont Mirabeau coule la Seine
Et nos amours
Faut-il qu'il m'en souvienne
La joie venait toujours après la peine
Vienne la nuit sonne l'heure
Les jours s'en vont je demeure

Quel est le fond et quelle est la forme ?

Le fond du texte (le sens du texte) : Le poème évoque le temps qui s'écoule.

La forme du texte (les procédés littéraires) : il y a des verbes de mouvement (coule, venait, vienne, vont). Il n'y a pas de ponctuation et les vers sont irréguliers. On perçoit une figure de style : une métaphore entre l'eau et le temps.

Maintenant, il faut comprendre que le fond seul (le poème évoque la fuite du temps) ou la forme seule (il y a des verbes de mouvement et pas de ponctuation) n'ont pas d'intérêt en soi.

En revanche, si tu mêles le fond et la forme pour montrer que les procédés littéraires sont au service du sens du poème, tu commences à faire une vraie analyse de texte :

Apollinaire évoque dans ce poème la fuite du temps. Cette fuite du temps est mise en évidence par une métaphore entre le temps (« l'heure ») et l'eau (« coule la

Seine »). Le mouvement de l'eau qui coule et du temps qui s'écoule est traduit par une série de verbes de mouvement : « coule », « venait », « vienne », « vont ». L'absence de ponctuation et l'irrégularité des vers créent une fluidité qui contribue à évoquer la fuite du temps. (Phrase d'analyse qui montre que la forme accompagne le sens du texte.)

Dans le paragraphe ci-dessus, je montre que tous les éléments de forme – métaphore, verbes, absence de ponctuation – mettent en relief le fond du texte (la fuite du temps).

C'est ce que tu dois faire tout au long de ton commentaire !

Le mémo d'Amélie

Dans chacun de tes paragraphes, mêle le fond et la forme, en montrant que les procédés du texte (la forme) accompagnent le sens du texte (le fond). C'est une des clés de la réussite du commentaire et de la lecture linéaire à l'oral !

Cette leçon est importante. Pour mieux t'en imprégner, regarde aussi ma vidéo à ce sujet sur commentairecompose.fr (Inscris-toi à ma formation gratuite en 10 leçons : la vidéo sur le fond et la forme est la vidéo n° 2.)

4 Comment (bien) utiliser un procédé littéraire ?

Tu te rappelles ce que je viens de te dire ?

Je t'ai montré comment faire des allers-retours constants entre le fond et la forme dans ton commentaire.

Maintenant, il est temps de mettre cela en pratique.

Tu le sais, au bac de français, les procédés, les figures de style notamment, sont incontournables : ils justifient tes interprétations et montrent à ton correcteur que tu maîtrises les outils d'analyse littéraire.

Sauf que la plupart du temps, les correcteurs déplorent de trouver dans les copies des énumérations de procédés qui ne sont pas analysés.

Or une liste de procédés non analysés n'apporte rien au commentaire et donne l'impression au correcteur que l'élève fait semblant de maîtriser un vocabulaire qu'il ne sait pas utiliser.

D'où l'importance, dans ta copie, **d'analyser les effets produits** par les procédés relevés.

Voici comment y parvenir.

Quand tu apprends un procédé, apprends en même temps **l'effet qu'il est censé produire.**

Lorsque tu rencontres ce procédé dans un texte, pars toujours de son effet pour élaborer ton analyse.

Exemple

Prenons l'exemple de l'antithèse :

Quelle est la définition de l'antithèse ? C'est le rapprochement de deux mots de sens opposés.

Quel est l'effet produit par une antithèse ? L'antithèse souligne généralement un contraste ou une contradiction.

À partir de là, dès que tu repères une antithèse, demande-toi : **cette antithèse souligne un contraste ou une contradiction entre quoi et quoi ?**

Si tu lis les commentaires publiés sur mon site, tu te rendras compte que mes analyses d'antithèses se ressemblent beaucoup : « cette antithèse souligne le contraste entre ... et ... ».

- Cette antithèse souligne le contraste entre la cruauté du loup et la candeur de l'agneau. (« Le loup et l'agneau », La Fontaine.)
- Cette antithèse souligne le contraste entre le mode de vie des deux animaux. (« Le loup et le chien », La Fontaine.)
- Les antithèses soulignent le contraste entre la majesté des albatros dans les airs et leur piteux aspect au sol. (« L'Albatros », Baudelaire.)
- Cette antithèse souligne le contraste entre la douceur et la violence. (« À une passante », Baudelaire.)

Tu comprends le principe ?

En partant de l'effet produit par chaque figure de style, tu développes des automatismes d'analyse qui te font gagner beaucoup de temps.

Le mémo d'Amélie

Prends l'habitude d'associer un procédé à un effet probable et utilise cet effet comme point de départ de tes analyses. C'est ainsi que tu vas gagner du temps lors de la phase d'analyse du texte !

Pour approfondir ce point, va voir ma vidéo à ce sujet sur commentairecompose.fr (c'est la vidéo n° 3 de ma formation gratuite en 10 leçons).

5 Quelles sont les figures de style à connaître ?

Les figures de style les plus basiques : l'antanaclase, l'asyndète, l'hypotypose, l'hyperbate…

Tu as des sueurs froides ? Rassure-toi : je plaisante !

Il existe un nombre prodigieux de figures de style, mais j'ai une bonne nouvelle pour toi : on ne te demande d'en maîtriser réellement qu'une dizaine et celles citées plus haut n'en font pas partie.

Voici les figures de style incontournables en classe de Première.

La comparaison

1 **Définition : La comparaison met en relation deux termes,** le comparé et le comparant.

2 **Effet : La comparaison** rapproche deux réalités différentes. C'est une figure de style qui **suggère une nouvelle réalité.** À toi d'analyser si la comparaison est méliorative (« Elle est belle comme le soleil ») ou péjorative (« Il est froid comme la glace ») et ce qu'elle suggère au lecteur.

3 **Exemple :**

« Son regard est pareil au regard des statues »

Paul Verlaine, « Mon rêve familier », *Poèmes saturniens*, 1866.

4 Analyse : En comparant le regard de la femme à celui d'une statue, Verlaine crée une image de la femme ambivalente. La femme est sublimée puisqu'elle apparaît aussi parfaite qu'une statue ; mais la comparaison se révèle inquiétante : une statue est sans vie, froide. Cette comparaison suggère ainsi une femme inaccessible, qui n'appartient pas au monde des vivants.

La métaphore

1 Définition : La métaphore est une comparaison sans outil comparatif, donc une comparaison sous-entendue.

2 Effet : Comme la comparaison, la métaphore crée une nouvelle réalité, une nouvelle image. Elle transforme la réalité en rapprochant deux éléments différents.

3 Exemple :
« L'aube se passe autour du cou
Un collier de fenêtres »

Paul Éluard, « La terre est bleue comme une orange », *L'Amour la poésie*, 1929.

4 Analyse : L'aube est implicitement comparée à une femme qui se passe un collier autour du cou. Cette métaphore transfigure le lever du jour en lui attribuant le visage humain d'une femme qui se fait belle. Si la métaphore femme-soleil est traditionnelle depuis la Renaissance, elle est ici renouvelée par Éluard qui crée une image saisissante, typiquement surréaliste.

La personnification

1 Définition : Personnifier, c'est prêter des qualités humaines à des objets inanimés ou à des animaux.

2 Effet : Pose-toi toujours la question : pourquoi l'auteur personnifie-t-il une chose, un animal ? La personnification est-elle méliorative, péjorative ? Est-ce pour critiquer indirectement ? Est-ce pour rendre la description plus vivante ?

3 Exemple :
« Va-t'en, chétif Insecte, excrément de la terre.
C'est en ces mots que le Lion
Parlait un jour au Moucheron. »

Jean de La Fontaine, « Le lion et le moucheron », *Fables*, II, IX, 1668.

LE COMMENTAIRE

4 **Analyse : La Fontaine personnifie le lion** en lui prêtant le pouvoir de parler. La personnification du lion, considéré comme le roi des animaux, permet **implicitement** à La Fontaine de **critiquer le Roi-Soleil** (Louis XIV).

L'allégorie

1 **Définition :** L'allégorie est une personnification particulière : **elle personnifie une IDÉE ABSTRAITE.** C'est par exemple la mort représentée comme une faucheuse.

2 **Effet : L'allégorie est un procédé d'écriture qui rend une idée concrète,** palpable. Elle peut être inquiétante, effrayante (l'Angoisse comme un despote) ou plaisante (l'Amour comme une jeune femme). L'allégorie rend les descriptions et les émotions vivantes, imagées.

3 **Exemple :**

« Et de longs corbillards, sans tambours ni musique,
Défilent lentement dans mon âme ; l'Espoir,
Vaincu, pleure, et l'Angoisse atroce, despotique,
Sur mon crâne incliné plante son drapeau noir. »

Charles Baudelaire, « Spleen IV », *Les Fleurs du Mal*, 1857.

Tu as ici deux allégories pour le prix d'une : **l'Espoir et l'Angoisse** sont représentés sous des traits humains.

Les allégories sont **simples à repérer** car elles commencent dans la majorité des cas par une lettre **majuscule.** Comme l'auteur traite ces idées comme des personnes, il leur attribue la majuscule des noms propres.

4 **Analyse :** Baudelaire présente son paysage intérieur comme un champ de bataille duquel l'Angoisse sort victorieuse. Représentée sous les traits d'un despote qui plante son drapeau en terrain conquis, **l'Angoisse apparaît ici effrayante, inquiétante.** C'est une image sans appel qui annonce l'abdication et le naufrage du poète.

L'antithèse

1 **Définition :** L'antithèse est le **rapprochement** dans une phrase, un paragraphe ou une strophe, de **mots de sens opposés.**

2 **Effet :** L'antithèse est une figure de style qui **souligne des contrastes, met en relief des contradictions.** Sois attentif(ve) car elle est fréquente !

3 **Exemple :**
« et dans mon plaisir je souffre maintes graves tortures »

Louise Labé, « Sonnet VIII », *Élégies et sonnets*, 1555.

4 **Analyse :** On repère une antithèse : **plaisir/tortures.** Cette antithèse **illustre les déchirements internes** et les **contradictions** du sentiment amoureux, source à la fois de joie et de souffrance.

L'oxymore

Attention ! on dit **UN** oxymore (masculin). Cette figure de style a deux avantages : elle porte un nom savant tout en étant très facile à repérer.

1 **Définition :** L'**oxymore** est la **juxtaposition** de deux mots de **sens opposés.** Dans une antithèse, les termes de sens opposés sont proches, dans un oxymore, **ils sont juxtaposés, c'est-à-dire côte à côte.**

2 **Effet :** C'est le même que celui de l'antithèse ! L'oxymore **souligne un contraste, une contradiction.** Il fait naître une image inattendue.

3 **Exemple :**
Louise Labé, spécialiste des déchirements internes, nous fournit un exemple :
« Je vis, je meurs ; je me brûle et me noie »

Louise Labé, « Sonnet VIII », *Élégies et sonnets*, 1555.

4 **Analyse :** Louise Labé juxtapose deux verbes de sens opposés. Elle met en relief la **contradiction** de la passion amoureuse qui transporte et anéantit à la fois.

L'anaphore

1 **Définition :** Cela t'arrive-t-il de repérer dans un texte la **répétition d'un même mot ou groupe de mots en début de phrase,** proposition, vers ou paragraphe ? Eh bien, c'est une anaphore.

2 **Effet :** L'anaphore **insiste** sur le mot répété. Pour l'analyse, interroge-toi sur les raisons de cette **insistance** : que suggère-t-elle ? Un mot répété peut créer un effet d'écho ou un effet incantatoire.

LE COMMENTAIRE

3 Exemple :
« Je t'aime pour toutes les femmes que je n'ai pas connues,
Je t'aime pour tous les temps où je n'ai pas vécu »

Paul Éluard, « Je t'aime », *Le Phénix*, 1951.

4 Analyse : Le champ lexical de l'amour est exacerbé par l'anaphore « Je t'aime » en début de vers. Le sentiment amoureux semble s'affirmer et se renforcer à chaque réitération, suggérant un amour total et inébranlable.

L'hyperbole

L'hyperbole est formidable. C'est un mot compliqué pour désigner une opération très simple (remarque que je viens de faire une antithèse au passage).

1 Définition : L'hyperbole désigne **une exagération.**

2 Effet : L'hyperbole **exagère, amplifie** la réalité. Elle peut être **parodique** (dans un registre comique), **emphatique** (dans un registre épique, par exemple), élogieuse… Précise cet effet en fonction de la tonalité du texte étudié.

3 Exemple :
« Ils approchèrent enfin de la première maison du village ; elle était bâtie comme un palais d'Europe. »

Voltaire, *Candide ou l'Optimisme*, chapitre 17, 1759.

4 Analyse : L'hyperbole « palais d'Europe » crée un décalage comique entre la simplicité attendue d'une maison de village et l'impression laissée à Candide. Elle suggère en même temps la richesse et la réussite de la ville d'Eldorado.

La gradation

1 Définition : La gradation est une **suite de termes d'intensité croissante ou décroissante.**

2 Effet : La gradation **suggère l'ampleur, le mouvement** et met en valeur le dernier mot.

3 Exemple :
« C'est un roc !... c'est un pic !... c'est un cap ! Que dis-je, c'est un cap ?... C'est une péninsule ! »

Edmond Rostand, *Cyrano de Bergerac*, I, 4, 1897.

4 Analyse : La gradation des termes « roc », « pic », « cap » et « péninsule » **crée un mouvement ascendant et met en relief**, par un effet d'annonce, le terme final hyperbolique de péninsule.

Le chiasme

Le chiasme est ma figure de style de prédilection, et pour cause : son nom bizarre cache une figure de style d'une grande simplicité à commenter.

1 Définition : Le chiasme désigne une **structure ABBA.**

2 Effet : En tant que structure fermée, le chiasme suggère généralement **l'enfermement,** l'absence d'issue ou une forte contradiction.

3 Exemple :
« Des cadavres dessous et dessus des fantômes »

Victor Hugo, « Le cimetière d'Eylau », *La Légende des siècles*, 1859.

Cadavres/fantômes (AA) sont quasiment synonymes, tandis que dessous/dessus (BB) se répondent.

4 Analyse : Dans l'exemple ci-dessus, le chiasme symbolise **l'enfermement tragique** dans une mort sans issue.

Le mémo d'Amélie

Ton correcteur préférera une copie avec quelques figures de style finement analysées à un inventaire superficiel de figures de rhétorique.

Pour te créer des automatismes, concentre-toi sur les figures de style les plus fréquentes et leurs effets, et entraîne-toi à les utiliser tout au long de l'année.

6 Comment réussir mon introduction de commentaire ?

Fais de l'introduction une des meilleures parties de ton devoir car elle est lue attentivement par ton correcteur.

C'est en effet son premier contact avec ta copie, et qu'on le veuille ou non, la première impression du correcteur – bonne ou mauvaise – perdurera durant ses 15 minutes de correction.

Par ailleurs, les correcteurs se servent de l'introduction pour comparer les copies entre elles au moment d'harmoniser les notes. Une bonne introduction peut alors te permettre de gagner 1 ou 2 points supplémentaires.

Tu l'as compris, tu as donc tout à gagner à soigner ton introduction.

Je vais te livrer les étapes à suivre pour y parvenir.

A Étape 1 : présente le contexte de l'œuvre

C'est une convention que tu connais bien : ton introduction doit commencer par une amorce qui replace l'extrait étudié dans un contexte.

Ce contexte peut prendre des formes très diverses. Il peut s'agir d'une présentation :

- du mouvement littéraire ;
- de l'auteur ;
- de l'œuvre intégrale ;
- d'un événement historique ;
- du genre littéraire.

C'est donc la partie la plus « libre » de ton introduction, celle où tu peux montrer ta culture littéraire pour accrocher l'attention du correcteur.

Si le terme « culture littéraire » te fait dresser les cheveux sur la tête, détends-toi et souviens-toi que **le sujet du bac s'inscrit toujours dans l'un des quatre objets d'étude** au programme.

Sans être un as de la littérature française, si tu as un peu suivi en classe et préparé tes fiches pour l'oral, je t'assure que tu connais assez de choses sur le contexte pour trouver une amorce qui tient la route. Surtout que ton amorce n'a pas besoin de faire 10 lignes !

Voici quelques exemples d'amorces sur le poème « Le Dormeur du val » d'Arthur Rimbaud.

Exemple

Le poème « Le Dormeur du val » de Rimbaud a été écrit pendant la guerre franco-prussienne. Cet événement historique a bien un lien avec le poème étudié et constitue donc une amorce idéale :

En 1870 éclate la guerre franco-prussienne. C'est dans ce contexte qu'Arthur Rimbaud, alors adolescent de 16 ans, compose le poème « Le Dormeur du val ».

Ou pourquoi ne pas commencer ton introduction en présentant Rimbaud ? Il y a des chances pour que tu aies déjà étudié un poème de Rimbaud au cours de ta scolarité et que tu aies donc quelques notions sur ce poète :

Adolescent révolté, Arthur Rimbaud fascine par sa précocité intellectuelle. À l'âge de 20 ans, il a déjà considérablement influencé le milieu littéraire parisien. Le poème « Le Dormeur du val » fait justement partie de ses poèmes de jeunesse, écrit alors qu'il n'a que 16 ans.

Bien sûr, si tu es en panne d'inspiration, saute l'amorce et commence directement par la présentation de l'extrait, en précisant le titre de l'œuvre (souligné à la règle), l'auteur et la date de publication :

« Le Dormeur du val » d'Arthur Rimbaud, publié en 1870 dans Les Cahiers de Douai, est un poème de jeunesse du poète adolescent.

B Étape 2 : précise les caractéristiques du texte

Après la présentation du texte (le titre, l'auteur, la date de publication), précise les caractéristiques marquantes de l'extrait. Tu peux trouver ces caractéristiques en te posant les questions suivantes :

LE COMMENTAIRE

- Où se situe ce texte dans l'œuvre intégrale (au début, au milieu, à la fin) ?
- Quel est son thème ?
- Quel est son genre (théâtre, poésie, roman, etc.) ?
- Quel est son registre littéraire (comique, polémique, pathétique, lyrique...) ?

Tu n'es pas obligé(e) de trouver une réponse à toutes ces questions, mais elles vont t'aider à dresser en quelques mots la « carte d'identité » du texte.

Exemple

Ce sonnet fait découvrir au lecteur le spectacle de la mort d'un jeune soldat et vise à nous faire partager l'indignation et la colère du jeune poète.

C Étape 3 : annonce ta problématique

Pose ensuite une question à laquelle ton développement va répondre : la fameuse problématique.

Il arrive que certains professeurs de français n'exigent pas de problématique lors des devoirs sur table, mais la majorité des correcteurs au bac en attendent une et sanctionnent son absence. Mieux vaut donc ne pas prendre de risque : propose une problématique le jour J.

La problématique a deux caractéristiques :

1. Elle porte sur un intérêt littéraire du texte.
2. Ton plan y répond.

Tu peux formuler cette question sous une forme directe ou indirecte.

Exemple

Question directe :

Comment la chute du sonnet invite-t-elle le lecteur à une relecture du poème ?

Question indirecte :

Nous nous demanderons comment la chute du sonnet invite le lecteur à une relecture du poème.

D Étape 4 : annonce ton plan

Il ne reste plus qu'à annoncer ton plan !

Pour réussir ton annonce de plan, supprime les formules lourdes comme : « Dans une première partie... », « Dans une deuxième partie... », « Dans une troisième partie... ».

Ces expressions sont syntaxiquement correctes, mais on les dit trop « scolaires ». Elles donnent l'impression que tu es au collège, et non au lycée.

Maintenant que tu es en Première, il est temps de les remplacer par des formules plus légères qui correspondent au niveau bac et que tu pourras utiliser dans tes études supérieures.

Tu peux par exemple écrire : « Après avoir étudié..., nous verrons... », « Dans un premier temps nous analyserons..., puis nous étudierons..., enfin nous verrons... »

Exemple

Après avoir vu que Rimbaud met en place un décor apaisant, nous montrerons que le sommeil du jeune soldat est ambigu. Enfin, nous analyserons l'efficacité de la dénonciation de la guerre dans ce sonnet.

Tu as bien suivi les quatre étapes ? Relis-toi pour corriger les fautes d'orthographe : ton introduction est prête !

Le mémo d'Amélie

Bichonne ton introduction comme la partie la plus importante de ton commentaire et suis ces quatre étapes dans l'ordre :

1 - Rédige une amorce (si tu n'en trouves pas, passe à l'étape suivante).

2 - Présente le texte et précise ses caractéristiques.

3 - Formule une problématique.

4 - Annonce ton plan.

7 Comment réussir ma conclusion de commentaire ?

Je poursuis avec des exemples basés sur le poème « Le Dormeur du val » d'Arthur Rimbaud.

On l'oublie souvent, mais une conclusion efficace et bien rédigée peut convaincre ton correcteur de t'attribuer un point supplémentaire.

Voici les deux étapes à suivre pour que le charme opère.

A Étape 1 : rappelle les jalons de ton développement et réponds à la problématique

Tu te souviens de la problématique dans ton introduction ?

Ta conclusion doit y répondre, par deux ou trois phrases simples qui récapitulent les étapes clés de ton développement.

Exemple

La problématique énoncée dans l'introduction était la suivante :

Comment la chute du sonnet invite-t-elle le lecteur à une relecture du poème ?

Ta conclusion doit répondre à cette problématique sans détour :

La violence de la mort qui surgit au dernier vers nous invite à une relecture du poème. L'absurdité de la guerre transparaît alors dans la description d'une nature joyeuse désormais hors de portée de l'homme tombé au combat.

B Étape 2 : élargis ta conclusion

Le but de l'élargissement est de replacer le texte dans un contexte plus large pour ouvrir des perspectives de réflexion.

Comme l'amorce en introduction, l'élargissement fait appel à ta culture littéraire et peut prendre des formes diverses. Il peut s'agir d'une remarque sur :

- l'œuvre intégrale ;
- une autre œuvre du même auteur ;

- le projet esthétique de l'auteur ;
- une œuvre ou un texte d'un autre auteur ;
- une réflexion sur l'objet d'étude ;
- un événement historique ;
- la comparaison avec un autre art (peinture, musique, mise en scène, cinéma).

Bien sûr, il est rare qu'une ouverture s'impose à toi par magie. C'est d'ailleurs parce qu'elle n'est pas si simple à réaliser que sa présence est valorisée par les correcteurs.

Mais alors comment la trouver ? Il n'y a qu'une seule méthode : passe activement en revue toutes tes connaissances (sur l'auteur, le mouvement littéraire, les textes vus dans l'année…) pour saisir celle qui permet de prolonger la réflexion.

Si tu ne trouves rien, ne t'autoflagelle pas et saute cette étape.

En effet, mieux vaut ne rien écrire que faire une ouverture imprécise ou sans point commun avec le texte étudié. Par exemple, voici les ouvertures à éviter absolument :

- une question laissée sans réponse : « Quel est donc le rôle de la poésie ? »
- une généralité : « Beaucoup d'autres auteurs parlent de la guerre. »
- une référence non justifiée : « Ce poème fait penser à "L'Évadé" de Boris Vian. »

Si tu fais une ouverture, assure-toi d'être précis(e) et de justifier les rapprochements établis.

Exemple

Si l'on veut faire une ouverture pour le poème « Le Dormeur du val » de Rimbaud, on peut évoquer un autre poème en expliquant les raisons de ce rapprochement :

On retrouve dans le poème « L'Évadé » de Boris Vian les mêmes images d'un monde sensuel et joyeux dont le prisonnier est brutalement privé par le surgissement de la mort.

Ou

L'antimilitarisme de Rimbaud transparaît aussi dans le poème « Le Mal ».

Dans ces deux exemples, j'ai pris soin de justifier mon rapprochement. Mon ouverture est donc convaincante.

Le mémo d'Amélie

Ta conclusion est le miroir de ton introduction à laquelle elle répond en deux étapes :

1 - Un bilan du devoir et la réponse à la problématique.
2 - Une ouverture précise et justifiée (si tu en trouves une).

8 Comment savoir si mon plan tient la route ?

Tu as trouvé un plan ?

Voici les 4 questions à te poser pour t'assurer qu'il tient la route !

A Question 1 : ton plan répond-il à ta problématique ?

Imagine que l'on te demande : « Qu'as-tu fait pendant les vacances d'été ? »

Vas-tu répondre que tu aimes le ski ou que tu aimerais visiter le Guatemala ?

Bien sûr que non ! Tu vas proposer une réponse en lien avec la question.

Pour ton commentaire, c'est pareil.

Puisque tu as formulé une problématique dans ton introduction, ton commentaire doit absolument répondre à cette question.

Exemple

Pour « Le Dormeur du val » de Rimbaud, notre problématique était la suivante :

En quoi la chute de ce sonnet invite-t-elle le lecteur à une relecture du poème ?

Il faut nous assurer que notre plan répond à cette question :

La chute de ce sonnet invite le lecteur à une relecture du poème **car**...

I – Le poème décrit une nature joyeuse et apaisante...

II – ... dans laquelle un jeune soldat dort d'un sommeil ambigu.

III – L'irruption brutale de la mort à la fin du poème crée la surprise et permet de dénoncer les atrocités de la guerre.

Pour tester si ton plan répond à ta problématique, imite l'exemple ci-dessus : **écris la conjonction de coordination « car » à la suite de ta problématique** et formule tes axes de lecture comme des réponses à la question posée.

B Question 2 : ton plan est-il équilibré ?

Les parties de ton commentaire doivent être équilibrées, et l'équilibre d'un plan se mesure de deux façons :

- **Quantitativement :** les parties de ton plan doivent être de longueur comparable. Il faut éviter un axe de lecture de 15 lignes quand l'axe de lecture précédent fait une page et demie.
- **Qualitativement :** tes parties doivent faire avancer ton raisonnement et s'appuyer sur des procédés littéraires que tu analyses. Fais la chasse aux redondances et aux parties « récitation de cours » qui ne correspondent pas à des analyses du texte.

Ne te rajoute pas des contraintes imaginaires en t'obligeant à faire un plan en trois parties. Si tu te rends compte que ton plan en trois parties n'est pas équilibré, reste sur un plan en deux parties bien mené.

C Question 3 : ton plan suit-il un ordre logique ?

Imagine que tu rencontres un martien qui te demande quel est cet objet – ton téléphone – que tu tiens entre les mains.

Vas-tu lui répondre que c'est un appareil avec un écran de résolution de 960 × 640 pixels à 326 ppp de contraste 800:1 et de luminosité maximale de 500 cd/m^2 ?

J'espère que non ! Tu vas d'abord lui expliquer qu'il s'agit d'un outil de communication qui nous permet d'appeler nos proches et d'accéder à Internet.

Ensuite, tu lui donneras des détails techniques.

Tu vas partir du plus simple pour aller au plus complexe.

Dans un plan de commentaire, il faut faire la même chose.

LE COMMENTAIRE

Ton premier axe de lecture doit faire ressortir les observations et impressions qui sont immédiatement perceptibles par le lecteur.

Puis graduellement, tu passeras à des remarques plus complexes, par exemple sur le sens implicite du texte, ou à des interprétations plus fouillées qui ne sont pas forcément évidentes à la première lecture.

Organise ainsi tes axes de lecture de l'idée la plus simple à la plus complexe.

D Question 4 : ton plan mêle-t-il bien le fond et la forme ?

Assure-toi de mêler le fond et la forme dans chacun de tes axes de lecture.

Par exemple, ne fais jamais un axe de lecture sur les procédés stylistiques du texte, comme ci-dessous :

- I – La description d'un soldat endormi
- II – Procédés littéraires utilisés

Ce type de plan ne fonctionne pas car les procédés littéraires ne sont pas des décorations que l'auteur a ajoutées au texte après coup.

Le sens du texte et les procédés littéraires sont intimement liés pour produire un effet global sur le lecteur. Ils doivent donc être analysés ensemble, dans chaque axe de lecture, et non séparément.

Le mémo d'Amélie

Teste la pertinence de ton plan en te posant les quatre questions suivantes :

1 - Mon plan répond-il à la problématique posée en introduction ?

2 - Mon plan est-il équilibré ?

3 - Mon plan suit-il un ordre logique et progressif ?

4 - Mon plan mêle-t-il le fond et la forme ?

Retrouve cette leçon en vidéo sur commentairecompose.fr (c'est la vidéo n° 4 de ma formation gratuite en 10 leçons).

9 Comment éviter les contresens ?

« Alors comme ça, vous pensez que Camus prône la violence contre les Algériens ? » s'exclame ton professeur en te rendant ta copie.

« Aïe. Encore un contresens qui va ruiner ma note », penses-tu en recevant ton devoir avec un sourire crispé.

Le contresens est bien sûr la bête noire des étudiants, mais il faut savoir qu'il ne vous tombe pas dessus par hasard. Ses causes sont toujours les mêmes : il s'agit d'une méconnaissance du contexte du texte et d'une difficulté de l'élève à sortir de son XXIe siècle.

Pour éviter les contresens dans ton prochain devoir, pose-toi les deux questions suivantes.

A Quel est le contexte de l'œuvre ?

Le texte étudié s'inscrit toujours dans un des quatre objets d'étude au programme : les connaissances acquises sur ces objets d'étude, même basiques, sont essentielles pour t'aider à comprendre le sens du texte.

Prends du recul et demande-toi :

- **Quel était le contexte historique** à l'époque d'écriture ?
- **L'auteur s'inscrit-il dans un mouvement littéraire** que je connais ?
- **Dans quel contexte historique l'auteur a-t-il placé son histoire ?**

Nul besoin d'être un historien ou un spécialiste de l'auteur pour réussir ton commentaire, mais des connaissances simples sur le contexte t'assurent une compréhension exacte de l'extrait étudié.

Tu seras d'accord avec moi que vivre sous une monarchie absolue de droit divin au XVIIe siècle n'est pas la même expérience que vivre sous la révolution industrielle du XIXe siècle ou pendant la Seconde Guerre mondiale…

Or, l'Histoire avec « un grand H » influe sur les histoires avec « un petit h » : celles des trajectoires individuelles des auteurs, des personnages et des récits qu'ils mettent en place.

Prendre en compte le contexte de l'œuvre lors de ta lecture t'assure une meilleure compréhension de l'extrait étudié.

B Sors de ton XXIe siècle

L'une des clés pour éradiquer les contresens est de te **plonger dans le texte** et de le comprendre en fonction des critères historiques, littéraires et esthétiques de son époque.

L'idée est simple : **le texte a (généralement) été écrit à une époque radicalement différente de la nôtre.** Le juger avec les critères de notre XXIe siècle est le meilleur moyen de passer à côté de son sens et de sa sensibilité.

Par exemple, des effusions de sentiments qui peuvent paraître ridicules à un adolescent français d'aujourd'hui, ne l'étaient pas dans la période romantique de la première moitié du XIXe siècle.

Un personnage féminin qui a du caractère peut te sembler ordinaire aujourd'hui, mais était extraordinaire dans un XVIIIe siècle où les femmes restaient cantonnées au tâches domestiques sans recevoir d'éducation.

Les exemples sont infinis !

L'idée est de laisser venir à toi tes premières impressions sur le texte, mais **sans porter de jugement de valeur** sur l'auteur ou les personnages : ce serait déplacé et ce n'est pas ce qu'on te demande.

Le mémo d'Amélie

Le contresens n'est pas une fatalité ! Pour l'éviter, garde à l'esprit que :

1 - Le texte a été écrit à une autre époque. Replonge-toi dans cette dernière : les comportements et agissements des personnages ne te sembleront plus si incongrus.

2 - Le but d'un commentaire n'est pas de juger l'auteur ou ses personnages selon nos critères de pensée du XXIe siècle. Oublie les valeurs et habitudes de notre époque pour apprécier l'originalité de ce qui a été écrit avant.

10 Comment rédiger mon commentaire ?

Comment présenter mon devoir ?

Quand sauter des lignes et faire des alinéas ?

On se pose tous ce type de questions devant sa feuille et on a bien raison car les quelques points attribués à la présentation du commentaire sont les plus faciles à gagner. Autant en profiter !

Voici les règles à respecter quand tu rédiges ton commentaire.

A Soigne l'aspect « visuel » de ton commentaire

Aère ta présentation de façon que ton correcteur identifie en un coup d'œil le nombre exact de parties et sous-parties dans ton devoir.

Si tu es un(e) adepte des blocs de texte de 4 pages écrits en pattes de mouche, il est temps de changer tes habitudes :

- Saute 2 lignes après ton introduction.
- Saute 1 ligne après chaque grande partie de ton devoir.
- Saute 2 lignes avant de commencer ta conclusion.
- Fais un alinéa au début de chaque paragraphe.

Grâce à ces sauts de lignes et alinéas, ta copie sera plus claire et les étapes de ton argumentation plus évidentes.

B Rédige ton plan

Le jour du bac, le plan de ton commentaire ne doit pas être apparent : il doit être rédigé.

Qu'est-ce que cela veut dire ?

Exemple

C'est simple. N'écris pas, comme au brouillon, un plan apparent avec des numéros et des lettres :

I - Un poème lyrique

A - L'expression de la mélancolie

Rédige tes idées directrices sous forme de phrases claires et simples. Par exemple :

Ce poème est lyrique.

Tout d'abord, le poète exprime sa mélancolie. En effet, ...

Vois-tu la différence ? Le plan n'est pas apparent mais **il n'a pas disparu pour autant** : les intitulés sont formulés en phrases brèves et claires.

C Soigne les transitions

Les transitions sont des phrases qui soulignent l'articulation logique entre tes parties. Pourquoi passer d'une grande partie à une autre ? C'est ce que doit expliquer ta transition.

Pour plus de clarté, ta transition peut être isolée des grandes parties par un saut de ligne.

D Respecte les règles typographiques

Le non-respect des règles typographiques est fréquent dans les copies et agace beaucoup les correcteurs.

Elles sont pourtant très simples à suivre !

1 Souligne les titres d'œuvres à la règle

Quand tu écris un devoir à la main, souligne les titres d'œuvres à la règle. Seuls les titres de poèmes, fables, chansons ou chapitres sont entre guillemets.

Exemple

Cet extrait est issu du chapitre 3 du roman Germinal de Zola.

Le poème « L'Albatros » est issu du recueil Les Fleurs du Mal de Baudelaire.

« Tableaux parisiens » est la deuxième section du recueil Les Fleurs du Mal de Baudelaire.

Dans un livre ou sur Internet, le soulignement est remplacé par l'italique. Mais si ton devoir est manuscrit, les titres d'œuvres doivent être soulignés à la règle.

2 Place les citations entre guillemets

Indique les citations par des **guillemets** pour éviter toute confusion entre les citations du texte et tes explications.

N'oublie pas non plus d'indiquer le numéro de ligne ou de vers d'où est issue la citation.

Exemple

On trouve dans « Le Dormeur du val » de nombreuses personnifications de la nature, à laquelle le poète prête des attributs humains : la rivière « chante » (v. 1) et accroche « des haillons » au v. 2, la montagne est « fière » (v. 3) et la nature « berce » (v. 11) le jeune soldat.

E Varie ton vocabulaire et tes phrases

Au lycée, on te demande un effort d'expression écrite et il n'y a qu'une façon d'y parvenir : en variant ton vocabulaire et tes phrases.

On a tous quelques habitudes d'écriture dont il faut se défaire.

Par exemple, certains élèves utilisent à l'infini l'expression « Ce texte » : « Ce texte montre, ce texte indique, ce texte révèle... »

Si c'est ton cas, oblige-toi à varier les termes utilisés pour éviter les répétitions.

Exemple

Par exemple, l'expression « ce texte » peut être remplacée par : « ce passage », « cet extrait », « cette ligne », « ce vers », « cette strophe », « ce quatrain », « cet incipit », « cet excipit », « ce chapitre », « cette phrase », « cette formule », « cette proposition », « cette tirade », « cette réplique », « cette scène », « ce dialogue », etc.

Le verbe « montrer », souvent trop présent dans les copies – « Ce procédé montre que... » – peut être remplacé par : « révéler », « dépeindre », « représenter », « communiquer », « dévoiler », « mettre en relief », « souligner », « esquisser », « exprimer », « indiquer », « marquer », « donner l'impression que », « présenter », « témoigner de », « accentuer », « amplifier », etc.

Prends l'habitude d'utiliser chez toi un dictionnaire des synonymes pour enrichir ton vocabulaire. Petit à petit, tu n'auras plus besoin de dictionnaire car les mots te viendront plus facilement à l'esprit.

Varie aussi tes débuts de phrases. Par exemple, n'hésite pas à remplacer une forme passive comme « Ce texte a été écrit par Victor Hugo », par une forme active « Victor Hugo écrit le poème "Melancholia"... ».

Ces variations rendront ta copie plus plaisante à lire.

Le mémo d'Amélie

Il y a quelques règles de présentation incontournables pour ton commentaire, et heureusement, très simples à respecter :

- **Saute 2 lignes après l'introduction et avant la conclusion.**
- **Saute 1 ligne après chaque grande partie.**
- **Fais un alinéa au début de chaque paragraphe.**
- **Souligne les titres d'œuvres à la règle et mets les titres de poèmes entre guillemets.**
- **Indique les citations par des guillemets et précise le numéro de la ligne ou du vers dont elles sont tirées.**
- **Varie tes phrases et ton vocabulaire.**

11 Comment me préparer efficacement au commentaire dans l'année ?

Une chose est sûre : le commentaire est un exercice PRATIQUE qui nécessite peu de connaissances théoriques.

Voici comment t'organiser pour progresser tout au long de l'année.

A Revois les outils d'analyse littéraire

Les outils d'analyse littéraire sont les champs lexicaux, figures de style, points de vue, registres, etc., dont tu as déjà entendu parler en Seconde.

Toute l'année, pour la préparation de l'oral, ton professeur utilise ces outils. Sois-y attentif(ve), consigne-les dans tes fiches et observe comment ton professeur s'en sert pour justifier ses interprétations : c'est ce qu'il te faut reproduire dans tes propres commentaires.

Si tu ne maîtrises pas le vocabulaire de l'analyse littéraire, va sur commentairecompose.fr et inscris-toi à ma formation gratuite en vidéo. Tu y trouveras des ressources supplémentaires.

B Apprends à utiliser ces outils

Comme leur nom l'indique, les outils d'analyse littéraires sont des outils à ta disposition pour réussir ton analyse.

C'est très bien de les connaître, mais il faut surtout que tu apprennes à analyser les effets qu'ils produisent sur le lecteur, car c'est là l'enjeu de ton commentaire.

Pour cela, utilise ma méthode p. 98 : associe à l'avance un procédé littéraire à un effet possible et pars de cet effet pour dérouler tes analyses.

Retrouve aussi cette méthode dans ma vidéo n° 3 des 10 leçons gratuites sur commentairecompose.fr.

C Entraîne-toi à rédiger des micro-analyses

Tu peux faire des progrès considérables si tu effectues régulièrement des micro-analyses de 20 minutes.

Qu'est-ce qu'une micro-analyse ?

C'est la rédaction d'un paragraphe de 15 à 20 lignes qui correspond à une sous-partie de commentaire.

Relève par exemple un procédé littéraire et analyse-le. Une vingtaine de minutes suffisent (tu n'auras guère plus de temps pour chaque sous-partie quand tu rédigeras un devoir complet en 4 heures).

Le commentaire est avant tout un exercice pratique : ce sont ces courts entraînements qui vont t'aider à développer les bons automatismes.

Le mémo d'Amélie

Le commentaire est avant tout un exercice pratique, ce qui est plutôt une bonne nouvelle pour toi : nul besoin d'un savoir encyclopédique pour réussir cet exercice. Ce qu'il te faut, c'est développer tes compétences d'analyse, d'organisation et de rédaction :

1 - Pour l'analyse : révise les procédés littéraires et leurs effets.

2 - Pour l'organisation et la rédaction : entraîne-toi en faisant des micro-analyses d'une vingtaine de minutes pour acquérir des automatismes qui te feront gagner du temps.

SUJETS DU BAC CORRIGÉS

Je te propose ici quatre exemples de commentaires dont un intégralement rédigé.

Sujet 1 - Littérature d'idées

Voltaire, *De l'horrible danger de la lecture*, 1765

À travers l'écriture d'un faux édit contre l'imprimerie, qui aurait été promulgué dans l'Empire ottoman, Voltaire défend la lecture et la liberté de penser.

Nous Joussouf-Chéribi, par la grâce de Dieu mouphti du Saint-Empire ottoman, lumière des lumières, élu entre les élus, à tous les fidèles qui ces présentes verront, sottise et bénédiction. Comme ainsi soit que Saïd Effendi, ci-devant ambassadeur de la Sublime-Porte vers un petit État nommé Frankrom, situé entre l'Espagne et l'Italie, a rapporté parmi nous le pernicieux usage de l'imprimerie, ayant consulté sur cette nouveauté nos vénérables frères les cadis et imans de la ville impériale de Stamboul, et surtout les fakirs connus par leur zèle contre l'esprit, il a semblé bon à Mahomet et à nous de condamner, proscrire, anathématiser ladite infernale invention de l'imprimerie, pour les causes ci-dessous énoncées.

1. Cette facilité de communiquer ses pensées tend évidemment à dissiper l'ignorance, qui est la gardienne et la sauvegarde des États bien policés.

2. Il est à craindre que, parmi les livres apportés d'Occident, il ne s'en trouve quelques-uns sur l'agriculture et sur les moyens de perfectionner les arts mécaniques, lesquels ouvrages pourraient à la longue, ce qu'à Dieu ne plaise, réveiller le génie de nos cultivateurs et de nos manufacturiers, exciter leur industrie, augmenter leurs richesses, et leur inspirer un jour quelque élévation d'âme, quelque amour du bien public, sentiments absolument opposés à la sainte doctrine.

3. Il arriverait à la fin que nous aurions des livres d'histoire dégagés du merveilleux qui entretient la nation dans une heureuse stupidité. On aurait dans ces livres l'imprudence de rendre justice aux bonnes et aux mauvaises actions, et de recommander l'équité et l'amour de la patrie, ce qui est visiblement contraire aux droits de notre place.

4. Il se pourrait, dans la suite des temps, que de misérables philosophes, sous le prétexte spécieux, mais punissable, d'éclairer les hommes et de les rendre meilleurs, viendraient nous enseigner des vertus dangereuses dont le peuple ne doit jamais avoir de connaissance.

5. Ils pourraient, en augmentant le respect qu'ils ont pour Dieu, et en imprimant scandaleusement qu'il remplit tout de sa présence, diminuer le nombre des pèlerins de La Mecque, au grand détriment du salut des âmes.

6. Il arriverait sans doute qu'à force de lire les auteurs occidentaux qui ont traité des maladies contagieuses, et de la manière de les prévenir, nous serions assez malheureux pour nous garantir de la peste, ce qui serait un attentat énorme contre les ordres de la Providence.

À ces causes et autres, pour l'édification des fidèles et pour le bien de leurs âmes, nous leur défendons de jamais lire aucun livre, sous peine de damnation éternelle. Et, de peur que la tentation diabolique ne leur prenne de s'instruire, nous défendons aux pères et aux mères d'enseigner à lire à leurs enfants. Et, pour prévenir toute contravention à notre ordonnance, nous leur défendons expressément de penser, sous les mêmes peines ; enjoignons à tous les vrais croyants de dénoncer à notre officialité quiconque aurait prononcé quatre phrases liées ensemble, desquelles on pourrait inférer un sens clair et net. Ordonnons que dans toutes les conversations on ait à se servir de termes qui ne signifient rien, selon l'ancien usage de la Sublime-Porte. [...] Donné dans notre palais de la stupidité, le 7 de la lune de Muharem, l'an 1143 de l'hégire.

Voltaire, *De l'horrible danger de la lecture*, 1765.

Proposition de corrigé

Ce corrigé est intégralement rédigé, comme tu devras le faire le jour du bac. Observe attentivement la composition : sauts de ligne, alinéas, etc., pour reproduire la même chose dans tes devoirs.

Voltaire rédige en 1765 le pamphlet De l'horrible danger de la lecture qui réaffirme les idées des Lumières de plus en plus influentes dans la société française depuis 1750. Fidèle à la méthode du décentrement, chère à Montesquieu dans les Lettres persanes, Voltaire place son texte dans un Orient imaginaire afin de mieux dénoncer la monarchie française et le fanatisme religieux en Occident. Comment le recours à un Orient imaginaire permet-il une critique efficace de l'Occident ? Nous verrons que Voltaire place son lecteur devant un édit oriental parodique qui lui permet de critiquer l'Occident et de promouvoir l'idéal des Lumières.

Ton introduction correspond à un seul paragraphe précédé d'un alinéa.

Ce pamphlet se lit tout d'abord comme une parodie d'édit oriental.

Présente ton axe de lecture sous la forme d'une phrase rédigée.

Voltaire place son texte dans un Orient imaginaire. L'orientalisme concerne le nom des personnages : « Joussouf-Chéribi », « Saïd Effendi », « Mahomet » et la géographie qui désigne l'Empire ottoman (« Saint-Empire ottoman », « Sublime-Porte », « la ville impériale de Stamboul », « La Mecque »). Voltaire recrée aussi toute la sociologie de l'Orient avec le « mouphti », les « cadis et imams » et les « fakirs ». Le lecteur est ainsi plongé dans un univers oriental. Cet univers ne peut que plaire au lecteur car les récits exotiques sont prisés au XVIIIe siècle. Les Lettres persanes de Montesquieu furent par exemple un grand succès littéraire. Le calendrier lunaire mentionné à la fin du texte, « le 7 de la lune de Muharem, l'an 1143 de l'hégire », rappelle d'ailleurs les dates du calendrier lunaire à la fin de chaque lettre persane.

De cet Orient imaginaire, Voltaire nous propose la lecture d'un texte juridique. Le début du texte adopte la forme de l'édit avec le « Nous » collectif représentant la nation au nom du roi, et l'évocation de Dieu qui place la nation sous sa protection : « Nous Joussouf-Chéribi, par la grâce de Dieu mouphti du Saint-Empire ottoman ». Le vocabulaire et les tournures syntaxiques sont typiquement administratives : « Comme ainsi soit que », « ci-devant », « ayant consulté », « ci-dessous énoncées », « À ces causes et autres », « Donné dans notre palais ». Le texte suit également la structure du raisonnement juridique avec le « nous » du législateur, les visas, c'est-à-dire les instances consultées pour prendre la décision (« ayant consulté sur cette nouveauté nos vénérables frères »), les six considérants, c'est-à-dire les six motifs de la décision, présents sous forme de paragraphes numérotés, et l'énoncé de la décision. Le champ lexical de l'ordre (« défendons », « notre ordonnance », « enjoignons », « Ordonnons ») rappelle aussi la dimension impérative du texte juridique.

Observe comme chaque idée est justifiée par une ou plusieurs citations du texte.

Commente l'effet produit par les procédés relevés : c'est ce qui permet de passer de la description du texte à son analyse !

Mais le lecteur ne tarde pas à comprendre que ce texte est une parodie d'édit oriental. La première phrase, composée d'une succession de périphrases pompeuses pour désigner le mouphti (« lumière des lumières, élu entre les élus »), est déconstruite par la chute ridicule « sottise et

LE COMMENTAIRE

bénédiction ». L'inflation verbale des écrits juridiques est tournée en dérision par la juxtaposition sans fin de propositions. Les énumérations comme « il a semblé bon [...] de condamner, proscrire, anathématiser » montre un acharnement comique du Mouphti à abuser de son pouvoir. La parodie atteint son paroxysme lorsque le texte juridique ordonne l'impossible : « nous leur défendons expressément de penser ». Le comique naît aussi du choc des mots car Voltaire se plaît à rapprocher des termes péjoratifs et mélioratifs qui créent un décalage ironique : « infernale invention de l'imprimerie », « heureuse stupidité », « misérables philosophes », « vertus dangereuses », « assez malheureux pour nous garantir de la peste », « tentation diabolique [...] de s'instruire », « défendons de penser », « notre palais de la stupidité ». Ces antithèses soulignent que le texte est construit sur le modèle de l'antiphrase : il faut systématiquement comprendre le contraire de ce qui est écrit. Voltaire se moque-t-il d'ailleurs réellement de l'Orient ? Ne décentre-t-il pas le lecteur pour l'amener à observer sa propre culture avec davantage de recul ?

L'Orient est en fait un masque permettant à Voltaire de mieux dénoncer les abus de la monarchie et de l'Église en France.

Présente ton second axe de lecture sous la forme d'une phrase rédigée.

À travers la figure toute-puissante du mouphti, Voltaire dénonce la monarchie absolue française. Il lui reproche tout d'abord de maintenir volontairement son peuple dans l'ignorance, comme le souligne le champ lexical de l'ignorance : « ignorance », « merveilleux », « stupidité », « jamais avoir de connaissance ». Tout ce qui est lié à la lecture ou à l'imprimerie est diabolisé car la monarchie absolue a une crainte irrationnelle de la circulation des idées : « infernale invention », « tentation diabolique ». L'édit en vient absurdement à criminaliser la logique, le bon sens et la clarté : il devient interdit de prononcer « quatre phrases liées ensemble, desquelles on pourrait inférer un sens clair et net ». Pire encore, le Peuple est soumis au bon vouloir du Prince qui décide des lois selon son humeur : « il a semblé bon à Mahomet et à nous de condamner [...] ». À travers cette expression, Voltaire dénonce l'arbitraire de la justice : dans la monarchie absolue, c'est le roi qui fixe les lois et les châtiments. L'usage de la force est aussi souligné par la polysémie de l'adjectif « policés » dans l'expression « États

Vois comme je développe mes analyses en mettant des mots sur ce qui est implicite ou suggéré par le texte !

bien policés » qui peut signifier des États civilisés, polis, mais aussi des États surveillés et privés de liberté.

La volonté de maintenir le peuple dans l'ignorance est partagée par l'Église. Car si Voltaire mentionne le clergé oriental (« mouphti », « cadis », « imams »), c'est en réalité le clergé catholique qu'il pointe du doigt. Le champ lexical de la religion fait en effet souvent référence à la religion chrétienne : « la grâce de Dieu », « merveilleux », « vénérables frères », « à Dieu ne plaise », « sainte doctrine », « salut des âmes », « ordres de la Providence ». Voltaire dénonce le recours au merveilleux pour rendre les hommes superstitieux (« Il arriverait à la fin que nous aurions des livres d'histoire dégagés du merveilleux »). Les hyperboles religieuses montrent l'intention de l'Église de maintenir les hommes dans la peur en entretenant la crainte du châtiment divin : « damnation éternelle », « tentation diabolique », « condamner, proscrire, anathématiser », « attentat énorme contre les ordres de la Providence ». La croyance en la Providence selon laquelle Dieu organise tous les événements (heureux ou malheureux) est ridiculisée. Cette croyance empêche le progrès humain au point où l'édit interdit que l'on se prémunisse de la peste, la maladie étant une épreuve divine à accepter : « nous garantir de la peste qui serait un attentat énorme contre les ordres de la Providence ».

Annonce aussi l'idée directrice de ta sous-partie en début de paragraphe. On doit immédiatement comprendre ce que tu souhaites démontrer !

Utilise le vocabulaire d'analyse littéraire.

Ces dénonciations permettent en creux de dessiner la société idéale des Lumières selon Voltaire. Il s'agit d'une société où la circulation des idées permet le progrès : « réveiller le génie de nos cultivateurs et de nos manufacturiers », « exciter leur industrie », « augmenter leurs richesses », « inspirer un jour quelque élévation d'âme ». Cette énumération résume la vision du progrès social pour Voltaire : l'homme doit se rendre maître de la nature en cultivant la terre (« cultivateur ») mais aussi en faisant de l'industrie, qui permet la richesse de la nation et l'élévation morale de l'homme (« élévation d'âme »). Dans cette nouvelle société, le philosophe est capable « d'éclairer les hommes et de les rendre meilleurs ». Il se substitue donc à la figure religieuse du dévot et devient un guide des âmes. En libérant les hommes des croyances superstitieuses, il « diminu[e] le nombre des pèlerins »,

Remarque que chaque paragraphe commence par un alinéa.

mais cette société moins religieuse est paradoxalement plus vertueuse. Instruits, les hommes sont en effet « meilleurs » et empreints du respect de Dieu (« augmentant le respect qu'ils ont pour Dieu ») car pour Voltaire, la raison et la nature (et non la religion) sont garantes des bonnes mœurs.

Plus de quarante ans après le succès des Lettres persanes de Montesquieu, Voltaire reprend dans De l'horrible danger de la lecture le principe du regard éloigné pour mieux critiquer la société française. Cette parodie d'édit oriental plonge le lecteur dans un univers exotique plaisant et en vogue à l'époque. Mais il ne faut pas s'y tromper : derrière l'Orient, c'est l'Occident que Voltaire critique en dénonçant les excès de pouvoir de la monarchie absolue et de l'Église. Le procédé du décentrement pour mieux critiquer l'Occident est familier à Voltaire qui l'a déjà utilisé dans Zadig, conte philosophique oriental publié en 1747.

Réponds à la problématique en rappelant les jalons de ton développement.

Explique les raisons du rapprochement avec un autre texte. Ici, c'est le procédé du décentrement dans un univers oriental qui permet de rapprocher *De l'horrible danger* de la lecture de *Zadig*.

Sujet 2 - Poésie

Robert Desnos, « J'ai tant rêvé de toi », *Corps et biens*, 1930

J'ai tant rêvé de toi que tu perds ta réalité.
Est-il encore temps d'atteindre ce corps vivant et de baiser sur cette bouche la naissance de la voix qui m'est chère ?
J'ai tant rêvé de toi que mes bras habitués, en étreignant ton ombre, à se croiser sur ma poitrine ne se plieraient pas au contour de ton corps, peut-être.
Et que, devant l'apparence réelle de ce qui me hante et me gouverne depuis des jours et des années, je deviendrais une ombre sans doute.
Ô balances sentimentales.
J'ai tant rêvé de toi qu'il n'est plus temps sans doute que je m'éveille. Je dors debout, le corps exposé à toutes les apparences de la vie et de l'amour et toi, la seule qui compte aujourd'hui pour moi, je pourrais moins toucher ton front et tes lèvres que les premières lèvres et le premier front venus.
J'ai tant rêvé de toi, tant marché, parlé, couché avec ton fantôme qu'il ne me reste plus peut-être, et pourtant, qu'à être fantôme parmi les fantômes et plus ombre cent fois que l'ombre qui se promène et se promènera allègrement sur le cadran solaire de ta vie.

Robert Desnos, « J'ai tant rêvé de toi », *Corps et biens*, © Gallimard, 1930.

Proposition de corrigé

Dans ce corrigé, le plan est apparent pour faciliter ta lecture et ta compréhension. Le jour J, n'oublie pas que le plan ne doit pas apparaître et que les idées directrices doivent être rédigées.

Introduction

Le surréalisme est un mouvement littéraire qui veut libérer l'art et la pensée de toutes les contraintes. C'est ce qui transparaît dans « J'ai tant rêvé de toi », deuxième poème de la partie « À la mystérieuse » du recueil *Corps et biens* de Robert Desnos, qui croise deux thèmes de prédilection du mouvement surréaliste : l'amour et le rêve. En 1926, Robert Desnos connaît un amour passionnel, mais non partagé, pour une chanteuse, Yvonne de Knops dite Yvonne George. « J'ai tant rêvé de toi » est ainsi un poème marqué par l'absence et le manque de la femme aimée. Comment l'écriture surréaliste parvient-elle à sublimer l'absence de l'être cher ? Nous verrons que dans ce poème lyrique, le manque et l'absence de l'être aimé sont sublimés par l'écriture surréaliste dans laquelle l'amour se réalise par les mots.

LE COMMENTAIRE

I – Un poème lyrique

A – L'expression lyrique du sentiment amoureux

- Ce poème est dominé par le **registre lyrique.**
- La première personne du singulier est présente sous toutes les formes grammaticales : « je », « me hante », « mes bras », « pour moi ».
- L'énumération des **verbes d'action** suggère une **démultiplication** du sujet lyrique : « rêvé de toi, tant marché, parlé, couché ».
- Le **champ lexical du sentiment amoureux** est omniprésent : « m'est chère », « ma poitrine », « sentimentales », « l'amour ».
- **L'adverbe intensif « tant »** dans « J'ai tant rêvé de toi » renforce la force du sentiment amoureux.
- Les vers sont irréguliers, ce qui donne l'impression d'entendre les **intermittences du cœur** du poète.

B – L'évocation de la femme aimée

- Les deux personnes « J' » et « toi » sont rassemblées dans le titre du poème qui se situe donc dans la **tradition du lyrisme amoureux :** « J'ai tant rêvé de toi ».
- La deuxième personne du singulier est omniprésente : « J'ai tant rêvé de **toi** que **tu** perds **ta** réalité ».
- L'allitération en [t] crée un effet d'écho au tutoiement : « J'ai **t**ant rêvé de **t**oi que **t**u perds **t**a réali**t**é ».
- L'évocation de la femme est sensuelle, comme en témoigne le **champ lexical du corps :** « ce corps », « cette bouche », « la voix », « mes bras », « ma poitrine », « ton corps », « le corps », « ton front », « tes lèvres ».

II – Un poème sur le manque et l'absence

A – Des personnages fantômes

- Ce poème traite de l'**absence** de la femme aimée.
- L'**anaphore du terme « ombre »** (4 occurrences) et du terme « fantôme » (3 occurrences) fait glisser le poème vers un registre fantastique.
- Le **champ lexical de l'illusion** (« tu perds ta réalité », « apparence », « dors debout », « apparences de la vie ») et la répétition de l'**adverbe « peut-être »** font basculer ce poème dans un **univers incertain** situé entre **le rêve et la réalité.**
- Le poète lui-même disparaît dans l'ombre : « Qu'il ne me reste plus peut-être, et pourtant, qu'à être fantôme parmi les fantômes et plus ombre ».
- La posture du poète rappelle d'ailleurs une **position funéraire** « [...] mes bras habitués / à se croiser sur ma poitrine ».

B – Une impossibilité tragique d'aimer

- Le **champ lexical du temps** montre le travail **destructeur** du temps sur l'amour : « temps », « depuis des jours et des années », « temps », « aujourd'hui », « premières », « cent fois », « cadran solaire », « ta vie ».
- L'adverbe **« tant »** dans le titre exprime l'intensité de l'amour mais laisse aussi entendre le terme **« temps ».**
- Le mode interrogatif « Est-il encore temps » se transforme en mode négatif « qu'il n'est plus temps ».
- Le **passé composé** (« J'ai tant rêvé de toi, tant marché, parlé ») et la **juxtaposition des verbes** donnent l'impression que le poète feuillette un **album jauni par un temps destructeur.**
- Les verbes au **conditionnel** expriment l'impossibilité de Desnos de vivre son amour : « ne se plieraient pas », « deviendrais », « pourrais ».

III – Une écriture surréaliste

A – Une libération du vers poétique

- Le **vers libre** marque une libération poétique.
- On observe des ruptures syntaxiques volontaires appelées **anacoluthes** : « qu'il ne me reste plus peut-être, et pourtant, / qu'à être fantôme ». Les mots se libèrent des contraintes grammaticales.
- La poésie se transforme même en **chanson**, la répétition de « J'ai tant rêvé de toi » sonnant comme un **refrain.**
- Les **rimes internes** créent des effets d'écho : « Est-il encore <u>temps</u> d'atteindre ce corps viv<u>ant</u> ».
- Les mots semblent être liés les uns avec les autres non par le sens concret mais par une **énergie musicale** : « et pourtant, / qu'à être fantôme parmi les fantômes et plus ombre cent fois / que l'ombre qui se promène et se promènera allègrement ».

B – Une union amoureuse par le rêve

- L'union amoureuse se réalise dans le rêve.
- Les mots se dédoublent (« peut-être », « sans doute », « ombre », « fantôme »), faisant de ce poème un **poème-miroir**, qui donne un autre **reflet de la réalité.**
- « Fantôme » désigne à la fois la femme aimée (« ton fantôme ») et le poète (« être fantôme »). La **fusion des deux amants** s'opère donc dans le rêve.

LE COMMENTAIRE

- Le **champ lexical du rêve** (« rêvé », « rêvé », « rêvé », « m'éveille », « dors », « rêvé ») laisse penser que **la vérité réside dans le rêve.** C'est lui qui donne une clé pour comprendre le monde.
- L'image finale du **« cadran solaire »** est une **métaphore lumineuse** : elle suggère que le poète transcende par la poésie l'absence et la fatalité du temps.

Conclusion

Le poème « J'ai tant rêvé de toi » de Robert Desnos est un pont entre la tradition lyrique et l'imaginaire surréaliste qui permet d'exprimer l'amour sans les contraintes de la logique et de la syntaxe, en laissant libre cours à la musicalité et aux images. En ce sens, ce poème est typique de l'écriture surréaliste qui se caractérise par un lien indéfectible entre l'amour et les mots. Ce lien s'exprime encore davantage dans un poème comme « Union libre » d'André Breton.

Sujet 3 - Théâtre

Marivaux, *L'Île des esclaves*, I, 1, 1725

Dans cette scène d'exposition, Iphicrate et son esclave Arlequin font naufrage sur l'île des Esclaves, une île fondée par d'anciens esclaves grecs révoltés contre leurs maîtres et sur laquelle les rapports maîtres/esclaves sont inversés.

Iphicrate, *après avoir soupiré.*
Arlequin !

Arlequin, *avec une bouteille de vin qu'il a à sa ceinture.*
Mon patron !

Iphicrate
Que deviendrons-nous dans cette île ?

Arlequin
Nous deviendrons maigres, étiques, et puis morts de faim ; voilà mon sentiment et notre histoire.

[...]

Iphicrate
Mais je suis en danger de perdre la liberté, et peut-être la vie : Arlequin, cela ne te suffit-il pas pour me plaindre ?

Arlequin, *prenant sa bouteille pour boire.*
Ah ! je vous plains de tout mon cœur, cela est juste.

Iphicrate
Suis-moi donc.

Arlequin *siffle.*
Hu, hu, hu.

Iphicrate
Comment donc ! que veux-tu dire ?

Arlequin, *distrait, chante.*
Tala ta lara.

Iphicrate
Parle donc, as-tu perdu l'esprit ? à quoi penses-tu ?

Arlequin, *riant.*
Ah, ah, ah, Monsieur Iphicrate, la drôle d'aventure ! je vous plains, par ma foi, mais je ne saurais m'empêcher d'en rire.

Iphicrate, *à part les premiers mots.*
(Le coquin abuse de ma situation ; j'ai mal fait de lui dire où nous sommes.) Arlequin, ta gaieté ne vient pas à propos ; marchons de ce côté.

Arlequin
J'ai les jambes si engourdies.

Iphicrate
Avançons, je t'en prie.

Arlequin
Je t'en prie, je t'en prie ; comme vous êtes civil et poli ; c'est l'air du pays qui fait cela.

Iphicrate
Allons, hâtons-nous, faisons seulement une demi-lieue sur la côte pour chercher notre chaloupe, que nous trouverons peut-être avec une partie de nos gens ; et en ce cas-là, nous nous rembarquerons avec eux.

Arlequin, *en badinant.*
Badin, comme vous tournez cela !
Il chante :
L'embarquement est divin
Quand on vogue, vogue, vogue,
L'embarquement est divin,
Quand on vogue avec Catin.

Iphicrate, *retenant sa colère.*
Mais je ne te comprends point, mon cher Arlequin.

LE COMMENTAIRE

Arlequin
Mon cher patron, vos compliments me charment ; vous avez coutume de m'en faire à coups de gourdin qui ne valent pas ceux-là ; et le gourdin est dans la chaloupe.

Iphicrate
Eh ! ne sais-tu pas que je t'aime ?

Arlequin
Oui ; mais les marques de votre amitié tombent toujours sur mes épaules, et cela est mal placé. Ainsi, tenez, pour ce qui est de nos gens, que le ciel les bénisse ! s'ils sont morts, en voilà pour longtemps ; s'ils sont en vie, cela se passera, et je m'en goberge.

Iphicrate, *un peu ému.*
Mais j'ai besoin d'eux, moi.

Arlequin, *indifféremment.*
Oh ! cela se peut bien, chacun a ses affaires : que je ne vous dérange pas !

Iphicrate
Esclave insolent !

Arlequin, *riant.*
Ah ! ah ! vous parlez la langue d'Athènes ; mauvais jargon que je n'entends plus.

Iphicrate
Méconnais-tu ton maître, et n'es-tu plus mon esclave ?

Arlequin, *se reculant d'un air sérieux.*
Je l'ai été, je le confesse à ta honte ; mais va, je te le pardonne ; les hommes ne valent rien. Dans le pays d'Athènes j'étais ton esclave, tu me traitais comme un pauvre animal, et tu disais que cela était juste, parce que tu étais le plus fort. Eh bien ! Iphicrate, tu vas trouver ici plus fort que toi ; on va te faire esclave à ton tour ; on te dira aussi que cela est juste, et nous verrons ce que tu penseras de cette justice-là ; tu m'en diras ton sentiment, je t'attends là. Quand tu auras souffert, tu seras plus raisonnable ; tu sauras mieux ce qu'il est permis de faire souffrir aux autres. Tout en irait mieux dans le monde, si ceux qui te ressemblent recevaient la même leçon que toi. Adieu, mon ami ; je vais trouver mes camarades et tes maîtres. Il s'éloigne.

Iphicrate, *au désespoir, courant après lui l'épée à la main*.
Juste ciel ! peut-on être plus malheureux et plus outragé que je le suis ? Misérable ! tu ne mérites pas de vivre.

Arlequin
Doucement, tes forces sont bien diminuées, car je ne t'obéis plus, prends-y garde.

Marivaux, *L'Île des Esclaves*, I, 1, 1725.

Proposition de corrigé

Dans ce corrigé, le plan est apparent pour faciliter ta lecture et ta compréhension. Le jour J, n'oublie pas que le plan ne doit pas apparaître et que les idées directrices doivent être rédigées.

Introduction

Après la mort de Louis XIV en 1715, le théâtre classique qui s'appuyait sur la grandeur du Roi-Soleil laisse place à une dramaturgie nouvelle, davantage tournée vers le mélange des genres comme le fait Marivaux dans L'Île des Esclaves en 1725. Dans cette scène d'exposition, Iphicrate et son esclave Arlequin échouent sur l'île des Esclaves, une île fondée par d'anciens esclaves grecs révoltés contre leurs maîtres et dans laquelle le rapport maître/esclave est inversé. Dans quelle mesure l'inversion des rôles permet-elle d'amorcer une réflexion politique ? Nous verrons que cette scène d'exposition traditionnelle où les personnages inversent leurs rôles permet à Marivaux de réfléchir sur le rapport maître/valet au XVIIIe siècle.

I – Une scène d'exposition traditionnelle

A – La symbolique des lieux

- Les personnages ont échoué sur une **île vide** : « Que deviendrons-nous dans cette île ? »
- Le **champ lexical du naufrage** accentue l'hostilité d'une **nature violente et capricieuse** : « naufrage », « maigres », « étiques », « la côte ».
- Cette insularité est bien sûr aussi **symbolique** : les personnages se retrouvent seuls face à eux-mêmes.

B – La présentation des personnages

- **Iphicrate** incarne le **pouvoir**, comme le montrent l'épée et les **verbes à l'impératif** : « Dis-moi », « Suis-moi », « Parle donc ».
- Les **phrases nominales exclamatives** sont tranchantes et montrent un homme qui a l'habitude de commander : « Esclave insolent ! », « Misérable ! »
- **Arlequin** est le personnage type du **valet de comédie.** Les didascalies mentionnent une **gestuelle populaire** : « prenant sa bouteille pour boire », « siffle », « chante », « riant ».
- Les **rapports de domination** entre les personnages sont clairs : Iphicrate tutoie Arlequin, Arlequin vouvoie Iphicrate et s'exclame : « Mon patron ! » Iphicrate est donc le maître et Arlequin l'esclave.

LE COMMENTAIRE

II – Une inversion des rôles

A – Iphicrate : de maître à esclave

• Mais échoué sur l'île des Esclaves, **Iphicrate perd son pouvoir** sur Arlequin.

• Il utilise la **première personne du pluriel** plus consensuelle (« Que deviendrons-nous ? », « hâtons-nous », « Avançons ») et tempère ses ordres par des interrogations : « ne sais-tu pas que je t'aime ? »

• Il atténue ses propos par des **modalisateurs** : « faisons seulement », « nous trouverons peut-être », « en ce cas-là ».

• L'interrogation et l'exclamation finales montrent qu'il perd la maîtrise de la situation : « Juste ciel ! peut-on être plus malheureux et plus outragé que je le suis ? Misérable ! »

• Il devient un **personnage de comédie trompé** par un valet astucieux : « Le coquin abuse de ma situation ». L'aparté (« à part les premiers mots ») rappelle les comédies.

• La **didascalie finale** « au désespoir, courant après lui, l'épée à la main » fait de lui un **personnage de farce.**

B – Arlequin : d'esclave à maître

• Arlequin prend le statut de maître en passant **du vouvoiement** (« je vous plains ») **au tutoiement** (« je le confesse à ta honte »).

• Arlequin reprend les termes d'Iphicrate et infléchit leur sens, ce qui montre une volonté de **dominer Iphicrate** : « Que deviendrons-nous [...] / Nous deviendrons maigres » ; « Mon cher Arlequin / Mon cher patron » ; « Je t'aime / les marques de votre amitié ».

• Il manie l'**ironie** comme dans la phrase « les marques de votre amitié tombent toujours sur mes épaules » : les « marques de votre amitié » désignent les coups de bâtons.

• Iphicrate joue une tragédie devant Arlequin mais ce dernier n'est pas dupe : « je vous plains, par ma foi ; mais je ne saurais m'empêcher d'en rire ».

III – Une réflexion sur l'art de gouverner

A – Une réflexion sur le rapport maître-valet au XVIIIe siècle

• Le **cadre spatio-temporel** peu vraisemblable est une convention qui permet à Marivaux de **critiquer** de façon détournée les relations maître-domestique au XVIIIe siècle.

• Dans son avant-dernière tirade, **Arlequin s'exprime comme un philosophe.** Il utilise le **présent de vérité générale** et profère des **phrases sentencieuses** avec des mots abstraits (« les hommes ne valent rien »).

- Il émet des considérations sur la justice et la force : « tu disais que cela était juste, parce que tu étais le plus fort. »

- Sa tirade est structurée par des **connecteurs logiques** (« parce que », « aussi », « si ») et des **tournures comparatives** « plus fort que toi », « plus raisonnable », « tu sauras mieux », « Tout en irait mieux » qui soulignent que c'est la voix de la raison qui s'exprime.

- Sa réflexion sur le rapport maître-esclave à Athènes s'applique aussi au **rapport maître-domestique** en France au XVIIIe siècle : « Tout en irait mieux dans le monde, si ceux qui te ressemblent recevaient la même leçon que toi. »

B – Un éloge du renversement des rôles ?

- Marivaux ne fait pourtant pas réellement l'éloge du renversement des rôles.

- Arlequin reste un personnage de la *commedia dell'arte*. Son costume multicolore symbolise **la variété et l'instabilité.**

- La « bouteille de vin » accrochée à sa ceinture suggère **l'ivresse et l'imprévisibilité** contraire à la raison et à la modération attendues d'un prince.

- Le « vin » symbole de l'inconstance et de la passion se retrouve d'ailleurs dans la chanson avec l'**allitération en [v]** : « divin », « vogue », « vogue », « vogue », « divin », « vogue ».

- **Les sifflements et les chants** inscrivent le personnage d'Arlequin dans la farce ainsi que les **onomatopées** « Hu ! Hu ! Hu ! », « Ah ! Ah ! Ah ! » qui créent une animalisation inquiétante.

- Arlequin est mû par le **désir de vengeance** qui transparaît dans le futur sentencieux et l'emploi du pronom « on » qui prend en charge la défense de tous les esclaves : « on va te faire esclave à ton tour, on te dira aussi que cela est juste ».

- **Une prise de pouvoir par Arlequin serait donc inquiétante.**

Conclusion

La scène d'exposition de *L'Île des Esclaves* commence par ce qui aurait pu être l'aboutissement de la pièce : une révolte des esclaves contre leurs maîtres. Mais si Marivaux commence par là, c'est qu'il veut expérimenter la perversion des révolutions animées par la vengeance et la passion. En effet, à la fin de la pièce, Arlequin se rend compte qu'il n'est pas fait pour gouverner et Iphicrate prend conscience qu'il a mal gouverné : maîtres et esclaves réintègrent leurs rôles et repartent pour Athènes. C'est qu'en réalité, *L'Île des Esclaves* ne prône pas une révolution où les différences sociales seraient abolies : l'œuvre invite plutôt les spectateurs à un changement intérieur, un éveil de l'âme, afin de pousser chacun à traiter ses semblables avec bonté et humanité.

Sujet 4 - Récit

Maupassant, *Bel-Ami*, 1885

Bel-Ami *retrace l'ascension sociale d'un personnage ambitieux, Georges Duroy. Dans la dernière page du roman, Bel-Ami, qui utilise les femmes pour franchir toutes les étapes de son ascension sociale, épouse Suzanne Walter, la fille du patron du journal* La Vie française *dans lequel il a travaillé.*

Puis des voix humaines s'élevèrent, passèrent au-dessus des têtes inclinées. Vauri et Landeck, de l'Opéra, chantaient. L'encens répandait une fine odeur de benjoin, et sur l'autel le sacrifice divin s'accomplissait ; l'Homme-Dieu, à l'appel de son prêtre, descendait sur la terre pour consacrer le triomphe du baron Georges Du Roy.

Bel-Ami, à genoux à côté de Suzanne, avait baissé le front. Il se sentait en ce moment presque croyant, presque religieux, plein de reconnaissance pour la divinité qui l'avait ainsi favorisé, qui le traitait avec ces égards. Et sans savoir au juste à qui il s'adressait, il la remerciait de son succès.

Lorsque l'office fut terminé, il se redressa, et, donnant le bras à sa femme, il passa dans la sacristie. Alors commença l'interminable défilé des assistants. Georges, affolé de joie, se croyait un roi qu'un peuple venait acclamer. Il serrait des mains, balbutiait des mots qui ne signifiaient rien, saluait, répondait aux compliments : « Vous êtes bien aimable. »

Soudain il aperçut Mme de Marelle ; et le souvenir de tous les baisers qu'il lui avait donnés, qu'elle lui avait rendus, le souvenir de toutes leurs caresses, de ses gentillesses, du son de sa voix, du goût de ses lèvres, lui fit passer dans le sang le désir brusque de la reprendre. Elle était jolie, élégante, avec son air gamin et ses yeux vifs. Georges pensait : « Quelle charmante maîtresse, tout de même. »

Elle s'approcha un peu timide, un peu inquiète, et lui tendit la main. Il la reçut dans la sienne et la garda. Alors il sentit l'appel discret de ses doigts de femme, la douce pression qui pardonne et reprend. Et lui-même il la serrait, cette petite main, comme pour dire : « Je t'aime toujours, je suis à toi ! »

Leurs yeux se rencontrèrent, souriants, brillants, pleins d'amour. Elle murmura de sa voix gracieuse :

– À bientôt, monsieur.

Il répondit gaiement :

– À bientôt, madame.

Et elle s'éloigna.

D'autres personnes se poussaient. La foule coulait devant lui comme un fleuve. Enfin elle s'éclaircit. Les derniers assistants partirent.

Georges reprit le bras de Suzanne pour retraverser l'église.

Elle était pleine de monde, car chacun avait regagné sa place, afin de les voir passer ensemble. Il allait lentement, d'un pas calme, la tête haute, les yeux fixés sur la grande baie ensoleillée de la porte. Il sentait sur sa peau courir de longs frissons, ces frissons froids que donnent les immenses bonheurs. Il ne voyait personne. Il ne pensait qu'à lui.

Lorsqu'il parvint sur le seuil, il aperçut la foule amassée, une foule noire, bruissante, venue là pour lui, pour lui Georges Du Roy. Le peuple de Paris le contemplait et l'enviait.

Puis, relevant les yeux, il découvrit là-bas, derrière la place de la Concorde, la Chambre des députés. Et il lui sembla qu'il allait faire un bond du portique de la Madeleine au portique du Palais-Bourbon.

Il descendit avec lenteur les marches du haut perron entre deux haies de spectateurs. Mais il ne les voyait point ; sa pensée maintenant revenait en arrière, et devant ses yeux éblouis par l'éclatant soleil flottait l'image de Mme de Marelle rajustant en face de la glace les petits cheveux frisés de ses tempes, toujours défaits au sortir du lit.

Maupassant, *Bel-Ami*, 1885.

Proposition de corrigé

Dans ce corrigé, le plan est apparent pour faciliter ta lecture et ta compréhension. Le jour J, n'oublie pas que le plan ne doit pas apparaître et que les idées directrices doivent être rédigées.

Introduction

Bel-Ami, écrit en 1885 par Guy de Maupassant, s'inscrit dans la tradition des romans d'apprentissage et retrace l'ascension sociale d'un personnage ambitieux, Georges Duroy. En écrivain réaliste, Maupassant étudie l'âme de l'arriviste pour critiquer une société bourgeoise obnubilée par la réussite sociale et l'argent. Utilisant les femmes pour réaliser son ascension, Bel-Ami gravit les échelles de la société et finit par épouser Suzanne Walter, la fille du patron du journal *La Vie française*. En quoi ce passage est-il la fin d'un roman d'apprentissage ? Nous verrons que cet excipit de *Bel-Ami* marque la consécration d'un personnage arriviste dans une société corrompue, ce qui conduit Maupassant à une peinture pessimiste de l'âme humaine.

I – La consécration d'un personnage arriviste

A – Un triomphe symbolique

- Le triomphe de Georges fait penser à un **sacre impérial**.
- Le nom du personnage – Georges Du Roy – l'inscrit désormais dans le sillage de la **royauté** et de la **noblesse** par la particule « du ».

LE COMMENTAIRE

- Les **mouvements lents et réguliers** sont solennels et font penser à un **défilé triomphal** : « il se redressa », « il passa », « retraverser l'église », « Il allait », « il parvint », « descendit avec lenteur ».

- Georges Du Roy passe de l'ombre de l'église à « un éclatant soleil », soulignant qu'il est **au plus haut de sa gloire.**

- Les lieux parisiens mentionnés « Concorde », « Madeleine », « Palais-Bourbon » inscrivent le personnage dans des **lieux de pouvoir.**

B – Un vainqueur seul face au monde

- Le **champ lexical de la foule** souligne **l'opposition entre la foule et le personnage principal** : « l'interminable défilé des assistants », « un peuple », « D'autres personnes », « La foule », « pleine de monde », « la foule amassée », « foule noire, bruissante », « Le peuple de Paris », « spectateurs ».

- Les personnes réunies dans la foule sont **anonymes.** Seul **Georges Du Roy est sorti de cet anonymat.**

- Georges Du Roy est le seul vainqueur. La **foule finit même par disparaître** : « Il ne voyait personne. Il ne pensait qu'à lui. »

- La **tournure restrictive** « Il ne pensait qu'à lui » souligne **l'égocentrisme** du personnage qui ramène tout à lui.

- Georges Du Roy est d'ailleurs **sujet de presque toutes les phrases** : « **Il** sentait sur sa peau courir de longs frissons [...]. **Il** ne voyait personne. **Il** ne pensait qu'à lui. Lorsqu'**il** parvint sur le seuil, **il** aperçut la foule amassée [...]. »

- Lorsqu'il n'est pas sujet des phrases, Georges Du Roy est **en position d'objet** au **centre des regards** et des désirs : « Le peuple de Paris **le** contemplait et **l'**enviait ».

- Le **point de vue interne** fait entrer le lecteur dans la peau de Georges Du Roy qui s'exprime en discours indirect libre : « une foule noire, bruissante, venue là pour lui, pour lui Georges Du Roy ».

II – Une satire de la société parisienne

A – Les Parisiens : une société de théâtre

- Maupassant dresse la satire d'une **société** où tout n'est que **théâtre.**

- La mention de l'Opéra au début du texte place d'emblée la scène dans l'espace du **spectacle.**

- Le **champ lexical du regard** souligne que dans cette société, tout est **apparence et artifice** : « assistants », « aperçut », « yeux », « les voir passer », « les yeux fixés », « il aperçut », « le contemplait », « relevant les yeux », « ses yeux éblouis », « l'image ».

- Le terme de « spectateurs » fait référence à un public dont Paris serait la scène et **Georges Du Roy le personnage principal.**
- Georges Du Roy et Mme de Marelle jouent une comédie de théâtre avec des répliques succinctes dignes d'une comédie : « À bientôt, monsieur. » / « À bientôt, madame. »
- Cette dimension théâtrale souligne les **comportements stéréotypés et uniformisés** des bourgeois.

B – Une société désacralisée

- Bel-Ami se marie avec Suzanne Walter. Pourtant, **Suzanne n'est presque pas évoquée** dans ce passage : elle est effacée ou ignorée.
- Le **champ lexical de la sensualité** concerne **Mme de Marelle,** l'amante de Georges Du Roy : « baisers », « caresses », « gentillesses », « goût de ses lèvres », « désir brusque », « jolie », « élégante », « air gamin », « charmante maîtresse », « appel discret », « douce pression », « petite main », « amour ». Georges Du Roy **désacralise** donc le **mariage.**
- Georges Du Roy fait également semblant d'être croyant, comme le souligne l'adverbe **« presque »** (« presque croyant, presque religieux »). Il est incapable d'une foi sincère.
- Maupassant montre une société **corrompue** par une **désacralisation** rampante qui gangrène tout.

III – Une peinture pessimiste de l'âme humaine

A – Bel-Ami : un arriviste insatiable

- Georges Du Roy va continuer son ascension comme le souligne le déplacement de son **regard :** « Puis, relevant les yeux, il découvrit là-bas, derrière la place de la Concorde, la Chambre des députés. »
- Ce regard surplombant Paris rappelle **l'excipit du *Père Goriot* de Balzac** où Eugène de Rastignac prononce son célèbre défi à Paris : « À nous deux maintenant ! »
- L'excipit de *Bel-Ami* pourrait ainsi être le début d'un nouveau roman qui raconterait **l'ascension politique** de Georges Du Roy.
- Maupassant dépeint un ambitieux dont **le désir n'est jamais rassasié.**

B – Le regard ironique de Maupassant sur son personnage

- Le **champ lexical de la confusion** montre un personnage enivré par sa réussite et qui **perd toute lucidité** : « croyait », « balbutiait des mots », « Il ne voyait personne », « il lui sembla », « il ne les voyait point », « ses yeux éblouis », « flottait l'image ».

LE COMMENTAIRE

- **Maupassant se moque des visions délirantes** de son personnage : « Georges, affolé de joie, se croyait un roi qu'un peuple venait acclamer. »
- Le **discours indirect libre** souligne que Georges Du Roy perd pied avec la réalité, ce qui le **ridiculise** : « l'Homme-Dieu, à l'appel de son prêtre, descendait sur la terre pour contempler le triomphe du baron Georges Du Roy. »

Conclusion

Cet excipit campe le portrait de l'ambitieux insatiable. Comme Eugène de Rastignac dans le *Père Goriot*, Georges Du Roy défie Paris et le pouvoir. Cette fin de *Bel-Ami* pourrait ainsi inspirer le début d'un autre roman, celui de la conquête du pouvoir politique par Georges Du Roy. Mais à la différence de Balzac qui poursuit dans la *Comédie humaine* les aventures de Rastignac, Maupassant n'a pas écrit de suite à ce roman. Une manière peut-être pour Maupassant, profondément pessimiste et nihiliste, de suggérer que cette ambition démesurée n'a aucun sens.

4

LA DISSERTATION

1 Qu'attend-on de moi dans une dissertation ?

La dissertation est un exercice souvent redouté par les élèves qui s'y sentent moins préparés qu'au commentaire. **Les exigences de la dissertation ne sont pourtant pas inaccessibles !**

Pour obtenir une bonne note en dissertation, tu dois travailler trois points : ta connaissance des œuvres intégrales étudiées en classe, la méthode et la qualité de ton argumentation ainsi que ta capacité à mobiliser ta culture littéraire.

A Une connaissance approfondie des œuvres étudiées en classe

La dissertation porte toujours sur l'**une des quatre œuvres étudiées en classe au cours de l'année.**

Autant dire qu'il te faut les maîtriser sur le bout des doigts !

Pour cela, lis les œuvres deux ou trois fois et réalise des fiches sur chaque thème.

Je te conseille aussi de sélectionner une quinzaine de citations clés pour chaque œuvre : elles apporteront matière et précision à ta dissertation.

La connaissance précise des œuvres est ta meilleure alliée pour cette épreuve.

Rappel : Le jour du bac, trois sujets de dissertation seront proposés pour l'objet d'étude sélectionné. Tu es donc certain(e) de pouvoir traiter un sujet qui correspond à l'une des œuvres que tu as étudiées dans l'année.

Exemple

Si l'objet d'étude « La littérature d'idées du XVIe au XVIIIe siècle » est sélectionné, trois sujets de dissertation seront proposés : un sujet sur *Gargantua* de Rabelais, un sujet sur *Les Caractères* de La Bruyère et un autre sur la *Déclaration des droits de la femme et de la citoyenne* d'Olympe de Gouges. Tu pourras donc choisir le sujet qui correspond à l'œuvre que tu as étudiée dans l'année.

B Une argumentation de qualité

La dissertation est un **exercice argumentatif :** tu vas convaincre le correcteur de la pertinence de ta réponse en avançant des arguments illustrés par des exemples.

Là où les choses se corsent, c'est que tu ne vas pas argumenter uniquement pour défendre ton point de vue sur la question. Ce serait trop facile !

Tu vas aussi **envisager le point de vue adverse,** et lui trouver, à lui aussi, des arguments et des exemples.

La dissertation est donc un exercice qui t'oblige à **sortir de toi-même pour te faire l'avocat de points de vue** que tu ne partages pas forcément, tout en amenant le correcteur à adhérer à ta réponse finale.

Nous allons voir dans les pages suivantes comment réaliser cela dans un plan en trois parties !

C Une culture littéraire liée aux parcours associés

Dans ta dissertation, tu dois **impérativement** faire des références précises à d'autres œuvres que l'œuvre intégrale au programme.

Une partie de la note porte en effet sur ta capacité à mobiliser ta culture littéraire pour répondre au sujet.

Je t'entends déjà pousser des cris d'orfraie : « Ma culture littéraire ? Mais je n'en ai paaaaas ! »

Du calme. Si tu as passé tes dernières années au collège et au lycée, je t'assure que tu as davantage de culture littéraire que tu ne l'imagines.

Tu peux en effet mobiliser dans ta dissertation :

- Les œuvres et extraits étudiés en classe dans le cadre du parcours associé.
- Des œuvres ou extraits étudiés au collège ou au lycée.

Cela n'a rien d'impossible.

Pour y parvenir, **dresse l'inventaire de ta culture littéraire** en faisant la liste des textes que tu connais et entraîne-toi toute l'année à mobiliser cet inventaire.

Je te montre comment faire à la fin de ce chapitre.

Le mémo d'Amélie

Une bonne note, voire une TRÈS bonne note, en dissertation est accessible si tu gardes en tête les exigences suivantes :

- **Tu dois connaître tes quatre œuvres intégrales sur le bout des doigts.**
- **Tu dois argumenter plusieurs points de vue de façon solide, nuancée et organisée.**
- **Tu dois mobiliser ta culture littéraire (lectures cursives associées au parcours, textes étudiés en classe et lectures personnelles).**

2 Comment analyser un sujet de dissertation ?

Voici cinq réflexes simples à mettre en place pour analyser ton sujet de dissertation et éviter le hors-sujet :

- **Délimite les frontières du sujet.**
- **Définis le ou les mots clés.**
- **Fais le lien avec l'œuvre intégrale.**
- **Identifie les présupposés.**
- **Étonne-toi de la formulation du sujet.**

A Délimite les frontières du sujet

Au bac, un sujet de dissertation ne porte pas sur la littérature en général mais sur une œuvre intégrale et un parcours.

Mais il peut comporter aussi d'autres limites : le sujet est-il par exemple limité à un genre (roman, théâtre, poésie) ? Concerne-t-il une époque ou un mouvement littéraire précis ?

Exemple

Prenons un exemple :

Le romancier doit-il nécessairement faire de ses personnages des êtres extraordinaires ?

Vous répondrez à cette question en vous fondant sur votre lecture de Manon Lescaut *de l'Abbé Prévost, sur les textes étudiés en classe et sur vos lectures personnelles.*

Quelles sont les limites de ce sujet ? Le roman, et uniquement le roman.

Tu ne dois donc mobiliser que des œuvres romanesques pour répondre à cette question.

L'expression « personnage extraordinaire » te fait penser au Dom Juan de Molière ou au Figaro de Beaumarchais ?

STOP !

Dom Juan et *Le Mariage de Figaro* sont des pièces de théâtre... Si tu les évoques dans un sujet sur le roman, tu seras hors sujet.

Reviens aux limites de ton sujet : le roman.

B Définis les mots clés

Prends le temps de définir les termes du sujet en leur trouvant des synonymes et des antonymes.

Parfois le sujet paraît tellement simple que les élèves ne voient pas l'intérêt d'en définir les termes.

C'est une erreur ! Tu es au lycée et les questions de dissertation demandent plus de réflexion que tu ne l'imagines.

Exemple

Prenons la question suivante :

Selon vous, Le Malade imaginaire *de Molière n'est-il qu'un divertissement ?*

Certes, la question ne comprend aucun mot compliqué, mais cela ne veut pas dire qu'il ne faut pas **réfléchir à chaque terme** pour en **déployer tout le sens.**

Au brouillon, commence par définir le terme « divertissement » : ce qui distrait et permet d'occuper agréablement le temps. On peut songer par exemple à la comédie, au chant, à la danse…

Puis cherche des antonymes, c'est-à-dire des contraires : l'ennui, les choses sérieuses, pénibles, tristes.

On s'arrête là ? Non, poussons un peu plus loin !

Le terme « divertissement » a-t-il des connotations ? Lesquelles ?

Spontanément, on a tendance à penser que le terme « divertissement » est connoté positivement. C'est un mot qui fait penser aux fêtes, à la joie, au plaisir.

Mais si on y réfléchit, le divertissement est aussi ce qui détourne notre attention, ce qui nous empêche de penser. Il acquiert alors une dimension plus négative.

Le terme « divertissement » est particulièrement associé au philosophe Blaise Pascal pour qui le divertissement désigne tout ce qui détourne l'homme de l'essentiel, tout ce qui lui permet d'éviter de penser à la mort, à la misère et à la souffrance.

Le terme « divertissement » a donc plusieurs sens :

- Le divertissement, **ce sont les distractions joyeuses qui nous permettent de passer un bon moment.**
- Mais le divertissement, **ce sont aussi les occupations dans lesquelles nous nous plongeons pour éviter de regarder en face le vide de notre existence et la peur de la mort.**

Vois-tu tout ce que l'on parvient à extraire du seul terme « divertissement » si on se penche dessus quelques minutes ?

Chaque mot est comme un bout de ficelle qui dépasse d'une pelote. Il faut l'attraper et le tirer pour dérouler la pelote.

C Fais le lien avec l'œuvre intégrale et le parcours

Le sujet de dissertation porte toujours sur l'une des œuvres intégrales et sur le parcours associé que tu as étudiés dans l'année.

Mobilise tes connaissances sur l'œuvre intégrale pour comprendre le sujet et trouver des pistes de réflexion :

- Le sujet de dissertation reprend-il certains termes du parcours ? Quelle définition de ces termes as-tu vue en classe ?
- Le sujet fait-il référence à des passages ou à une citation de l'œuvre intégrale ?
- En quoi ce sujet te permet-il de mettre en valeur tes connaissances sur l'œuvre intégrale et le parcours ?
- Comment peux-tu mobiliser les extraits de l'œuvre étudiés en classe pour répondre à ce sujet ?

Ces questions devraient t'aider à mieux cerner les enjeux du sujet.

D Demande-toi si le sujet contient un présupposé

Les sujets du bac peuvent contenir des présupposés, c'est-à-dire des **informations sous-entendues par la question.**

Ces informations ne sont pas dites explicitement : elles sont suggérées par le sujet. Les repérer va te permettre d'identifier des problèmes qui découlent de ton sujet.

Exemple

Reprenons notre exemple.

Selon vous, Le Malade imaginaire *de Molière n'est-il qu'un divertissement ?*

Y a-t-il un présupposé ?

Oui !

Ce sujet sous-entend que *Le Malade imaginaire* est un divertissement. Or, ce présupposé est discutable. C'est donc une piste de réflexion !

E Étonne-toi devant le sujet

La meilleure façon d'envisager toutes les facettes du sujet est de **te poser des questions sur ce dernier.**

Un sujet de dissertation doit susciter ton étonnement.

Joue le jeu et note au brouillon toutes les questions et sources d'étonnement que fait naître la lecture du libellé.

Exemple

Pour le sujet *« Selon vous,* Le Malade imaginaire *de Molière n'est-il qu'un divertissement ? »*, on peut s'étonner et se poser les questions suivantes :

- Quelles sont les raisons qui nous poussent à réduire *Le Malade imaginaire* à un divertissement ?
- Quel est le rôle d'un divertissement ? Pourquoi cherchons-nous à nous divertir ?
- Un divertissement est-il nécessairement sans profondeur ?
- *Le Malade imaginaire* est-il vraiment un divertissement ?

Laisse venir à toi toutes les questions, ne te mets aucun filtre : **interroge le sujet, étonne-toi.**

Quand on se pose des questions face à un sujet, une réaction quasi alchimique se produit : le sujet qui paraissait sans intérêt comme un bout de métal se transforme en mine d'or...

La méthode de l'étonnement ne sert pas qu'en français. C'est une des clés de la réussite dans TOUTES les matières. Penses-y dès que tu es bloqué(e) sur un devoir.

LA DISSERTATION

Le mémo d'Amélie

Lors de la découverte du sujet, prends quelques minutes pour l'analyser et éviter le hors-sujet :

- **Délimite les frontières du sujet.**
- **Définis les mots clés à l'aide de synonymes et d'antonymes.**
- **Fais le lien entre le sujet et l'œuvre intégrale.**
- **Identifie les éventuels présupposés de la question.**
- **Étonne-toi face au sujet.**

3 Quel type de plan choisir ?

Tu as souvent entendu parler des différents **types de plans :** dialectique, thématique, notionnel…

Mais comment savoir quel plan se prête le mieux à ton sujet de dissertation ?

Il existe **un test imparable : celui de la question ouverte ou fermée** qui te permet de savoir si tu dois t'orienter vers un plan thématique ou dialectique.

Je t'explique tout.

A Le plan dialectique

C'est le fameux plan **thèse / antithèse / synthèse.**

Ce type de plan est fréquent mais attention : il ne fonctionne pas pour tous les sujets !

Un plan dialectique permet de répondre aux **questions fermées,** c'est-à-dire aux questions auxquelles tu peux répondre par oui ou par non.

Exemple

Dans la Déclaration des droits de la femme et de la citoyenne, *Olympe de Gouges ne lutte-t-elle que pour les droits des femmes ? Vous répondrez à cette question dans un développement organisé en vous appuyant sur la* Déclaration des droits de la femme et de la citoyenne, *sur les textes que vous avez étudiés dans le cadre du parcours associé et sur votre culture personnelle.*

Ta réponse spontanée va forcément commencer par oui ou par non.

Oui, Olympe de Gouges ne lutte que pour les droits des femmes.

Non, Olympe de Gouges ne lutte pas que pour les droits des femmes.

Il s'agit donc d'une question fermée.

Le plan dialectique est idéal pour ce type de sujet car il te permet d'envisager différents points de vue sur la question (la thèse et l'antithèse).

Prenons un autre exemple.

Arthur Rimbaud s'affranchit-il de toutes les règles dans Cahiers de Douai *?*

Ta réponse spontanée va forcément commencer par oui ou par non.

Oui, Arthur Rimbaud s'affranchit de toutes les règles dans *Cahiers de Douai*.

Non, Arthur Rimbaud ne s'affranchit pas de toutes les règles dans *Cahiers de Douai*.

Tu as donc affaire à une question fermée qui appelle un plan dialectique.

B Le plan thématique ou notionnel

Le sujet de dissertation est parfois une **question ouverte,** c'est-à-dire une question à laquelle on ne peut pas répondre par oui ou par non.

Par exemple, si je te demande au sujet des *Fausses Confidences* de Marivaux, « Quel rapport le mensonge entretient-il avec la vérité dans cette pièce ? », il est impossible de répondre par oui ou par non.

Ces questions sont donc ouvertes et appellent un plan thématique (appelé également plan notionnel).

Comment trouver des réponses à ce type de questions ?

Il n'y a pas d'échappatoire : il faut réfléchir pour **formuler toi-même plusieurs réponses possibles.**

Exemple

À la question *« Selon vous, quel rapport le mensonge entretient-il avec la vérité dans Les Fausses Confidences de Marivaux ? »*, on peut imaginer différentes réponses :

- Le mensonge crée un univers de dissimulation qui cache la vérité.
- La vérité affleure souvent, malgré le mensonge.
- Le mensonge est parfois utilisé comme un stratagème pour obtenir la vérité.
- Le mensonge permet paradoxalement à la vérité d'éclater dans la pièce.

Pour l'instant, je me suis contenté(e) de jeter quelques réponses possibles sur le papier.

Ces réponses sont à approfondir, mais on peut déjà imaginer que certaines d'entre elles vont constituer les grandes parties de ma dissertation.

C'est ainsi qu'on réalise un plan thématique.

Le mémo d'Amélie

Pour trouver le type de plan qui correspond à ton sujet, demande-toi si la question posée est ouverte ou fermée :

- **Si la question est fermée (on peut y répondre par oui ou par non) : opte pour un plan dialectique.**
- **Si la question est ouverte (on ne peut pas y répondre par oui ou par non) : opte pour un plan thématique.**

4 Comment réussir un plan dialectique ?

Le plan dialectique a des allures de facilité : thèse / antithèse / synthèse, et hop on pense que le tour est joué.

Mais le plan dialectique recèle en réalité **deux pièges** auxquels tu dois faire très attention :

- **Premier piège : se transformer en plan « oui-non ».**
- **Second piège : présenter une troisième partie qui serait simplement un « juste milieu » entre la thèse et l'antithèse.**

A Règle n° 1 du plan dialectique : la thèse et l'antithèse ne doivent pas se contredire

Un des moyens les plus efficaces de rater sa dissertation est de faire ce que j'appelle un plan « oui-non ».

Un plan « oui-non » est un plan qui se contredit purement et simplement, donnant l'impression au correcteur que l'élève affirme à la fois une chose et son contraire.

Exemple

Imagine la question suivante : *Les fraises sont-elles bonnes ?*

Que vas-tu penser de la santé mentale du copain qui fera la réponse suivante :

I – Oui, les fraises sont bonnes.

II – Non, les fraises ne sont pas bonnes.

Ça te laisserait perplexe, non ? La seconde partie contredit purement et simplement la première partie.

Avec cet exemple, tu perçois immédiatement le ridicule d'un plan « oui-non » : ce plan ne propose en réalité aucune réponse à la question.

Et pourtant, c'est ce que font beaucoup d'élèves dans leur dissertation !

Alors qu'on leur pose une question qui demande réflexion et prise de position, ils proposent souvent un plan sur le modèle suivant :

I – Oui

II – Non

Ne tombe pas dans ce piège !

Loin de se contredire, **tes deux parties doivent envisager successivement différentes facettes de la réponse.**

LA DISSERTATION

Exemple

Si l'on reprend notre exemple des fraises, on pourrait dire :

I – Oui, les fraises sont bonnes.

II – Toutefois, les fraises issues de cultures artificialisées ne sont pas aussi bonnes que les fraises sauvages.

Vois-tu la différence ? Cette fois, **la seconde partie apporte une nuance** à la première partie, et non une contradiction pure et simple.

Ton plan dialectique ne doit donc jamais être un plan binaire. Il doit être un plan nuancé sur le schéma :

I – Oui

II – Mais

Prenons maintenant un sujet de dissertation littéraire (on ne va quand même pas parler que de fraises !).

Exemple

Selon vous, Le Malade imaginaire *de Molière n'est-il qu'un divertissement ?*

Le plan « oui-non » consisterait à écrire :

I – Oui, *Le Malade imaginaire* n'est qu'un divertissement.

II – Non, *Le Malade imaginaire* n'est pas qu'un divertissement.

Jette ce plan aux oubliettes car les deux parties se contredisent l'une l'autre.

À la place, il te faut trouver une seconde partie qui amène une nuance à la partie précédente, permettant ainsi de faire évoluer ton raisonnement selon le schéma :

I – Oui

II – Mais

Par exemple :

I – *Le Malade imaginaire* est un divertissement joyeux qui vise avant tout le rire du spectateur.

II – Mais le rire a une visée sérieuse : il permet de dénoncer les travers humains et de faire la satire de la médecine.

Si tu évites le plan « oui-non », tu sauves déjà les meubles ! Il ne te reste plus qu'à appliquer la règle n° 2 qui concerne la troisième partie.

B Règle n° 2 du plan dialectique : propose un dépassement en troisième partie

Tu as trouvé une thèse (I), puis tu l'as nuancée dans ton antithèse (II). Il te faut maintenant proposer une réponse finale : c'est la synthèse (III).

Ce terme de « synthèse » induit souvent les élèves en erreur.

En effet, **la synthèse n'est pas un « juste milieu » entre la thèse et l'antithèse,** une sorte de vague « ni oui-ni non » qui mettrait tout le monde d'accord.

Au contraire, la synthèse est **une solution originale qui ne répète pas les parties précédentes** et qui permet de sortir par le haut de l'opposition qui précède.

Pour trouver cette troisième partie, pose-toi des questions :

- Comment les deux parties précédentes peuvent-elles être dépassées ?
- Le sujet contient-il des présupposés contestables ?
- Peut-on envisager le sujet sous un nouvel angle ?

Ta troisième partie doit faire l'effet d'un **« coup de théâtre »,** d'un retournement de situation qui vient résoudre le problème posé par la question.

Exemple

Pour le sujet *« Selon vous,* Le Malade imaginaire *n'est-il qu'un divertissement ? »*, on peut proposer le dépassement suivant :

I – *Le Malade imaginaire* est un divertissement joyeux qui vise avant tout le rire du spectateur.

II – Mais le rire a une visée sérieuse : il permet de dénoncer les travers humains et de faire la satire de la médecine.

III – Le rire comporte même une fonction existentielle : c'est un remède pour conjurer l'angoisse de la mort.

Cette troisième partie est un « coup de théâtre » car elle apporte un nouveau regard sur la question en montrant que le sujet était formulé de façon trop réductrice. Ce nouveau regard permet de dépasser les deux premières parties.

Et si, malgré tout, tu ne parviens pas à trouver matière pour une troisième partie ?

Concentre-toi alors sur tes deux premières parties et passe directement à la conclusion de ta dissertation.

Vouloir ajouter à tout prix une troisième partie qui ferait « la moyenne » des deux premières parties n'est pas une bonne idée : cela ne peut que te pénaliser.

En revanche, propose un dépassement intéressant dans ta conclusion. Même s'il n'est pas développé, l'effort pour en proposer un sera toujours apprécié.

Le mémo d'Amélie

Pour réussir un plan dialectique :

- **Développe une thèse et une antithèse nuancée qui fassent progresser le raisonnement.**
- **Dans ta troisième partie, propose un dépassement original qui ne soit pas une redite des parties précédentes.**

5 Comment réussir un plan thématique ?

Si ta question de dissertation est une question ouverte (on ne peut pas y répondre par oui ou non), il faut alors te tourner vers un plan thématique.

Le principe du plan thématique ?

Chaque partie de ta dissertation est une réponse possible au sujet ou une définition de la notion du sujet.

Exemple

Prenons le sujet suivant : *« Quelle image du poète Francis Ponge nous donne-t-il dans* La Rage de l'expression *? »*

Comme il n'est pas possible de répondre par oui ou par non, il s'agit d'une question ouverte qui appelle un plan thématique.

Pour élaborer ce plan, cherche plusieurs réponses possibles à cette question et ordonne-les de la plus simple à la plus subtile.

Voici des exemples de réponses qui peuvent te venir à l'esprit pour ce sujet :

- Dans *La Rage de l'expression*, Francis Ponge nous donne l'image d'un poète-artisan dont les mots sont des outils qu'il affine et travaille pour produire l'expression juste.

- Dans *La Rage de l'expression*, Francis Ponge nous donne l'image d'un poète-savant qui adopte une démarche scientifique pour rendre compte de l'objet étudié (utilisation du *Littré* ou de l'*Encyclopédie*, expériences stylistiques, effacement du « je » au profit de l'objet d'étude, volonté d'objectivité...).
- Dans *La Rage de l'expression*, Francis Ponge apparaît paradoxalement comme un poète contre la poésie (méfiance envers la forme poétique, les images poétiques, le « ronron poétique »).

Ne t'autocensure pas : note au brouillon toutes les réponses auxquelles tu songes.

S'il y en a beaucoup, note-les toutes puis regroupe celles qui vont ensemble et **organise-les de la plus simple à la plus subtile.**

Exemple

Pour la question *« Quelle image du poète Francis Ponge nous donne-t-il dans* La Rage de l'expression *? »*, on peut aboutir par exemple au plan suivant :

I – Francis Ponge nous donne l'image d'un poète-artisan qui travaille son expression méticuleusement.

II – Francis Ponge nous donne l'image d'un poète-savant qui adopte une démarche scientifique pour rendre compte de son objet d'étude.

III – Paradoxalement, Francis Ponge apparaît comme un poète contre la poésie.

Tu te demandes peut-être comment distinguer les idées les plus simples des plus subtiles.

C'est facile : les idées les plus simples sont celles empreintes de préjugés ou celles qui seraient proposées par des personnes peu intéressées par la littérature.

Par exemple, une personne qui ne s'intéresse pas à la poésie aura tendance à réduire la poésie à sa forme.

Une personne qui s'intéresse davantage à la poésie va prendre conscience d'autres aspects : le pouvoir créateur du langage poétique, les thèmes abordés...

Dans notre exemple, il est donc plus judicieux de **commencer par évoquer l'image du poète-artisan**, qui travaille avec attention la forme de ses textes (idée la plus simple) **avant d'aborder sa recherche d'objectivité vis-à-vis de l'objet et sa méfiance à l'égard de la poésie traditionnelle** (idées plus complexes).

Le mémo d'Amélie

Pour réussir le plan thématique :

- **Cherche un maximum de réponses possibles à la question posée.**
- **Organise ces réponses de la plus simple à la plus subtile.**

6 Comment trouver une problématique de dissertation ?

« Absence de problématique », « Le sujet n'est pas problématisé »... Ces remarques fréquentes sur les copies vous laissent parfois perplexes : « Euh... le problème posé, ce n'était pas la question du sujet ? »

Eh non, la problématique n'est pas la question du sujet !

La problématique est un problème plus large posé par le sujet.

Mais alors, comment trouver ce problème implicite ?

En te posant des questions, en t'étonnant face au sujet comme je te l'ai montré au point 2, p. 149.

Exemple

Te souviens-tu des questions que nous nous sommes posées sur le sujet *« Selon vous,* Le Malade imaginaire *de Molière n'est-il qu'un divertissement ? »* :

- Quelles sont les raisons qui nous poussent à réduire *Le Malade imaginaire* à un divertissement ?
- Quel est le rôle d'un divertissement ? Pourquoi cherchons-nous à nous divertir ?
- Un divertissement est-il nécessairement sans profondeur ?
- *Le Malade imaginaire* est-il vraiment un divertissement ?

Eh bien ta problématique se trouve dans ces questions.

Plus exactement, **ta problématique est la question majeure qui englobe l'ensemble de ces questions.**

Par exemple, si on relie ces 4 questions, on remarque qu'elles tournent autour de la même interrogation centrale : *« La dimension divertissante de la pièce réduit-elle* Le Malade imaginaire *à une simple farce ? »*

La voilà ta problématique !

C'est la question centrale autour de laquelle tournent toutes les autres questions que le sujet soulève.

Le mémo d'Amélie

La problématique n'est pas le sujet de dissertation. Elle est un problème distinct posé par ton sujet.

Pour la trouver, appuie-toi sur les questions que tu as formulées lors de l'analyse du sujet. La problématique est la question majeure qui englobe l'ensemble de ces questions.

7 Comment réussir mon introduction de dissertation ?

Imagine-toi quelques secondes dans la peau d'un correcteur à la fin du mois de juin : tu as une semaine pour corriger un tas de copies (70 à vue d'œil).

Tu regardes ta montre : il est déjà tard, tu es fatigué(e) et tu as le dîner à préparer.

Tu prends quand même la première copie en haut du tas.

Un simple coup d'œil t'informe tout de suite que l'introduction de cette première copie ne respecte pas les codes de l'exercice : elle ne contient que deux phrases qui se battent en duel.

Tu pousses un soupir... Franchement, si l'élève ne sait toujours pas faire une introduction, ça ne promet rien de bon pour le développement...

Et tu commences la correction de la copie avec un a priori négatif.

Comme élève, est-ce l'impression que tu as envie de donner avec ta copie ?

Évidemment non.

Il faut donc inverser la donne. **Ton introduction doit envoyer d'entrée de jeu un message positif à ton correcteur.**

Pour cela, ton introduction doit être rédigée en un seul paragraphe et contenir quatre étapes :

- **Étape 1 :** l'amorce ou accroche.
- **Étape 2 :** la présentation du sujet.
- **Étape 3 :** la problématisation.
- **Étape 4 :** l'annonce du plan.

A Étape 1 : commence par une accroche ou amorce

Faire une accroche, c'est susciter l'intérêt de ton correcteur avec **une phrase qui inscrit le sujet dans un contexte plus général.**

Ce contexte plus général peut être :

- Une remarque sur l'objet d'étude.
- Une remarque sur l'auteur ou l'œuvre intégrale.
- Une remarque sur le contexte historique ou littéraire.
- Une citation extraite de l'œuvre intégrale ou d'une œuvre connexe.
- Une remarque tirée de ton expérience de lecteur(trice) ou de spectateur(trice).

Un exemple vaut mieux que mille explications.

Exemple

Sujet : *« L'écrivain Robert Sabatier définit ainsi la comédie : "On appelle comédie la tragédie envisagée d'un point de vue humoristique." Cette définition vous paraît-elle s'appliquer au* Malade imaginaire *de Molière ? »*

Exemple 1 :

Dans la *Poétique*, Aristote distingue nettement la comédie de la tragédie : pour lui, la comédie vise à ridiculiser les comportements humains tandis que la tragédie représente une action noble suscitant terreur et pitié. (Accroche tirée d'une remarque sur le genre littéraire.) Aussi, on peut être surpris par la définition de la comédie donnée par l'écrivain Robert Sabatier : « On appelle comédie la tragédie envisagée d'un point de vue humoristique. » Cette définition de la comédie s'applique-t-elle au *Malade imaginaire* ? (Présentation du sujet.)

Exemple 2 :

De nombreuses comédies de Molière nous font rire sur des sujets graves et sérieux : l'hypocrisie religieuse (*Tartuffe* ou *Dom Juan*), la place des femmes dans la société (*L'École des femmes*), la souffrance de vieillir et de n'être plus aimable (*Le Misanthrope, L'École des femmes*). (Accroche tirée de ma connaissance de l'œuvre de Molière.) On n'est donc guère étonné que l'écrivain Robert Sabatier définisse la comédie comme : « la tragédie envisagée d'un point de vue humoristique ». Mais cette définition s'applique-t-elle au *Malade imaginaire* ? (Présentation du sujet.)

Exemple 3 :

« Rire aux larmes », « pleurer de joie », « mieux vaut en rire qu'en pleurer » sont autant d'expressions populaires qui rappellent que le rire et les larmes ne sont pas si éloignés qu'ils en ont l'air. (Accroche tirée de ton expérience personnelle, de ton bon sens.) C'est ce que suggère d'ailleurs l'écrivain Robert Sabatier lorsqu'il définit la comédie comme : « la tragédie envisagée d'un point de vue humoristique ». Cette définition de la comédie s'applique-t-elle toutefois au *Malade imaginaire* de Molière ? (Présentation du sujet.)

Ces exemples t'aident-ils à y voir plus clair ?

Il existe pour chaque sujet de nombreuses possibilités d'accroches.

Il n'y a qu'une erreur à éviter : **ne commence jamais ton devoir par une généralité.** Par exemple :

- « De tout temps, les hommes se sont raconté des histoires... »
- « Depuis toujours... »
- « Depuis la nuit des temps, les hommes... »

Les phrases précédentes sont des phrases « tarte à la crème » **à bannir de ton vocabulaire** car elles constituent des clichés faux et insipides.

Si tu sèches sur ton amorce, tu peux toujours commencer ton introduction directement par l'étape n° 2, c'est-à-dire la présentation du sujet.

C'est moins orthodoxe, mais fais-moi confiance : mieux vaut cela qu'une amorce « tarte à la crème » qui agacerait ton correcteur.

B Étape 2 : présente le sujet

La présentation du sujet est l'étape la plus facile à réaliser.

Elle consiste simplement à **rappeler l'énoncé de ton sujet dans son intégralité, comme si ton correcteur ne l'avait jamais lu.**

Exemple

Tu peux par exemple écrire :

Dans la *Poétique*, Aristote distingue nettement la comédie de la tragédie : pour lui, la comédie vise à ridiculiser les comportements humains tandis que la tragédie représente une action noble suscitant terreur et pitié. (Accroche tirée d'une remarque sur le genre littéraire.) Aussi, on peut être surpris par la définition de la comédie donnée par l'écrivain Robert Sabatier : « On appelle comédie la tragédie envisagée d'un point de vue humoristique. » Cette définition de la comédie s'applique-t-elle au *Malade imaginaire* ? (J'énonce le libellé du sujet dans son intégralité, comme si le correcteur ne l'avait jamais lu.)

Facile, non ?

Alors on passe à l'étape suivante : la problématisation du sujet.

C Étape 3 : problématise le sujet

C'est le moment de formuler ta problématique qui, je te le rappelle, se distingue de la question du sujet.

Ta problématique correspond à **une ou plusieurs questions qui découlent de ton analyse du sujet.**

Exemple

Pour le sujet *« L'écrivain Robert Sabatier définit ainsi la comédie : "On appelle comédie la tragédie envisagée d'un point de vue humoristique." Cette définition vous paraît-elle s'appliquer au* Malade imaginaire *? »*, la problématique pourrait être :

La comédie de Molière, sous couvert de rire et de farce, cache-t-elle une tragédie ?

Tu peux formuler cette question sous une forme directe ou indirecte :

Question directe (inversion sujet-verbe et point d'interrogation) :

La comédie de Molière, sous couvert de rire et de farce, cache-t-elle une tragédie ?

Question indirecte (pas d'inversion sujet-verbe et pas de point d'interrogation) :

On peut dès lors se demander si la comédie de Molière, sous couvert de rire et de farce, ne cache pas une tragédie.

D Étape 4 : annonce le plan

Il ne reste plus qu'à annoncer ton plan !

Exemple

Après avoir analysé les éléments tragiques présents dans *Le Malade imaginaire*, nous verrons que cette pièce reste une comédie traditionnelle. Molière mêle néanmoins les deux genres pour conjurer l'angoisse de la mort par le rire.

Mon conseil ? N'utilise pas d'expressions comme « Dans une première partie », « Dans une deuxième partie » : elles sont trop scolaires pour un niveau lycée.

Remplace-les par des **formules plus légères :**

- Après avoir analysé (ta première partie)...
- ... nous verrons que (ta deuxième partie)...
- ... pour nous demander enfin si (ta troisième partie).

Le mémo d'Amélie

Pour réussir ton introduction de dissertation, suis les 4 étapes suivantes :

- **1 : une accroche générale (mais sans clichés).**
- **2 : la présentation du sujet.**
- **3 : la problématique.**
- **4 : l'annonce du plan.**

Si tu ne trouves pas d'amorce, saute la première étape, et prends soin de bien faire apparaître les étapes 2, 3 et 4 sur ta copie car elles sont indispensables.

8 Comment réussir ma conclusion de dissertation ?

Si tu es comme beaucoup de mes élèves, tu penses que la conclusion a pour but de résumer les étapes de ton développement avant de proposer une ouverture.

Or cela n'est pas suffisant !

Le but de la conclusion est de **donner une réponse finale ferme et définitive à la problématique.** Cette réponse finale doit apparaître dans ta conclusion.

Pour cela, il te faut suivre trois étapes :

- **Étape 1 :** rappelle les étapes de ton développement.
- **Étape 2 :** propose une réponse ferme et définitive à la question.
- **Étape 3 :** fais une ouverture.

1 Rappelle les étapes de ton développement

Dans la mesure du possible, ne répète pas ton annonce de plan à l'identique. **Utilise des synonymes** pour résumer l'essentiel de ton raisonnement.

2 Propose une réponse ferme et définitive à la question

C'est là-dessus que tu es attendu(e) !

Normalement, tu as développé ta **réponse finale** dans ta troisième partie. Il te suffit donc de la reprendre de façon ferme et concise.

3 Termine par un élargissement

L'élargissement est une phrase qui ouvre la réflexion sur une **perspective plus générale.** C'est un moyen de montrer que la discussion pourrait se prolonger.

Pour trouver une ouverture, passe en revue les possibilités suivantes :

- Ta réponse au sujet fait-elle émerger d'autres problèmes littéraires ?
- La question se pose-t-elle dans un autre domaine artistique (peinture, cinéma, musique...) ?
- Peux-tu revenir à l'objet d'étude, en proposant un autre regard sur ce dernier ?
- Peux-tu ouvrir sur une citation d'auteur issue de l'œuvre au programme ?
- Peux-tu faire un lien avec une autre œuvre littéraire ?

Comme pour l'accroche en introduction, tu dois absolument **éviter les généralités trop éloignées de ton sujet.** Par exemple, la question « Mais alors, quel est le but de la littérature ? » est bien trop large ! C'est une ouverture qui décrédibiliserait ta copie.

Propose une ouverture sur un sujet proche de celui traité dans ta dissertation.

Exemple

Voici un exemple pour le sujet « L'écrivain Robert Sabatier définit ainsi la comédie : "On appelle comédie la tragédie envisagée d'un point de vue humoristique." Cette définition vous paraît-elle s'appliquer au *Malade imaginaire ?* » :

Ni tragédie ni comédie pure, *Le Malade imaginaire* est une pièce satirique délibérément orientée vers la moquerie des mœurs du XVIIe siècle, notamment des sciences et de la médecine. (Je récapitule les jalons de mon raisonnement et donne ma réponse finale ferme et définitive.) Claude Stratz, qui a mis en scène *Le Malade imaginaire* à la Comédie-Française en 2001, écrit : « La dernière pièce de Molière commence dans les teintes d'une journée finissante. C'est une comédie crépusculaire teintée d'amertume et de mélancolie. » Le rire de Molière dans *Le Malade imaginaire* permet en effet de conjurer la peur de la mort et d'offrir un antidote à la maladie par le rire. (Ouverture sur une citation.)

LA DISSERTATION

Le mémo d'Amélie

Pour ta conclusion, suis les 3 étapes suivantes :

- **Étape 1 : rappelle les jalons de ton développement.**
- **Étape 2 : propose une réponse finale, ferme et définitive (cette réponse finale correspond normalement à ta troisième partie).**
- **Étape 3 : fais une ouverture sur un sujet proche.**

9 Comment rédiger ma dissertation ?

La dissertation est un exercice de style qui doit respecter quelques règles académiques et typographiques.

Voici comment présenter ta dissertation avec succès.

1 Soigne l'aspect « visuel » de ta dissertation

Aère ta copie de façon que ton correcteur identifie en un coup d'œil le nombre exact de parties et sous-parties dans ton devoir :

- **Saute 2 lignes après ton introduction.**
- **Saute 1 ligne après chaque grande partie de ton devoir.**
- **Saute 2 lignes avant de commencer ta conclusion.**
- **Fais un alinéa au début de chaque paragraphe.**

Grâce à ces sauts de lignes et alinéas, ta copie sera plus claire et les étapes de ton argumentation plus évidentes.

2 Rédige ton plan

Au baccalauréat, le plan de ta dissertation ne doit pas être apparent : il doit être **rédigé.**

Qu'est-ce que cela veut dire ?

C'est simple : n'écris pas (comme au brouillon) un plan apparent avec des numéros et des lettres. Ainsi, n'écris pas :

- I – *Le Malade imaginaire* : une tragédie ?
- A – Argan : un personnage tragique

Rédige tes thèses et arguments sous forme de **phrases claires et simples,** sans les faire précéder d'une lettre ou d'un numéro.

Exemple

Tu peux écrire :

Le Malade imaginaire est une pièce dans laquelle on retrouve quelques éléments tragiques.

Tout d'abord, le personnage d'Argan est torturé par ses passions, comme le sont les personnages tragiques.

Vois-tu la différence ? **Le plan n'est pas visuellement apparent** (avec les numéros des parties) **mais il n'a pas disparu** : mes thèses (les grandes parties) et mes arguments (les sous-parties) sont formulés sous forme de phrases brèves et claires.

3 Soigne les transitions

Les transitions sont des phrases qui soulignent **l'articulation logique entre les parties de ton plan.** Le rôle de la transition, c'est d'expliciter pourquoi tu passes d'une partie à une autre.

Pour plus de clarté, ta transition peut être isolée des grandes parties par un saut de ligne.

4 Respecte les règles typographiques

Le non-respect des règles typographiques est fréquent dans les copies et agace beaucoup les correcteurs.

Elles sont pourtant très simples à suivre !

- **Souligne les titres d'œuvres à la règle**

Quand tu écris un devoir à la main, souligne les titres d'œuvres à la règle.

Exemple

Dans Sido, Colette évoque des souvenirs d'enfance dans son village de Saint-Sauveur-en-Puisaye.

LA DISSERTATION

Seuls les titres de poèmes, fables, chansons ou chapitres sont entre guillemets.

Exemple

Dans « Vénus anadyomène » issu des Cahiers de Douai, Arthur Rimbaud réalise un anti-portrait parodique de Vénus, la déesse de l'amour qui a inspiré de nombreux poètes et peintres avant lui.

Dans « L'onde du chaos », troisième section du recueil Mes forêts d'Hélène Dorion, la poétesse interroge la possibilité d'existence de la poésie dans un monde « illyrique ».

Dans un livre ou sur Internet, le soulignement est remplacé par l'italique. Mais si ton devoir est manuscrit, les titres d'œuvres doivent être soulignés à la règle.

- **Place les citations entre guillemets**

Faire des citations dans une dissertation est toujours valorisé. N'hésite pas à citer et commenter des phrases ou expressions clés d'une œuvre, mais sans oublier les guillemets.

Exemple

Dans le Préambule de sa Déclaration des droits de la femme et de la citoyenne, Olympe de Gouges pointe « l'ignorance, l'oubli ou le mépris des droits de la femme » lors de la Révolution française.

5 Varie ton vocabulaire et tes phrases

Au lycée, on te demande **un effort d'expression écrite** et il n'y a qu'une façon d'y parvenir : **en variant ton vocabulaire et tes phrases.**

On a tous quelques habitudes d'écriture dont il faut se défaire.

Par exemple, certains élèves utilisent trop souvent l'expression « Cette œuvre » : « Cette œuvre montre », « cette œuvre indique », « cette œuvre révèle »...

Or, l'expression « cette œuvre » peut être remplacée par : « ce passage », « cet extrait », « cette ligne », « ce vers », « cette strophe », « ce quatrain », « cet incipit », « cet excipit », « ce chapitre », « cette phrase », « cette formule », « cette proposition », « cette tirade », « cette réplique », « cette scène », « ce dialogue », etc.

Varie également les verbes. Un auteur ou un texte peut « révéler » quelque chose, « dépeindre », « représenter », « communiquer », « dévoiler », « mettre en relief », « souligner », « esquisser », « exprimer », « indiquer », « marquer », « donner l'impression que », « présenter », « témoigner de », « accentuer », « amplifier », « dénoncer », « critiquer », etc.

Prends l'habitude d'utiliser chez toi un **dictionnaire des synonymes pour enrichir ton vocabulaire.** Petit à petit, tu n'auras plus besoin de dictionnaire car les mots te viendront plus facilement à l'esprit.

Varie aussi tes débuts de phrases pour éviter la monotonie dans ton devoir.

Exemple

Une phrase toute simple comme :

Le poème « Elle avait pris ce pli » semble adoucir la peine du poète par l'évocation de souvenirs heureux.

Pourrait être réécrite de plusieurs façons :

Pour adoucir sa peine, le poète évoque des souvenirs heureux dans « Elle avait pris ce pli ».

Ou :

Par l'évocation des souvenirs heureux dans « Elle avait pris ce pli », le poète parvient toutefois à adoucir sa peine.

Tu peux ainsi varier tes phrases pour éviter que ne se suivent plusieurs phrases ayant la même construction syntaxique. Ces variations rendront ta copie plus plaisante à lire.

Le mémo d'Amélie

Voici les règles incontournables pour rédiger ta dissertation :

- **Saute 2 lignes après l'introduction et avant la conclusion.**
- **Saute 1 ligne après chaque grande partie.**
- **Fais un alinéa au début de chaque paragraphe.**
- **Souligne les titres d'œuvres à la règle et mets les titres de poèmes entre guillemets.**
- **Mets les citations entre guillemets.**
- **Varie tes phrases et ton vocabulaire.**

10 Comment travailler la dissertation efficacement dans l'année ?

La réussite en dissertation repose sur trois fondations : la qualité de ton argumentation, ta connaissance de l'œuvre intégrale au programme et ta capacité à mobiliser ta culture littéraire.

Ce sont donc ces trois points qu'il te faut travailler tout au long de l'année pour être prêt(e) le jour J.

A Entraîne-toi à l'argumentation

Lis attentivement mes chapitres de méthode sur les plans de dissertation et entraîne-toi régulièrement à **réaliser des plans** en trouvant au moins tes trois grandes parties.

Le plan dialectique, qui est le plus fréquent, nécessite de l'entraînement car tu dois apprendre à le formuler de façon nuancée et à proposer un dépassement en troisième partie.

Prends régulièrement 15 à 20 minutes pour réaliser des micro-entraînements sur des questions variées et t'entraîner ainsi à la dynamique argumentative.

B Travaille les œuvres intégrales et leur parcours

La question de dissertation est intimement liée à l'une des œuvres intégrales au programme et au parcours qui lui est associé.

Pour mettre toutes les chances de ton côté, réfléchis à ces parcours et travaille l'œuvre intégrale en profondeur.

Dans ta dissertation, tu ne peux en effet pas te contenter d'une référence vague à l'œuvre intégrale : **tes références devront être précises et développées.**

Exemple

Si tu souhaites avancer que Des Grieux, dans *Manon Lescaut*, apparaît comme un héros maudit, prouve-le par une **référence précise** tirée de l'œuvre.

Indique par exemple qu'à la fin du roman, lors de la mort de Manon, le vocabulaire religieux sature les paroles du personnage, le présentant comme un damné éternel : « Le ciel ne me trouva sans doute point assez rigoureusement puni », « je renonce volontairement ».

Tu veux montrer que le poème « Ma bohème » de Rimbaud est un hymne à la liberté ? **Prouve-le précisément.**

Explique par exemple que Rimbaud développe le thème de l'errance dans ce poème, notamment à travers la comparaison du poète au Petit Poucet qui sème des rimes à la place de cailloux. Ajoute que cette liberté n'est pas que thématique mais formelle : Rimbaud dote ses alexandrins d'un rythme irrégulier et imprévisible pour mimer l'errance physique du poète : « Oh ! là là ! que d'amours splendides j'ai rêvées ! »

Injecte ce niveau de précision dans tous tes exemples.

Je te conseille également de mémoriser quelques citations issues de chacune des œuvres étudiées. Elles te permettront d'être plus précis(e) et percutant(e) le jour J.

C Fais l'inventaire de ta culture littéraire

Les œuvres intégrales au programme ne suffisent pas pour réussir une dissertation.

Si tu souhaites choisir ce sujet au bac, fais aussi l'inventaire de ta culture littéraire pour être en capacité de la mobiliser le jour J.

Pour chaque objet d'étude, recense :

- Les œuvres et textes lus et étudiés au collège et en Seconde.
- Les textes étudiés en classe pour la préparation de l'oral.
- Les œuvres cursives lues pour la préparation de l'oral.
- Tes lectures personnelles.
- Les textes que tu as étudiés seul(e) durant ton temps libre, dans un ouvrage scolaire ou sur commentairecompose.fr.

Bon à savoir : tu n'es pas obligé(e) d'avoir lu une œuvre intégralement pour t'en servir d'exemple dans une dissertation.

Tu peux lire des extraits d'œuvres clés, accompagnés de leur commentaire, comme ceux que je propose sur commentairecompose.fr, et intégrer ces textes à ton inventaire personnel.

Identifie au moins 10-15 œuvres ou textes par objet d'étude : c'est une bonne base pour pouvoir répondre aux questions de dissertation.

D Entraîne-toi à mobiliser ta culture littéraire

Une fois ton inventaire réalisé, utilise-le régulièrement !

Prends des questions de dissertation, et pour chacune d'entre elles, **demande-toi quels textes et œuvres de ton inventaire pourraient servir et comment.**

Fais cet exercice régulièrement jusqu'à être parfaitement à l'aise avec ton inventaire.

Comme pour les œuvres intégrales, **utilise tes références précisément.** On ne te demande pas de saupoudrer ton devoir de quelques titres d'œuvres et d'auteurs, comme autant de cases à cocher. Chacune de tes références doit être développée pour être convaincante.

Le mémo d'Amélie

Pour te préparer à la dissertation au bac :

- **Entraîne-toi à la dynamique argumentative régulièrement.**
- **Étudie en profondeur les œuvres intégrales au programme.**
- **Fais l'inventaire de ta culture littéraire et entraîne-toi à la mobiliser sur des sujets variés.**

SUJETS DU BAC CORRIGÉS

Sujet 1 *Juste la fin du monde*, parcours : Crise personnelle, crise familiale

L'étymologie grecque du mot crise, *Krisis*, vient du verbe *krinein* qui signifie discerner, juger, décider. En quoi cette étymologie éclaire-t-elle votre lecture de *Juste la fin du monde* de Jean-Luc Lagarce ?

Vous répondrez à cette question dans un développement structuré. Votre travail prendra appui sur la pièce de Jean-Luc Lagarce, sur les textes et documents étudiés en classe dans le cadre du parcours associé à cette œuvre, et sur votre culture personnelle.

Proposition de corrigé

Ce corrigé est intégralement rédigé comme tu devras le faire le jour du bac.

La crise est un moment de transition chaotique, souvent douloureux, qui sépare deux périodes d'équilibre. Elle implique tension, discorde, rupture. La « crise » est d'ailleurs profondément liée au genre théâtral puisque toute pièce met en scène le passage d'un nœud dramatique à un dénouement. Juste la fin du monde n'échappe pas à cette règle puisque Jean-Luc Lagarce nous invite au spectacle d'une crise personnelle et familiale à son apogée. Mais le mot « crise » vient aussi du grec *Krisis* qui signifie décision, jugement, et désigne un moment crucial d'arbitrage. En quoi cette étymologie permet-elle d'éclairer la lecture de Juste la fin du monde ? Qui juge et arbitre dans cette pièce ? Quelle instance décisionnelle préside réellement aux choix des personnages ? Nous verrons comment le moment de chaos que constitue la crise dévoile les véritables responsables des décisions qui sont prises dans l'œuvre de Jean-Luc Lagarce : la famille et l'individu, mais surtout le destin et ses lois inexorables.

> L'amorce suscite l'intérêt et permet d'amener naturellement au sujet.

> La problématique correspond à une ou plusieurs questions qui découlent de l'analyse du sujet.

> Comme la question du sujet est ouverte, tu peux t'orienter vers un plan thématique.

Juste la fin du monde met en scène une crise personnelle et familiale.

> Énonce la thèse de ta première partie sous forme d'une phrase rédigée.

Le spectateur est invité tout d'abord à la tragédie personnelle de Louis, le personnage principal. Dès le prologue, il annonce sa mort prochaine : « Plus tard, l'année d'après / – j'allais mourir à mon tour [...] ». Le nœud de l'action ne réside pas dans la maladie de Louis – le personnage se sait condamné et le dénouement est connu d'avance par le spectateur – mais dans son aveu : parviendra-t-il à dévoiler ce douloureux secret ? Son mal-être est perceptible dès le début de la pièce car sa révélation est difficile : « C'est pénible, ce n'est pas bien. / Je suis mal à l'aise, / [...] mais tu m'as mis mal à l'aise et là, / maintenant, / je suis mal à l'aise. » (1re partie, scène 2). Les épanorthoses (Louis revient sans cesse sur ses termes pour les nuancer) et la structure en chiasme (ABBA) de ses phrases révèlent son enfermement dans une crise intérieure dont il ne parvient pas à se libérer. En cela, Jean-Luc Lagarce crée un parallèle avec la pièce Phèdre de Jean Racine dans laquelle l'aveu de l'héroïne éponyme est au centre de la tragédie. Dans les tragédies classiques, le héros est en proie à des passions violentes contre lesquelles il ne peut pas lutter : c'est la révélation de ses passions qui crée le chaos. C'est ce qui arrive à Louis dans Juste la fin du monde : sa maladie est déjà là au début de la pièce. Impuissant, il ne lui reste plus qu'à la révéler à son entourage. Louis vit donc deux tragédies simultanées : son combat contre la mort et sa difficulté à avouer ce combat. À l'image de Phèdre, son déchirement intérieur en fait un modèle de héros tragique en pleine situation critique.

N'oublie pas d'exposer l'argument que tu vas développer dans ton paragraphe.

Il est essentiel d'enrichir ta réponse par des références à d'autres œuvres étudiées dans le cadre du parcours ou issues de ta culture personnelle.

Au-delà de la crise personnelle de Louis, c'est tout l'édifice familial qui est placé dans une situation de crise. Le retour de Louis bouleverse en effet l'équilibre familial et réveille les souffrances de chaque membre de la famille. Pour la mère, le retour de Louis correspond au retour du fils prodigue, écrivain, dont on n'a jamais vraiment compris le départ. Pour Antoine, c'est le retour du frère aîné rival, celui qui réactive ses complexes, ses passions et sa jalousie. Pour Catherine et Suzanne, Louis est un miroir qui les confronte à la médiocrité et à la banalité de leur vie. La crise familiale s'exprime violemment, au travers de disputes constantes. Ainsi, tous les personnages se querellent : Antoine et Catherine, Antoine et Suzanne, Suzanne et Catherine, la mère et ses enfants. La violence la plus spectaculaire est celle d'Antoine qui fait éclater la rivalité fraternelle au grand jour dans la scène 2 de la deuxième partie : « Tu me touches : je te tue ». L'asyndète (absence de liaison entre les deux propositions) accentue la violence du propos et le caractère dramatique de cette scène où la famille, au paroxysme de la crise, se déchire sous nos yeux.

Astuce : pour développer des exemples précis, appuie-toi sur l'analyse des passages étudiés en classe.

Juste la fin du monde met donc en scène deux crises distinctes : la crise personnelle de Louis et la crise familiale provoquée par son retour. Comme son étymologie grecque *Krisis* l'indique, la crise désigne aussi un moment décisif d'arbitrage. Et l'on voit justement dans cette pièce des mécanismes se mettre en place pour arbitrer la sortie de crise.

La transition peut être isolée par des sauts de ligne.

Afin de rétablir l'équilibre, la famille de Louis et Louis lui-même opèrent des choix.

Énonce la thèse de ta deuxième partie sous forme d'une phrase rédigée.

Le retour de Louis, après douze ans d'absence, provoque une véritable crise dans le foyer. Immédiatement, un tribunal familial se met en place pour juger le frère aîné. Ainsi, le champ lexical du droit abonde dans le texte. Catherine dit elle-même : « je ne voudrais pas avoir l'air de vous faire un mauvais procès ». Louis accepte d'endosser la culpabilité : « et ces crimes que je ne me connais pas, je les regrette, / j'en éprouve du remords » (2e partie, scène 1). Ce tribunal familial ne s'en prend pas qu'à Louis et juge tour à tour les personnages. Ainsi, Antoine est accusé d'être « brutal » dans la scène 2 de la deuxième partie et c'est Louis qui le défend comme le ferait un avocat : « Non il n'a pas été brutal [...] ». La scène devient une juridiction dans laquelle chaque personnage se retrouve sur le banc des accusés. De ce point de vue, Juste la fin du monde fait songer à la pièce Huis clos de Jean-Paul Sartre où les personnages, enfermés dans une même pièce après leur mort, se jugent les uns les autres. Mais le verdict final de ce tribunal domestique conduit à rejeter Louis hors du cercle familial. Ainsi, dans la scène 3 de la deuxième partie, les personnages féminins sont gagnés par l'immobilité et s'effacent devant la confrontation des deux frères : « La Mère : Nous ne bougeons presque plus, nous sommes toutes les trois, comme absentes, on les regarde, on se tait. » Le silence qui règne jusqu'à la fin de la scène suggère leur adhésion au discours d'Antoine et une rupture complète entre Louis et sa famille.

N'hésite pas à « zoomer » sur certains passages précis de l'œuvre.

Fais appel à des œuvres variées pour illustrer tes arguments. Tu dois montrer que tu as mené un travail connexe à l'étude de l'œuvre intégrale.

La pièce peut aussi se lire comme la représentation d'une cure psychanalytique qui mène Louis à sa décision finale, annoncée dans l'épilogue : « Après, ce que je fais, / je pars. / Je ne reviens plus jamais ». Selon Freud, trois instances sont présentes chez l'homme : le moi qui assure la stabilité et le contact avec la réalité extérieure, le ça, lieu de pulsions qui ne supporte pas la contradiction, et le surmoi, instance morale qui rappelle les interdits. Les personnages de la pièce semblent symboliser ces trois éléments : la Mère serait une sorte de surmoi (l'instance morale), Antoine le ça (les pulsions) et Louis l'inconscient qui ne parvient pas à émerger et à dire la mort. Le jeu sur les temps (« je suis touché, j'ai été touché », 1re partie, scène 2) suggère une introspection dans le passé, comme cela se pratique lors d'une psychanalyse. La multiplication des épanorthoses fait penser à une parole analytique qui se cherche pour découvrir une vérité intérieure. On pourrait ainsi rapprocher Juste la fin du monde du théâtre de Nathalie Sarraute qui joue sur les codes de la psychanalyse pour en faire une aventure esthétique et littéraire. Comme Nathalie Sarraute, Jean-Luc Lagarce s'attache à saisir les non-dits et les sentiments cachés derrière l'apparente banalité des conventions sociales. Ainsi, dans la scène de retrouvailles (1re partie, scène 1), des sentiments de gêne, de rejet tacite et d'hésitation se devinent derrière les phrases stéréotypées et le masque pesant des politesses de Suzanne : « C'est Catherine. / Elle est Catherine. / Catherine, c'est Louis. / Voilà Louis. / Catherine. »

Les personnages prennent des décisions pour juguler la crise. Mais sont-ils réellement maîtres de leur destin ? Le dénouement de la crise n'est-il pas connu d'avance ?

> **N'hésite pas à employer des phrases interrogatives dans tes transitions : elles montrent le dynamisme de ta pensée en mouvement.**

Juste la fin du monde montre avant tout que seul le destin décide véritablement, les personnages étant soumis à une autorité supérieure qui leur échappe.

> **La troisième partie est un véritable dépassement : elle apporte un nouveau regard sur la question. Elle n'est jamais une redite des parties précédentes !**

Le destin est la véritable instance décisionnelle de la pièce. Louis est d'abord soumis à un destin biologique : celui de la maladie. Celle-ci est presque invisible – Louis ne parvient pas à en parler – mais elle est la véritable maîtresse du jeu qui agit sur les personnages. Elle est d'ailleurs évoquée au début de l'œuvre, dans le Prologue (« J'allais mourir à mon tour ») et à la fin, dans l'Épilogue (« Je meurs quelques mois plus tard »), dans une circularité parfaite. La maladie incarne la fatalité tragique inéluctable qui scelle le destin du personnage. Elle remporte le combat inégal et perdu d'avance par Louis. Le destin auquel est soumis le personnage est également héréditaire. On découvre que trois hommes de trois générations successives portent le prénom de Louis. Jean-Luc Lagarce joue sur la récurrence de ce prénom pour inscrire son personnage principal dans une lignée tragique qui fait songer à la malédiction des Atrides dans la mythologie grecque. La crise familiale semble donc être inscrite dans un continuum qui sous-entend que le sort des personnages est écrit d'avance, comme dans les tragédies. C'est en outre ce que suggère Louis dans la scène 1 de la deuxième partie : « [...] c'est exactement ainsi, / lorsque j'y réfléchis, / que j'avais imaginé les choses ».

Soumis à un destin qui leur échappe, les personnages sont également emportés dans une crise collective d'un monde qui ne parvient plus à fonctionner. Le titre Juste la fin du monde invite d'ailleurs les spectateurs à être les témoins d'un monde en crise. L'expression « la fin du monde » fait allusion à une apocalypse collective tandis que l'adverbe « juste » dévoile l'ironie d'un auteur qui observe ce chaos avec distance et humour. Tout comme Louis qui assiste, impuissant, à la crise familiale, le spectateur est invité à regarder l'état de crise permanent dans lequel sont plongés les membres de cette famille. Car si la crise intérieure de Louis, due à sa maladie, suscite la compassion, qu'en est-il de l'obsession psychologique des autres personnages qui se disputent sur chaque mot ? Pris dans un culte de la complication, une recherche de la crise pour la crise, les personnages passent à côté de l'essentiel. Jean-Luc Lagarce montre ainsi un monde où tout se délite : les valeurs, la famille, le langage. Les dialogues des personnages ressemblent d'ailleurs parfois à ceux du théâtre de l'absurde, tel le dialogue banal entre Louis et Antoine qui rappelle les échanges mécaniques entre Vladimir et Estragon dans En attendant Godot de Beckett : « Louis : Je vais bien. / Je n'ai pas de voiture, non. / Toi, comment est-ce que tu vas ? / Antoine : Je vais bien. Toi, comment est-ce que tu vas ? » (1re partie, scène 1).

Énonce au début de ton paragraphe l'argument que tu vas développer dans ta sous-partie.

Quand tu évoques une œuvre associée au parcours, essaie de nommer les personnages principaux pour être précis(e).

Juste la fin du monde est bien un drame de la crise : la crise personnelle et familiale est dénouée par une décision familiale tacite et une introspection personnelle qui poussent Louis à quitter sa famille, sans révéler son secret. Mais la pièce dévoile surtout la crise d'un monde désagrégé qui conduit à la désunion de tout, des êtres, des choses, des valeurs et du langage. La crise des personnages est une fenêtre à travers laquelle apparaît l'effondrement d'un monde comme on peut le voir chez un dramaturge tel que Bernard-Marie Koltès dont le théâtre exprime la tragédie de l'être solitaire et de la mort.

La conclusion résume ton développement et donne une réponse ferme et définitive à la question.

L'ouverture souligne que la discussion pourrait se prolonger.

Sujet 2 *Le Malade imaginaire*, parcours : Spectacle et comédie

L'écrivain Robert Sabatier définit ainsi la comédie : « On appelle comédie la tragédie envisagée d'un point de vue humoristique. » Cette définition vous paraît-elle s'appliquer au *Malade imaginaire* ?

Vous répondrez à cette question dans un développement structuré. Votre travail prendra appui sur la pièce de Molière, sur les textes et documents étudiés en classe dans le cadre du parcours associé à cette œuvre, et sur votre culture personnelle.

Proposition de corrigé

Dans ce corrigé, le plan est apparent pour faciliter ta lecture et ta compréhension. Le jour J, n'oublie pas que le plan ne doit pas apparaître et que les idées directrices doivent être rédigées.

Introduction

Dans la *Poétique*, Aristote distingue nettement la comédie de la tragédie : pour lui, la comédie vise à ridiculiser les comportements humains tandis que la tragédie représente une action noble suscitant terreur et pitié. Aussi, on peut être surpris par la définition de la comédie donnée par l'écrivain Robert Sabatier : « On appelle comédie la tragédie envisagée d'un point de vue humoristique. » Cette définition de la comédie s'applique-t-elle au *Malade imaginaire* ? La comédie de

Molière, sous couvert de rire et de farce, cache-t-elle une tragédie ? Après avoir analysé les éléments tragiques présents dans *Le Malade imaginaire*, nous verrons que cette pièce reste une comédie traditionnelle. Molière mêle néanmoins les deux genres pour conjurer l'angoisse de la mort par le rire.

I – *Le Malade imaginaire* : une tragédie ?

A – Comme les héros tragiques, Argan est un personnage torturé par les passions

- Les personnages de tragédie au XVIIe siècle sont torturés par leurs passions et enfermés dans un monde d'illusions.

Exemple prenant appui sur ta culture personnelle : ***Phèdre***, l'héroïne éponyme de la tragédie de Racine, est animée d'un amour destructeur pour son beau-fils Hippolyte. Elle est coupable de laisser sa passion emporter sa raison, faute morale grave au XVIIe siècle. En laissant libre cours à cette passion, elle dévaste son entourage.

- À l'image d'un personnage tragique, Argan, le malade imaginaire de Molière, est coupable de se laisser **dominer par ses passions.** Sa colère et son hypocondrie l'aveuglent et le poussent à tyranniser sa famille.

B – Les thèmes de la pièce touchent à la condition humaine

- Traditionnellement, la tragédie évoque les thèmes de la condition humaine (le devoir, la morale, la mort…) tandis que la comédie se contente de rire des travers de la société et des êtres humains.

- Or *Le Malade imaginaire* aborde des sujets sérieux, ceux de la maladie et de la mort. L'hypocondrie obsessionnelle d'Argan exprime une **angoisse existentielle**.

Exemple tiré du *Malade imaginaire* : Dans l'**acte I, scène 1**, Argan fait l'inventaire méticuleux de ses médicaments. Le champ lexical du chiffre, omniprésent, dévoile un personnage presque inquiétant, aux portes de la folie.

C – Certaines tirades du *Malade imaginaire* ont des accents tragiques

- Angélique, la fille d'Argan, est dans une situation tragique : la logique de son cœur est contrariée par la folie paternelle qui agit comme une fatalité. Certaines de ses tirades sont celles d'une **héroïne tragique**.

Exemple tiré du *Malade imaginaire* : Acte III, scène 13, Angélique apprend la (fausse) mort de son père et déclame : « Ô Ciel ! quelle infortune ! quelle atteinte cruelle ! Hélas ! faut-il que je perde mon père […]. Que deviendrai-je […] ? »

Exemple prenant appui sur ta culture personnelle : L'interjection « Hélas », la forme exclamative et le champ lexical du pathétique sont typiques de l'écriture tragique, comme dans ***Phèdre* de Racine** lorsque l'héroïne fait son terrible aveu à la nourrice Œnone qui réagit ainsi : « Juste ciel ! tout mon sang dans mes veines se glace ! / Ô désespoir ! ô crime ! ô déplorable race ! » (acte I, scène 3).

LA DISSERTATION

II – *Le Malade imaginaire* : une comédie pure qui vise à faire rire

- Malgré ces inflexions tragiques et le thème sombre de la pièce, *Le Malade imaginaire* reste une comédie traditionnelle qui vise avant tout à faire rire le spectateur.

A – Les personnages sont farcesques

- Argan demeure un personnage de comédie en raison du **caractère mécanique** de son comportement qui suscite le rire.

Exemple tiré du *Malade imaginaire* : Dans la **scène 8 de l'acte II**, Argan abuse de l'anaphore « Hé bien ? » pour interroger Louison, sa seconde fille, ce qui donne une tournure obstinée et mécanique à son personnage.

- Les autres personnages de la pièce sont souvent **caricaturaux**. Les allusions scatologiques décrédibilisent les médecins qui deviennent des personnages de farce.

Exemples tirés du *Malade imaginaire* : Le nom du médecin Purgon fait songer à la purgation que le praticien veut mener sur les patients grâce à ses lavements. Quant à Thomas Diafoirus, son nom véhicule une charge comique car la « foria » désigne, en latin, la diarrhée.

- Dans la pièce, le personnage de Polichinelle est directement emprunté à la *commedia dell'arte* et à la farce italienne. Le jeu entre Polichinelle et les violons dans le **premier intermède** se rapproche des lazzi, jeux de scène outrés et comiques de la *commedia dell'arte*.

B – Molière utilise toute la palette des procédés comiques

- Molière nous offre une comédie au rythme effréné qui joue sur toute la palette des procédés comiques traditionnels : comique de mots, de situation, de gestes, de répétition, de caractère…

- Le **comique de caractère** est assuré par le recours à des personnages grotesques et caricaturaux : le maître colérique, la servante insolente, la belle-mère cupide…

Exemples tirés du *Malade imaginaire* :
– Dans le **troisième intermède**, le comique de mots est particulièrement savoureux lors de la cérémonie d'intronisation d'Argan prononcée dans un latin de cuisine qui parodie la langue scientifique.

– Le comique de situation se déploie dans le quiproquo de la **scène 5 de l'acte II** lorsque Thomas Diafoirus confond Angélique, sa future femme, avec Béline, sa future belle-mère.

C – Molière offre avant tout un spectacle divertissant

- *Le Malade imaginaire* s'inscrit dans le genre de la **comédie-ballet**, une comédie en trois actes entrecoupés d'intermèdes dansés et chantés qui assurent un **spectacle visuel total**.

Exemple tiré du *Malade imaginaire* : Dans la didascalie qui introduit le **troisième intermède**, Molière insiste sur la dimension spectaculaire des intermèdes : « C'est une cérémonie burlesque d'un homme qu'on fait médecin, en récit, chant, et danse. »

- Le retour à la comédie-ballet pour Molière, après le succès de plusieurs « grandes comédies » en cinq actes, atteste sa volonté de **privilégier avant tout le plaisir du spectateur**.

III – *Le Malade imaginaire*, une comédie pour conjurer l'angoisse de la mort

- *Le Malade imaginaire* est un spectacle total qui échappe à la classification des genres en conciliant tragique et comique.

A – Argan possède un caractère complexe

- *Le Malade imaginaire* est une **comédie de caractère**. Argan incarne l'hypocondriaque dont Molière montre les travers. Pour les classiques, la comédie a une visée moraliste : elle donne à voir les défauts pour les corriger.

Exemples tirés du *Malade imaginaire* et prenant appui sur ta culture personnelle :
– Le portrait satirique que Béline esquisse d'Argan fait écho au portrait du fâcheux dans les ***Caractères* de Théophraste**, un type classique de la littérature satirique : « Un homme incommode à tout le monde, malpropre, dégoûtant, sans cesse un lavement ou une médecine dans le ventre, mouchant, toussant, crachant toujours, sans esprit, ennuyeux, de mauvaise humeur, fatiguant sans cesse les gens, et grondant jour et nuit servantes et valets. » **(acte III, scène 12)**
– Mais les personnages de Molière ne sont pas complètement figés : certaines répliques d'Argan peuvent le rendre **touchant**, par exemple lorsqu'il se lamente dans la scène d'exposition : « Est-il possible qu'on laisse comme cela un pauvre malade tout seul ? »

- **Ouverture sur le parcours :** Molière parvient à donner à ses personnages une **profondeur psychologique** qui n'existait pas dans les comédies de l'époque. Il en est de même dans ses autres pièces mettant en scène des personnages au caractère complexe et ambigu : Tartuffe, l'hypocrite religieux, ou Alceste, le misanthrope.

B – La satire de la médecine constitue une charge grave et sérieuse

- Molière ne se contente pas de ridiculiser les médecins à travers des scènes farcesques. Il dénonce leur **pédantisme** et leur **dangereuse incompétence**.

Exemple tiré du *Malade imaginaire* : Avec sa rhétorique savante et des adeptes comme Argan, la médecine est même apparentée à la **religion**. Lorsque Argan refuse un lavement, il est comme excommunié par Monsieur Purgon, son médecin **(acte III, scène 5)**.

Exemple prenant appui sur ta culture personnelle : On retrouve la même veine satirique trois siècles plus tard dans la pièce ***Knock* de Jules Romains** (1923). Knock, un médecin peu scrupuleux, parvient à faire croire aux habitants d'un village qu'ils sont tous malades. Cette pièce, aux nombreuses scènes farcesques, montre l'instauration d'un pouvoir totalitaire par un médecin qui manipule chacun en utilisant les peurs et les désirs.

C – Molière use d'ironie

- L'ironie est le style caractéristique du *Malade imaginaire* qui permet d'aborder le thème tragique de la pièce avec distance et humour.

Exemple tiré du *Malade imaginaire* : Toinette se démarque des valets traditionnels par une ironie qui bouscule la hiérarchie sociale entre maîtres et valets : « Quand un maître ne songe pas à ce qu'il fait, une servante bien sensée est en droit de le redresser. » **(acte I, scène 5)**

- Mais l'**ironie** la plus marquante est celle dont use **Molière envers lui-même.** Alors qu'il est gravement malade en 1673, l'homme de théâtre jouait sur scène le rôle d'Argan, un malade imaginaire.

Exemple tiré du *Malade imaginaire* : Le dramaturge fait même dire à Argan, à propos de Molière : « [...] si j'étais que des médecins je me vengerais de son impertinence ; et quand il sera malade, je le laisserais mourir sans secours [...], et je lui dirais : "Crève, crève ! cela t'apprendra une autre fois à te jouer à la Faculté". » **(acte III, scène 3)**

Conclusion

Ni tragédie ni comédie pure, le *Malade imaginaire* est une pièce satirique délibérément orientée vers la moquerie des mœurs du XVIIe siècle, notamment des sciences et de la médecine. Claude Stratz, qui a mis en scène *Le Malade imaginaire* à la Comédie-Française en 2001, écrit : « La dernière pièce de Molière commence dans les teintes d'une journée finissante. C'est une comédie crépusculaire teintée d'amertume et de mélancolie. » Le rire de Molière dans *Le Malade imaginaire* permet en effet de conjurer la peur de la mort et d'offrir un antidote à la maladie par le rire.

Sujet 3 *Les Fausses Confidences*, parcours : Théâtre et stratagème

Selon vous, quel rapport le mensonge entretient-il avec la vérité dans *Les Fausses Confidences* de Marivaux ?

Vous répondrez à cette question dans un développement structuré. Votre travail prendra appui sur la pièce de Marivaux, sur les textes et documents étudiés en classe dans le cadre du parcours associé à cette œuvre, et sur votre culture personnelle.

Proposition de corrigé

Dans ce corrigé, le plan est apparent pour faciliter ta lecture et ta compréhension. Le jour J, n'oublie pas que le plan ne doit pas apparaître et que les idées directrices doivent être rédigées.

Introduction

Traditionnellement, le mensonge nous éloigne de la vérité : il la cache ou la travestit. Dans *Phèdre* de Racine par exemple, le personnage éponyme laisse sa nourrice Œnone accuser Hippolyte d'avoir voulu abuser d'elle ; ce mensonge a des conséquences dévastatrices sur tous les personnages. Mais qu'en est-il dans *Les Fausses Confidences* de Marivaux ? Quel rapport mensonge et vérité entretiennent-ils dans cette œuvre ? Comment une pièce dont le titre promet la tromperie peut-elle faire jaillir la vérité des sentiments ? Car si le mensonge et la dissimulation sont omniprésents dans *Les Fausses Confidences*, la vérité ne peut s'empêcher d'affleurer, puis de triompher. Nous verrons ainsi que dans *Les Fausses Confidences*, le mensonge est destiné à masquer la vérité, mais ne parvient pas à la dissimuler totalement. Paradoxalement, c'est le mensonge lui-même qui permet à la vérité d'éclater.

I – *Les Fausses Confidences* : une pièce placée sous le signe de l'illusion et du mensonge

A – Les personnages sont masqués

- La pièce débute sous le signe du masque.

Exemple tiré des *Fausses Confidences* : Dès l'**acte I, scène 2**, Dubois, le maître du jeu, fait régner un univers de dissimulation. Il demande à Dorante de cacher la vérité : « Il est essentiel que les domestiques ici ne sachent pas que je vous connaisse. »

- Tous les personnages mentent : Marton dupe sa maîtresse en lui recommandant d'épouser le Comte et Araminte feint de vouloir épouser le Comte pour tromper Dorante.

Exemple tiré des *Fausses Confidences* : Madame Argante propose à Dorante de mentir à Araminte sur son droit pour qu'elle se résigne à épouser le Comte Dorimont **(acte I, scène 10)**.

- **Ouverture sur le parcours :** *Les Fausses Confidences* est une pièce emblématique du théâtre de Marivaux où les personnages avancent masqués et usent de stratagèmes. On pense ainsi au ***Jeu de l'amour et du hasard*** (1730) où les maîtres se déguisent en domestiques pour observer leurs prétendants respectifs.

B – Les personnages sont dans une mise en scène permanente

- Dubois se comporte comme un véritable metteur en scène.

Exemple tiré des *Fausses Confidences* : **Acte I, scène 2**, il annonce avec assurance ce qui va se dérouler : « je sais mes talents, je vous conduis, et on vous aimera ».

- Dubois suit avec rigueur le déroulement de l'intrigue qu'il a mise en place.

Exemple tiré des *Fausses Confidences* : Il adopte une vision d'ensemble de l'intrigue lorsqu'il la commente à l'**acte II, scène 16** : « Voilà l'affaire dans sa crise. »

- Dubois est le meneur de jeu, mais d'autres personnages lui empruntent ce rôle de metteur en scène.

Exemple tiré des *Fausses Confidences* : Dans l'**acte II, scène 13**, Araminte donne des instructions quant au rôle que doit jouer Dorante : « [...] conformez-vous à ce qu'ils exigent ; regagnez-les par là, je vous le permets [...]. »

C – Les personnages tiennent à maintenir l'illusion

- Lorsqu'une vérité est sur le point d'être dévoilée, les personnages mettent tout en œuvre pour maintenir le mensonge et l'illusion.

Exemple tiré des *Fausses Confidences* : Dans l'**acte I, scène 14**, Araminte feint la froideur pour ne pas avouer à Dubois ses sentiments naissants pour Dorante. Les didascalies montrent cette indifférence feinte : « *avec négligence* », « *haussant les épaules* ».

- Araminte veut sauvegarder le mensonge.

Exemple tiré des *Fausses Confidences* : Dans l'**acte I, scène 14**, elle intime à Dubois de ne pas dévoiler la vérité : « [...] garde un profond secret ; et que tout le monde, jusqu'à Marton, ignore ce que tu m'as dit. Ce sont de ces choses qui ne doivent jamais percer. »

- L'illusion est donc constamment maintenue. Marton dit elle-même : « En vérité, tout ceci a l'air d'un songe » (acte I, scène 5).

II – La vérité des sentiments émerge pourtant car le mensonge ne parvient pas à cacher les élans du cœur

A – Il existe de vraies confidences dans la pièce

- Cette pièce met en scène des fausses confidences mais aussi des vraies confidences. Ainsi, les scènes d'aveu sont nombreuses.

Exemple tiré des *Fausses Confidences* : Dès la **scène 2 de l'acte II**, Dorante confie à Dubois ses sentiments pour Araminte : « Je l'aime avec passion [...]. »

- Dorante fait également preuve de sincérité envers Araminte lorsqu'il lui dévoile la stratégie de Madame Argante.

Exemple tiré des *Fausses Confidences* : « C'est que si, dans votre procès, vous avez le bon droit de votre côté, on souhaite que je vous dise le contraire, afin de vous engager plus vite à ce mariage » **(acte I, scène 12)**.

B – La vérité des sentiments transparaît derrière le mensonge

- La vérité du cœur transparaît dans les quiproquos et dans l'ambiguïté de sens de certains mots.

Exemple tiré des *Fausses Confidences* : Dans l'**acte I, scène 12**, Dorante et Araminte établissent une relation contractuelle employeur/employé. Mais, sans s'en rendre compte, ils parlent déjà le langage de l'amour : « Araminte : Oui ; mais ne vous embarrassez point ; vous me convenez. » / « Dorante : Je n'ai point d'autre ambition. » La vérité du cœur émerge à la surface des mots. C'est ce qu'on appelle le marivaudage.

- Dans leurs apartés, les personnages cessent leur comédie sociale pour s'avouer la vérité à eux-mêmes.

Exemple tiré des *Fausses Confidences* : Araminte avoue dans des apartés ses sentiments naissants pour Dorante : « Araminte, *à part* : Je n'ai pas le courage de l'affliger ! [...] Je n'oserais presque le regarder » **(acte I, scène 15)**.

- La parole reste policée mais le corps des personnages trahit la vérité, créant un contraste comique.

Exemple tiré des *Fausses Confidences* : Les didascalies de l'**acte II, scène 13** (« *ton ému* », « *toujours distrait* »), révèlent l'état d'égarement dans lequel se trouve Dorante alors qu'Araminte lui demande de rédiger une lettre pour le Comte.

III – Paradoxalement, la vérité se manifeste grâce au mensonge

A – Le mensonge permet de faire émerger la vérité

- Le stratagème de Dubois est, finalement, le seul moyen de lever les masques des conventions sociales pour faire parler l'amour.

Exemple tiré des *Fausses Confidences* : « [...] il faudra que tout se rende. Quand l'amour parle, il est le maître ; et il parlera » **(acte I, scène 2)**. Le futur de l'indicatif souligne que la vérité du cœur agit comme un destin inéluctable.

- Le mensonge est donc une stratégie pour atteindre la vérité.

Exemple tiré des *Fausses Confidences* : Dans **la scène 13, de l'acte II**, Araminte teste Dorante : « [...] je suis déterminée à épouser le Comte ». Ce mensonge vise à faire éclater la vérité car Araminte attend une réaction spécifique : « Il change de couleur ».

- Le portrait d'Araminte peint par Dorante matérialise ce rapport entre mensonge et vérité. Le petit tableau symbolise en effet le mensonge, l'artifice : il est couvert, caché, et suscite des quiproquos. Mais il finit par être dévoilé devant tous pour faire éclater la vérité des sentiments.

LA DISSERTATION

B – Le dénouement laisse place à la vraie confidence

- La scène de dénouement achève de rétablir la vérité en dissipant les illusions.

Exemple tiré des *Fausses Confidences* : Araminte s'exclame devant Dorante : « Vous donner mon portrait ! Songez-vous que ce serait avouer que je vous aime ? » **(acte III, scène 12)**. L'irréel du présent marque la volonté de faire perdurer le mensonge. Mais l'indifférence feinte d'Araminte ne résiste pas à la vérité et à la vraie confidence : « Dorante : Que vous m'aimez, madame ! Quelle idée ! qui pourrait se l'imaginer ? / Araminte, *d'un ton vif et naïf* : Et voilà pourtant ce qui m'arrive. » L'amour triomphe enfin.

C – L'illusion théâtrale favorise l'expression de la vérité

- **L'illusion théâtrale** permet de révéler la fausseté des valeurs sociales. Sur scène, Marivaux montre une société obnubilée par l'argent et le rang social, qui ne parvient pas à reconnaître le mérite personnel de chacun. C'est grâce à cette illusion théâtrale que **tombent les masques de la comédie sociale**.

Exemple prenant appui sur ta culture personnelle : Nous ne sommes pas loin de ***L'Illusion comique*** de Corneille (1635) où l'illusion théâtrale fait émerger la vérité des sentiments. Dans cette pièce, Pridamant croit assister en direct, grâce au magicien Alcandre, à la vie de son fils Clindor. Mais il regarde en réalité une représentation théâtrale jouée par son fils devenu acteur. L'illusion théâtrale donne à Pridamant l'occasion de retrouver son amour pour son fils.

- Avec *Les Fausses Confidences*, Marivaux fait une **mise en abyme du théâtre** où la proximité de l'illusion et de la réalité fait poindre la vérité. Arlequin conclut d'ailleurs la pièce en soulignant les ponts entre l'illusion et la réalité : « Pardi ! nous nous soucions bien de ton tableau à présent ! L'original nous en fournira bien d'autres copies » (acte III, scène 13).

Conclusion

Les Fausses Confidences est une pièce emblématique de l'œuvre théâtrale de Marivaux. Son titre promet la prédominance du mensonge. Pourtant, c'est la vérité qui affleure dans les mots et les corps des personnages puis finit par triompher. À travers cet entremêlement de la vérité et du mensonge, Marivaux dresse un éloge de l'illusion dramatique qui permet de faire émerger la vérité. Beaumarchais, à la fin du XVIIIe siècle, reprend aussi ce jeu entre le mensonge et la vérité à travers le personnage de Figaro, le valet astucieux qui use de stratagèmes et de tromperies pour faire jaillir la vérité et révéler la vanité de la société de l'Ancien Régime.

5

L'ÉPREUVE ORALE

1 Qu'attend-on de moi à l'oral de français ?

Des choses assez simples !

- **Que tu saches lire** un texte de façon expressive.
- **Que tu saches analyser** un texte littéraire.
- **Que tu saches répondre à une question de grammaire liée au programme de Première.**
- **Que tu saches défendre et justifier un point de vue personnel** sur une œuvre intégrale.

Voyons ensemble à quoi font référence ces quatre compétences.

A Savoir lire de façon expressive

« Lire » et « lire de façon expressive » sont deux choses distinctes !

L'examinateur se doute bien que tu sais lire depuis quelques années déjà.

Ce qu'il cherche à évaluer, c'est si tu sais lire un texte de façon engageante, pleine de sens, et si tu sais adresser cette lecture à un public.

C'est là-dessus que portent les 2 points consacrés à la lecture du texte.

Je te montre comment améliorer ta lecture à voix haute dans les pages suivantes.

B Savoir analyser un texte littéraire

L'analyse d'un texte littéraire à l'oral n'est pas bien différente d'une analyse à l'écrit. Elle s'appuie en effet sur les mêmes règles :

- **Tu dois répondre à un projet de lecture** annoncé dans l'introduction.
- **Tu dois faire ressortir l'implicite du texte.**
- **Tu ne dois jamais séparer le fond et la forme :** les procédés relevés sont toujours analysés et interprétés.
- **Tu dois dérouler une argumentation** pour répondre à ta problématique.

C'est plutôt une bonne nouvelle : ce que tu as acquis en travaillant le commentaire pour l'écrit va donc te servir pour l'oral.

C Réaliser l'analyse syntaxique d'une phrase

C'est une des nouveautés de la réforme : l'examinateur va te demander de faire l'analyse syntaxique d'une phrase tirée du texte à analyser.

Cette question de grammaire porte prioritairement sur le **programme de Première :** la négation, l'interrogation et les propositions subordonnées conjonctives circonstancielles.

Depuis 2021, elle peut aussi porter sur le programme de Seconde (les temps verbaux, la phrase complexe et la proposition subordonnée relative). Elle est notée sur 2 points.

Pour la réussir, il te suffit de consacrer quelques heures à travailler ce programme de grammaire qui est en réalité assez simple à maîtriser.

Et même si la grammaire n'a jamais été ton fort, ne t'inquiète pas : je récapitule tout le programme de Première dans cet ouvrage.

D Défendre ton point de vue sur une œuvre intégrale

L'entretien porte sur **l'une des œuvres intégrales** lues dans l'année.

Après avoir présenté synthétiquement l'œuvre que tu as choisie, tu seras invité(e) par l'examinateur à approfondir ou nuancer ton point de vue.

Les exigences de la réforme sont très claires : on attend des élèves un **engagement** vis-à-vis de l'œuvre choisie.

Tu dois la connaître et pouvoir en parler de façon **précise.**

Mais ce n'est pas tout !

Tu dois aussi pouvoir **défendre ton point de vue** personnel sur cette œuvre.

Je te montre dans les pages suivantes comment te préparer efficacement à cet entretien !

Le mémo d'Amélie

L'oral de français vise à vérifier que tu as acquis les compétences suivantes :

- **Tu sais lire un texte de façon expressive.**
- **Tu sais analyser un texte littéraire.**
- **Tu maîtrises le programme de grammaire.**
- **Tu sais défendre et justifier un point de vue personnel sur une œuvre intégrale.**

2 La lecture du texte : comment la réussir ?

La lecture du texte est l'occasion parfaite de gagner 2 points facilement.

Bien évidemment, lire le texte ne sera pas suffisant pour obtenir 2 points.

Il va te falloir faire une **lecture expressive** du texte.

Voici quatre astuces pour y parvenir.

1 Lis plus lentement

Les élèves lisent presque toujours trop rapidement.

Bien sûr, tu n'es pas dans les conditions idéales. C'est ton oral de français, tu as le visage qui chauffe, les mains moites, le stress qui monte, ce qui t'amène souvent à lire le texte à toute vitesse.

Or, il va falloir contrecarrer cette tendance !

Car savoir lire de façon expressive, c'est justement savoir **lire lentement,** en respectant toutes les pauses indiquées par la **ponctuation :** points, points-virgules, virgules, points de suspension...

Les pauses rendent ta lecture plus vivante et montrent aussi ton **plaisir de lire.**

Pense aux acteurs qui récitent des textes ou des poèmes : ils font régulièrement des pauses pour maintenir notre attention.

Sans tomber dans un jeu d'acteur exagéré, lis ton extrait lentement et **respecte scrupuleusement la ponctuation.**

Ne te préoccupe pas du temps que prend ta lecture. Si le texte est long, l'examinateur t'interrompra pour te demander de passer à l'explication de texte.

Le temps requis pour lire le texte ne doit jamais te pousser à accélérer ta lecture.

2 Mets l'accent sur les mots clés

Dans une phrase, tous les mots n'ont pas la même importance. Or les mots importants doivent être prononcés de façon plus appuyée et plus lente.

Exemple

Dans un texte ironique, les mots qui portent la charge ironique sont plus importants que les autres ; tu peux les accentuer.

Dans un dialogue de théâtre, varie le ton quand tu changes de personnage.

Enfin, si tu lis des didascalies, adopte un timbre de voix plus neutre pour les différencier des dialogues des personnages.

3 Ne lis pas tout le texte à la même vitesse

Une erreur fréquente est de lire tout le texte à la même vitesse.

Cela part généralement d'une bonne intention : tu veux montrer à l'examinateur que tu lis de façon « régulière ».

Mais lire tout un texte à la même vitesse est monotone.

En réalité, **certains passages du texte sont moins importants** que d'autres, et peuvent être lus un peu **plus rapidement.**

À l'inverse, des **phrases clés** méritent d'être lues **plus lentement.**

Par exemple, si tu lis un passage dramatique, avec du suspense, ralentis le tempo.

Certains mots sont si importants qu'il est judicieux de faire une pause juste avant de les prononcer (par exemple le dernier terme d'une gradation).

Ce sont ces variations de tempo qui montrent que tu as compris le texte et qui rendent ta lecture pleine de vie et de sens.

4 Regarde régulièrement ton examinateur

L'examinateur va également noter ta capacité à adresser ta lecture à un public (en l'occurence, lui !).

Évite de marmonner tout bas, sans lever les yeux de ta feuille.

La lecture à voix haute n'est pas destinée à toi-même : c'est un partage. Tu dois avoir l'intention de faire découvrir cette lecture à la personne devant toi.

Lève la tête régulièrement et regarde ton examinateur (si cela te gêne, regarde-le entre les deux yeux : il ne verra pas la différence).

Ces moments où tu regardes l'examinateur sont brefs, mais ce sont eux qui montrent que tu lui adresses ta lecture.

Le mémo d'Amélie

Faire une lecture expressive s'apprend ! Entraîne-toi à voix haute dans ta chambre pour être prêt(e) le jour J :

- **Lis plus lentement.**
- **Mets l'accent sur les mots clés.**
- **Ne lis pas tout le texte à la même vitesse.**
- **Lève régulièrement les yeux de ta feuille pour regarder ton examinateur.**

3 Comment réussir l'explication linéaire d'un texte ?

La première partie de l'oral consiste en l'**explication linéaire d'un texte** de ton descriptif. Une fois ton texte choisi par l'examinateur, tu as 30 minutes pour préparer ton explication.

Qu'est-ce qu'une explication linéaire ?

C'est **une analyse qui suit le mouvement du texte,** qui l'analyse donc ligne par ligne.

Cela peut sembler facile, mais ce n'est pas si évident car il y a trois maladresses à éviter :

- **L'absence de plan** et de projet de lecture.
- **La paraphrase.**
- **La juxtaposition de remarques** non liées les unes aux autres.

Comment réussir ton explication linéaire sans tomber dans ces trois pièges ?

Voici mes conseils !

Tu peux retrouver un exemple de lecture linéaire à la page 223 ainsi que de nombreuses lectures linéaires rédigées sur les œuvres du programme sur **commentairecompose.fr.**

A Fais une introduction et propose une problématique

Commence ton explication par une introduction qui situe brièvement le texte dans l'œuvre intégrale ou le parcours.

Propose ensuite une **problématique,** c'est-à-dire une question à laquelle tu te proposes de répondre et qui va servir de fil conducteur à ton analyse.

Généralement, une problématique a été abordée en classe avec ton professeur : tu peux donc la reprendre.

La problématique est essentielle car c'est elle qui va donner cohérence et unité à ta présentation. Sans elle, tes remarques et observations n'auraient pas de finalité.

Tu pourras te référer à cette problématique tout au long de ta présentation pour montrer que tu proposes un projet global d'interprétation du texte.

B Suis un plan

Une analyse linéaire n'est pas une analyse sans plan !

Dans une explication linéaire, le plan est à trouver dans le **mouvement du texte,** dans sa **structure interne.**

Pour trouver le plan, il faut donc t'interroger sur la composition du texte, son mouvement, ses étapes.

Identifie deux à quatre mouvements dans le texte qui constituent des axes d'étude pertinents et donne un titre à ces parties. Chacune de tes parties fondées sur le mouvement du texte propose en effet une orientation, une interprétation.

Exemple

Pour introduire ton plan, tu peux utiliser les phrases suivantes :

On peut distinguer deux étapes dans ce texte.

Dans la première étape, de la ligne 1 à 10, l'auteur...

Dans la seconde étape, de la ligne 11 à 23, l'auteur...

C Mêle constamment le fond et la forme

C'est la même règle que pour le commentaire, et elle est fondamentale : **mêle le fond et la forme** tout au long de ton explication en montrant que les procédés du texte (la forme) accompagnent le sens du texte (le fond).

Pour y parvenir, suis le schéma suivant :

- **Je cite le texte.**
- **J'identifie le procédé.**
- **Je l'analyse, je l'interprète.**

Pense aussi à **rapporter tes analyses à ta problématique.** C'est l'une des clés de ta réussite à l'oral : tes analyses doivent tendre vers un but, celui de répondre à la problématique.

Dois-tu commenter chaque mot du texte ?

Bien sûr que non ! En 10 minutes, tu n'en as pas le temps.

Sélectionne uniquement les citations et procédés qui soulignent la cohérence de ton interprétation.

Si l'explication est linéaire, il n'est pas interdit pour autant de **rapprocher des procédés qui apparaissent à différents endroits du texte.** L'analyse linéaire n'est pas un carcan qui t'empêche d'appréhender le texte dans sa globalité.

D Fais une courte conclusion

Pense à finir ton exposé par une courte conclusion :

- **Rappelle les étapes de ta présentation** (donc le mouvement du texte) **et répond à ta problématique.**
- **Propose une ouverture :** sur un autre texte, l'œuvre intégrale, le parcours, le mouvement littéraire ou un autre art.

Le mémo d'Amélie

L'explication linéaire est un exposé structuré qui répond à un projet de lecture. Voici mes conseils pour la réussir :

- **Fais une introduction et définis une problématique** qui servira de fil conducteur à ton explication.
- **Fonde-toi sur le mouvement du texte** pour trouver un plan et nomme tes parties.
- **Analyse et interprète les procédés relevés** et rattache tes analyses à tes idées directrices et à ta problématique.
- **Fais une conclusion.**

4 Comment tirer profit des 30 minutes de préparation ?

Le jour de ton oral, l'examinateur va te remettre une fiche avec :

- le texte retenu (parmi ceux de ton descriptif) pour ton explication linéaire ;
- une question de grammaire portant sur une phrase ou une partie de phrase du texte à étudier.

Tu bénéficies alors de **30 minutes de préparation.**

Comment tirer profit de ces 30 minutes ?

Voici mes conseils.

1 Commence par la question de grammaire

Si tu gardes la question de grammaire pour la fin, il y a fort à parier que tu n'auras pas le temps de l'aborder correctement.

Prends 4-5 minutes au début de ta préparation pour faire l'analyse syntaxique de la phrase proposée (je t'explique comment procéder dans les pages suivantes).

Concentre-toi ensuite sur ton explication linéaire.

2 Lis le texte à étudier deux ou trois fois avec un surligneur

Prends 5 minutes pour relire le texte. Cette lecture rapide va t'aider à te remémorer les points clés de l'extrait à étudier et à **identifier la structure interne** du texte.

Profite de cette lecture pour **surligner les citations et procédés essentiels** que tu souhaites commenter.

N'hésite pas à utiliser **plusieurs couleurs** pour rassembler visuellement les éléments dont l'analyse sera similaire.

3 Élabore ton plan au brouillon

Écris ensuite ton plan de lecture linéaire au brouillon : quelles sont les deux, trois ou quatre grandes étapes de ce texte et comment les intituler ?

4 Définis ta problématique

Ta problématique va souligner l'unité et la cohérence de ton interprétation. Elle est indispensable !

5 Prends des notes pour ta lecture linéaire

Sur ton brouillon, note l'analyse des procédés relevés (ceux que tu as surlignés dans le texte).

Quels effets produisent-ils ?

Quelle interprétation en fais-tu ?

Comment les rattaches-tu à la problématique ?

Ne rédige pas des phrases entières comme dans un commentaire.

Écris les procédés littéraires et leurs effets **sous forme de notes.**

Exemple

Au brouillon, tu peux par exemple écrire :

v. 8 : antithèse « ris/pleure » → sentiments contradictoires du poète.

À partir de ces notes, tu élaboreras des **phrases plus naturelles** à l'oral.

Les seuls passages que tu peux rédiger intégralement sont l'annonce de plan, les transitions et l'ouverture en conclusion car ce sont des moments charnières de ton exposé.

6 Organise tes feuilles de brouillon

Pour éviter de te retrouver devant l'examinateur avec dix feuilles volantes que tu retournes dans tous les sens, suis ces règles simples :

- **N'écris qu'au recto** de tes feuilles et numérote-les.
- **Utilise une feuille différente** pour l'introduction, la conclusion et chaque partie.

S'il te reste du temps en fin de préparation, tu pourras compléter proprement ton brouillon, sans qu'il soit nécessaire d'ajouter des flèches et astérisques (*) qui te feraient perdre le fil de ta présentation.

7 Surligne en couleur les passages à citer

Surligne directement dans le texte les mots et expressions à citer. C'est très important car tu n'as pas le temps de recopier toutes les citations sur ton brouillon.

8 Mets des bouchons d'oreilles

Durant tes 30 minutes de préparation, un autre élève passe son oral devant toi, ce qui est toujours perturbant.

Pour te concentrer, pense à mettre des bouchons d'oreilles. La réussite tient parfois à ce genre de détails !

Le mémo d'Amélie

Voici comment bien gérer tes 30 minutes de préparation :

- Commence par la question de grammaire.
- Définis la problématique et le plan de ton explication linéaire.
- Surligne dans le texte les procédés à analyser.
- Note au brouillon tes analyses (sans rédiger des phrases entières) et rattache-les à ta problématique.
- Rédige l'introduction et la conclusion.
- Utilise des bouchons d'oreilles pour faciliter ta concentration.

5 La question de grammaire : comment l'aborder ?

À l'oral, on va te poser une question de grammaire sur une phrase ou une partie de phrase issue du texte étudié.

Cette question de grammaire est notée sur 2 points.

Je sais que l'évocation du mot grammaire te fait souvent dresser les cheveux sur la tête, mais rassure-toi : au bac, la grammaire est plutôt l'occasion de gagner facilement 2 points à l'oral.

Et cela pour plusieurs raisons :

1. Pour le bac, la grammaire est circonscrite au programme de Seconde et de Première. C'est un programme restreint, facile à maîtriser en quelques heures de travail !

2. Les examinateurs posent toujours le même type de questions (nous allons le voir dans les pages suivantes). Tu peux donc t'y préparer facilement.

Le mémo d'Amélie

- **La question de grammaire est notée sur 2 points.**
- **Elle t'est donnée au début de l'examen. Tu peux donc profiter des 30 minutes de préparation pour y répondre.**
- **Elle porte sur le programme étudié en Seconde (les temps verbaux, la phrase complexe et la proposition subordonnée relative) et en Première (la négation, l'interrogation et les propositions subordonnées conjonctives circonstancielles).**

6 Comment répondre à une question de grammaire sur la négation ?

Généralement, tu n'as pas de difficulté à repérer une phrase négative, qui est le contraire d'une phrase affirmative.

Exemple

Je vais à Paris. → phrase affirmative
Je **ne** vais **pas** à Paris. → phrase négative

Mais, tu le sais, il existe de multiples façons d'exprimer la négation.

Exemple

Je pourrais aussi dire :
Je **ne** vais **plus** à Paris.
Je **ne** vais **jamais** à Paris.
Je **ne** vais **qu'**à Paris.
Je **ne** vais **ni** à Paris **ni** à Rome.

Il existe donc plusieurs types de négations, et c'est là que les choses se corsent : **au bac, on va te demander d'identifier et d'analyser ces différentes négations.**

Alors, comment analyse-t-on une négation ? C'est parti :

La négation totale

Comment la reconnaître ?

Pour la reconnaître, c'est très simple : il s'agit de repérer la négation « ne... pas » ou « ne... point » qui encadre le verbe.

On dit que les négations « ne... pas » et « ne... point » sont totales car elles nient généralement la phrase entière.

Exemples : « Vous ne croiriez pas jusqu'où va sa démence. »
(*Les Fausses Confidences*, Marivaux, I, 14.)
« Les sottises ne divertissent point. »
(*Le Malade imaginaire*, Molière, II, 6.)

Parfois, en présence d'un complément circonstanciel, la négation en « ne... pas » ou « ne... point » ne nie pas la phrase entière mais seulement une circonstance. Il faut alors le préciser.

Exemples : Elle ne va pas à la gym tous les jours.

→ La négation porte sur la circonstance « tous les jours » car la phrase signifie : elle va à la gym, mais pas tous les jours.

La négation partielle

Comment la reconnaître ?

La négation partielle se forme avec l'adverbe « ne » suivi d'un mot négatif : « ne... jamais », « ne... aucun », « ne... rien »...

On dit que la négation est partielle car elle ne porte que sur une partie de la phrase. La négation partielle peut en effet exprimer les notions de :

- **Temps.**

Exemples : « Jamais vous n'entendrez parler de son amour. »
(*Les Fausses Confidences*, Marivaux, I, 14.)
« Dis-moi, Monsieur Rémy n'est donc pas encore venu ? »
(*Les Fausses Confidences*, Marivaux, I, 2.)

• **Lieu.**

Exemple : « Et, n'étant nulle part, peut être n'importe où ! » (Baudelaire, *Les Fleurs du Mal*, « Le voyage ».)

• **Personne ou objet.**

Exemples : « Mais, comme nous n'avons personne en main pour cela, j'ai résolu de jouer un tour de ma tête. »
(*Le Malade imaginaire*, Molière, III, 2.)
« Quoique je n'aie aucune part à ce qui vient de se passer. »
(*Les Fausses Confidences*, Marivaux, III, 8.)

La négation restrictive

Comment la reconnaître ?

La négation restrictive est ultra simple à repérer puisqu'elle n'existe que sous une seule forme : « ne... que ».

Exemple : « Monsieur Diafoirus n'a que ce fils-là pour tout héritier. »
(*Le Malade imaginaire*, Molière, I, 5.)

ASTUCE : si tu peux remplacer la négation dans une phrase par « uniquement » ou « seulement », c'est qu'il s'agit d'une négation restrictive :

Exemple :

Monsieur Diafoirus n'a que ce fils-là pour tout héritier.
→ Monsieur Diafoirus a seulement ce fils-là pour tout héritier.
→ Monsieur Diafoirus a uniquement ce fils-là pour tout héritier.

Les cas particuliers

Comment les reconnaître ?

Certains mots permettent de construire une phrase négative, notamment :

• Le mot « non » qui peut renforcer une négation ou même être utilisé comme un mot-phrase.

Exemple : « Lui ? Non vraiment. »
(*Les Fausses Confidences*, Marivaux, III, 6.)

• La conjonction de coordination « ni... ni » qui s'emploie avec « ne » pour nier plusieurs choses à la fois.

Exemple : « Monsieur Purgon, qui n'a ni femme ni enfant, lui donne tout son bien en faveur de ce mariage. »
(*Le Malade imaginaire*, Molière, I, 5.)

• La préposition « sans ».

Exemple : « Que ceux qui l'ont amené sans me consulter le remmènent. »
(*Les Fausses Confidences*, Marivaux, III, 7.)

La négation lexicale

Comment la reconnaître ?

La négation peut aussi être exprimée par des préfixes, qui font alors porter la négation sur un seul mot.

Exemples :

Anormal	Anticonstitutionnel	Impossible	Inimaginable
Irresponsable	Malentendant	Mésentente	Non-respect

Le mémo d'Amélie

À l'oral, on peut te demander d'analyser la négation dans une phrase. On attend alors de toi :

- **D'identifier si la négation est totale, partielle ou restrictive.**
- **De repérer les négations lexicales.**

7 Comment répondre à une question de grammaire sur l'interrogation ?

L'interrogation est sans doute le point de grammaire le plus simple du programme.

Quand on te demande d'étudier ou d'analyser l'interrogation, on attend de toi deux choses :

1. Que tu identifies si l'interrogation est directe ou indirecte.
2. Que tu identifies si l'interrogation est totale ou partielle.

Ces distinctions sont très simples à mettre en œuvre :

1 Interrogation directe ou indirecte

L'interrogation directe

Comment la reconnaître ?

L'interrogation est directe lorsqu'elle se termine par un point d'interrogation et comporte (la plupart du temps) une inversion sujet-verbe.

Exemple : « Que **voulez-vous** que je dise **?** »
(*Juste la fin du monde*, Lagarce, I, 6.)

L'interrogation indirecte

Comment la reconnaître ?

L'interrogation est indirecte lorsqu'une proposition interrogative indirecte est subordonnée à une proposition principale comportant un verbe interrogatif (se demander, s'interroger…).

L'interrogative indirecte a deux particularités :
- Elle se termine par un point.
- Elle ne comporte pas d'inversion sujet-verbe.

Exemple :
Interrogative directe : Qu'as-tu appris de lui ?
Interrogative indirecte : « **Si on me demande ce que tu m'as appris de lui,** je dirai ce dont nous sommes convenus. »
(*Les Fausses Confidences*, Marivaux, II, 12.)

En fait, nous avons déjà vu la notion d'interrogation directe et indirecte aux pages 108 et 162, quand je t'ai montré comment formuler ta problématique dans un commentaire ou une dissertation.

Souviens-toi :

- **Interrogative directe :** Comment cet incipit dresse-t-il le portrait d'une cour somptueuse ? *(Inversion sujet-verbe et point d'interrogation.)*

- **Interrogative indirecte :** Nous nous demanderons comment cet incipit dresse le portrait d'une cour somptueuse. *(Pas d'inversion sujet-verbe et un point.)*

Dans tes devoirs, fais particulièrement attention à ne pas mélanger interrogative directe et indirecte. Une erreur à ce niveau-là serait lourdement sanctionnée puisqu'il s'agit d'un des trois points de grammaire à maîtriser parfaitement pour le bac.

2 Interrogation totale ou partielle

Tu sais désormais construire une interrogation directe ou indirecte.

Il ne reste plus qu'à distinguer interrogation totale et partielle !

L'interrogation totale

Comme son nom l'indique, l'interrogation totale porte sur la totalité de la phrase.

Comment la reconnaître ?

J'ai une astuce toute simple : demande-toi si on peut répondre par oui ou par non à la question.

Si c'est le cas, il s'agit toujours d'une interrogation totale !

Exemple 1 : « Vous êtes-vous aperçue qu'il ait manqué de probité ? »
(*Les Fausses Confidences*, Marivaux, III, 6.)
Tu peux répondre par oui ou par non. Il s'agit donc d'une interrogation totale.

Exemple 2 : « Il ne vous aime plus ? »
(« Belles-de-jour », *Les Vrilles de la vigne*, Colette.)
Tu peux répondre par oui ou par non. Il s'agit donc d'une interrogation totale.

L'interrogation partielle

L'interrogation partielle porte sur une partie de la phrase.

Comment la reconnaître ?

- L'interrogation partielle contient toujours un mot interrogatif (pourquoi, comment, lequel, qui, que, quoi, quels, quelle...).
- On ne peut pas y répondre par oui ou par non.

Exemple 1 : « Que feront-ils de moi lorsque je ne serai plus là ? »
(*Juste la fin du monde,* Lagarce, I, 10.)
Cette question contient un mot interrogatif : que. Tu ne peux pas y répondre par oui ou par non. Il s'agit d'une interrogation partielle.

Exemple 2 : « Où donc est-elle ? »
(*Le Malade imaginaire*, Molière, II, 5.)
Cette question contient un mot interrogatif : où. Tu ne peux pas y répondre par oui ou par non. Il s'agit d'une interrogation partielle.

Exemple 3 : « [...] et son amour, au désespoir, lui fait trouver moyen de s'introduire dans la maison de sa bergère pour apprendre ses sentiments, **et savoir d'elle la destinée à laquelle il doit se résoudre.** »
(*Le Malade imaginaire*, Molière, II, 5.)
Cette question indirecte comporte un mot interrogatif : laquelle. Tu ne peux pas y répondre par oui ou par non. Il s'agit d'une interrogation partielle.

Le mémo d'Amélie

À l'oral du bac, on peut te demander d'analyser une interrogation.
Tu dois alors déterminer si l'interrogation est :

- directe ou indirecte

et

- totale ou partielle.

Pense à toujours justifier ta réponse (présence ou non du point d'interrogation, de l'inversion sujet-verbe...).

8 Comment répondre à une question de grammaire sur les propositions subordonnées conjonctives circonstancielles ?

Es-tu pétrifié(e) à la simple lecture du titre de ce chapitre ?

Détends-toi : tu utilises des propositions subordonnées conjonctives circonstancielles tous les jours, et tu t'en portes très bien !

Il s'agit tout simplement de propositions subordonnées qui ont une fonction de complément circonstanciel, c'est-à-dire qui **précisent les circonstances de l'action :** temps, lieu, but, conséquence, concession, condition...

Exemple

Dès que tu es prêt, appelle-moi.

→ **Proposition subordonnée circonstancielle de temps.**

Il faut protéger la planète **puisqu'il en va de notre survie.**

→ **Proposition subordonnée circonstancielle de cause.**

Bien que le français ne soit pas sa matière préférée, il a travaillé et obtenu une très bonne note à l'examen.

→ **Proposition subordonnée circonstancielle de concession.**

Au bac, on te demande d'identifier ces propositions et surtout de **préciser les circonstances qu'elles expriment.**

Ces circonstances sont au nombre de sept : temps, cause, conséquence, but, concession, condition, comparaison.

La proposition subordonnée conjonctive circonstancielle de temps

Comment la reconnaître ?

Elle commence généralement par : quand, dès que, lorsque, aussitôt que, depuis que, pendant que, au moment où...

Exemple : « – Ô buffet du vieux temps, tu sais bien des histoires,
Et tu voudrais conter tes contes, et tu bruis
Quand s'ouvrent lentement tes grandes portes noires. »
(« Le Buffet », *Cahiers de Douai*, Rimbaud.)

La proposition subordonnée conjonctive circonstancielle de cause

Comment la reconnaître ?

Elle commence généralement par : parce que, puisque, vu que, comme...

Exemple : « Comme c'est un sujet très difficile il faut donc que j'ouvre un cahier. »
(« Le Mimosa », *La Rage de l'expression*, Ponge.)

La proposition subordonnée conjonctive circonstancielle de concession

Comment la reconnaître ?

Elle commence généralement par : quoique, bien que...

Exemple : « Quoique je sortisse rarement de ma solitude, la complaisance que j'avais pour ma fille m'engageait quelquefois à divers petits voyages, que j'abrégeais autant qu'il m'était possible. »
(*Manon Lescaut*, Abbé Prévost.)

La proposition subordonnée conjonctive circonstancielle de but

Comment la reconnaître ?

Elle commence généralement par : pour que, afin que...

Exemple : « Ô Seigneur ! ouvrez-moi les portes de la nuit
Afin que je m'en aille et que je disparaisse ! »
(« Veni, Vidi, vixi », *Les Contemplations*, Victor Hugo.)

La proposition subordonnée conjonctive circonstancielle de conséquence

Comment la reconnaître ?

Elle commence généralement par : si bien que, de sorte que…

Exemple : « C'est que je l'aime avec une passion si violente, qu'elle me rend le plus infortuné de tous les hommes. »
(*Manon Lescaut*, Abbé Prévost.)

La proposition subordonnée conjonctive circonstancielle de condition

Comment la reconnaître ?

Elle commence généralement par : si, à condition que, à moins que…

Exemple : « Si j'étais que de vous, mon fils, je ne la forcerais point à se marier, et je sais bien ce que je ferais. »
(*Le Malade imaginaire*, Molière, II, 6.)

La proposition subordonnée conjonctive circonstancielle de comparaison

Comment la reconnaître ?

Elle commence généralement par : plus… que, moins… que, aussi… que, ainsi que…, de même que…

Exemple : « En recevant la robe et le bonnet de médecin, vous apprendrez tout cela, et vous serez après plus habile que vous ne voudrez. »
(*Le Malade imaginaire*, Molière, III, 14.)

L'examinateur pourra te demander de transformer une proposition subordonnée conjonctive circonstancielle en groupe nominal.

Exemple

Transformation de la **proposition subordonnée circonstancielle de temps** en **groupe nominal complément circonstanciel de temps** :

« **Quand vous entrez dans une maison de jeu**, la loi commence par vous dépouiller de votre chapeau. »
(*La Peau de chagrin*, Balzac.)

→ **Lors de l'entrée dans une maison de jeu**, la loi commence par vous dépouiller de votre chapeau.

À l'inverse, il pourrait te demander de transformer un complément circonstanciel en proposition subordonnée.

Exemple

Transformation du **complément circonstanciel de comparaison** en **proposition subordonnée conjonctive circonstancielle de comparaison** :

« Sur l'onde calme et noire où dorment les étoiles
La blanche Ophélia flotte **comme un grand lys** »
(« Ophélie », *Cahiers de Douai*, Rimbaud.)

→ La blanche Ophélia flotte **comme flotterait un grand lys**.

Le mémo d'Amélie

Pour le bac, tu dois être capable d'identifier les propositions subordonnées conjonctives circonstancielles et de préciser les circonstances qu'elles expriment :

- **Temps**
- **Cause**
- **Conséquence**
- **But**
- **Concession**
- **Condition**
- **Comparaison**

Entraîne-toi aussi à transformer des compléments circonstanciels en propositions subordonnées circonstancielles et vice versa. C'est un exercice fréquemment proposé par les examinateurs !

9 L'entretien : comment réussir ma présentation de l'œuvre intégrale ?

Lors de la seconde partie de l'oral, tu présenteras à l'examinateur l'œuvre que tu as choisie parmi celles étudiées en classe ou proposées par ton professeur au titre des lectures cursives obligatoires.

Cette présentation de l'œuvre ne dure que 2 ou 3 minutes et va servir de point de départ à l'entretien.

Comment la réussir ?

Voici mes conseils.

1 Présente l'œuvre (1 minute)

Présente l'œuvre de façon synthétique :

- Son titre et son auteur
- Son époque et son contexte.
- Présente brièvement les thèmes clés de l'œuvre.

2 Expose les raisons de ton choix (1 à 2 minutes)

Le nouveau programme est très clair : les élèves doivent s'investir personnellement dans la préparation de l'oral et justifier leurs choix et leurs points de vue sur les œuvres.

Pour y parvenir, pose-toi les questions suivantes :

- Pourquoi, parmi les œuvres lues dans l'année, as-tu choisi cette œuvre plutôt qu'une autre ? Qu'est-ce qui a guidé ton choix ?
- Que t'a apporté la lecture de cette œuvre ?

Attention ! On ne te demande pas tes goûts (j'aime ou je n'aime pas), mais une capacité à **justifier tes choix et tes points de vue** : qu'as-tu aimé et pourquoi ? Qu'as-tu moins aimé et pourquoi ? Qu'est-ce qui t'a intéressé(e) dans cette œuvre ? Qu'as-tu appris ?

3 Sois synthétique

En 2 minutes, tu n'as pas le temps de livrer une étude approfondie d'une œuvre intégrale. Tu es donc noté(e) sur ta capacité de synthèse : choisis **uniquement les idées clés** que tu souhaites faire passer.

Si tu te montres trop bavard(e) et si tu ne vas pas droit à l'essentiel, l'examinateur sera obligé de t'interrompre pour mener l'entretien et tu n'obtiendras pas tous les points pour la présentation de l'œuvre.

Le mémo d'Amélie

La seconde partie de l'oral commence par une courte présentation de l'œuvre que tu as choisi de présenter à l'entretien (2 à 3 minutes). Pour réussir ta présentation :

- **Présente l'œuvre, son contexte et ses thèmes principaux (1 minute).**
- **Explique les raisons pour lesquelles tu as choisi cette œuvre parmi celles lues dans l'année (1 à 2 minutes).**

10 L'entretien : comment répondre efficacement ?

L'entretien porte sur l'œuvre que tu as choisi de présenter parmi celles étudiées en classe ou proposées par ton professeur au titre des lectures cursives obligatoires.

Une fois ta présentation de l'œuvre terminée, l'examinateur va rebondir sur tes propos en te demandant d'approfondir certains aspects, de nuancer ou d'étoffer ton point de vue.

Voici les fondamentaux pour réussir cet entretien.

1 Donne des réponses précises et argumentées

Pour réussir l'entretien, il y a une règle d'or : tes réponses doivent être détaillées et se fonder le plus possible sur des passages précis de l'œuvre.

L'entretien n'est en effet pas là pour vérifier que tu as lu l'œuvre. Pour l'examinateur, c'est déjà acquis !

L'entretien est là pour vérifier ta compréhension de l'œuvre et évaluer ta capacité à **défendre ta lecture et argumenter ton point de vue** sur celle-ci.

Or défendre un point de vue, ce n'est pas affirmer un goût (ou un dégoût) pour une œuvre : c'est proposer une réflexion argumentée, précise et illustrée sur cette œuvre.

Autrement dit, si tu te contentes d'affirmer tes goûts (« J'ai beaucoup aimé tel thème »), tu n'auras aucun point.

Tu dois toujours **démontrer ton point de vue** (« Ce que j'ai aimé dans cette œuvre, c'est que tel thème est traité de façon originale car... On le voit très bien au chapitre 10 lorsque... »).

C'est comme dans une dissertation : chaque idée doit être illustrée par un exemple précis.

Défendre une lecture personnelle est un véritable travail argumentatif.

2 Montre-toi ouvert(e) au dialogue

N'essaie pas de « plaquer » sur chaque question un cours ou des développements appris sur l'œuvre.

Montre-toi au contraire ouvert(e) au dialogue.

Pour cela, prends en compte les questions de l'examinateur, et nuance tes propos s'il te demande de revenir sur certains points de ta réflexion.

L'entretien est un moment où tu dois **échanger avec l'examinateur** et non être dans une posture de récitation de cours.

Essaie de trouver un juste milieu entre connaissances à restituer et spontanéité dans tes réponses.

3 Établis des liens entre l'œuvre étudiée et d'autres œuvres ou d'autres arts

Une partie de la note porte sur ta capacité à faire le lien entre l'œuvre lue et les autres champs du savoir.

Une œuvre littéraire n'est pas un objet coupé du monde. Elle s'inscrit dans un contexte et elle dialogue avec d'autres œuvres et d'autres champs du savoir (l'histoire, la géographie, la biologie, la philosophie, la politique...).

Il y a des chances pour que l'examinateur t'invite à faire des liens entre l'œuvre présentée et d'autres textes étudiés dans l'année ainsi que d'autres champs du savoir. Sois-y préparé(e) !

4 Soigne ton expression orale

C'est une évidence mais mieux vaut la rappeler : l'examinateur note la qualité de ton expression orale.

Fais des phrases complètes et syntaxiquement correctes. Utilise un vocabulaire courant à soutenu.

Fais attention aux fautes de français rédhibitoires !

Exemple

Voici quelques exemples de fautes de français rédhibitoires.

Le redoublement de sujet

« Ce livre, ~~il~~ montre », au lieu de « Ce livre montre ».

« Rimbaud, ~~il~~ critique Napoléon III », au lieu de « Rimbaud critique Napoléon III ».

L'oubli du « ne » de la négation

« L'auteur Ø veut pas faire de compromis » au lieu de « l'auteur ne veut pas faire de compromis ».

L'emploi de « malgré que » (qui n'est pas français) au lieu de bien que (+ subjonctif)

« Bien que je ne sois pas habitué à lire de la poésie, j'ai beaucoup apprécié ce recueil. »

Les tics de langage

Supprime les « euuuuh » trop fréquents, les « ouais », ou « 'fin voilà » qui remplacent la ponctuation.

Le mémo d'Amélie

L'entretien à l'oral porte sur une œuvre intégrale que tu as choisie. Assure-toi de savoir :

- **Justifier ton point de vue sur l'œuvre.**
- **Répondre aux questions sur l'œuvre de façon précise et illustrée.**
- **Être ouvert(e) au dialogue.**

11 Comment faire une fiche de lecture ?

Pour préparer l'entretien, réalise une fiche de lecture approfondie sur l'œuvre que tu as choisi de présenter.

Voici le canevas que je te conseille d'adopter pour ta fiche.

1 Note le titre, l'auteur et le genre

Mentionne sur ta fiche de lecture le titre de l'œuvre, son auteur et son genre.

En quelques phrases, situe l'œuvre dans son contexte historique et littéraire.

En d'autres termes, replace l'œuvre dans un mouvement littéraire et regarde si l'ouvrage est lié à un contexte culturel ou historique particulier (monarchie absolue, guerre, etc.).

Évite la biographie détaillée de l'auteur ou les rappels historiques de 3 pages. La fiche de lecture n'est pas un article Wikipédia ! Pour qu'elle te serve le jour de l'oral, elle doit être synthétique car tes réponses à l'oral doivent être courtes.

2 Analyse brièvement les thèmes de l'œuvre

Quels sont les thèmes de l'œuvre ?

Les thèmes n'ont rien à voir avec le résumé du livre. Il s'agit des sujets et problèmes abordés.

Regarde comment je m'y prends quand j'analyse les thèmes d'une œuvre intégrale dans cet ouvrage p. 19 à 88.

3 Résume l'œuvre en un paragraphe

Résume l'œuvre en un paragraphe, comme si tu rédigeais la quatrième de couverture.

Écarte les intrigues secondaires, **va droit au but.**

Ce court résumé t'aidera à te remémorer l'œuvre mais aussi à répondre rapidement à d'éventuelles questions portant sur l'intrigue.

4 Liste les personnages

Liste les personnages principaux en soulignant leur **rôle** et leurs **caractéristiques.** Qu'apportent-ils au récit ? Que représentent-ils ?

Ne fais pas une liste de personnages de trois pieds de long. Une ou deux phrases pour camper les personnages clés suffisent.

Cette liste te permettra de **te référer précisément aux personnages par leur nom** et d'avoir en mémoire quelques adjectifs les qualifiant.

5 Étudie le décor

Le décor est soigneusement choisi par l'auteur. Il participe à **l'atmosphère générale** de l'œuvre.

Quel est ce décor ? Que symbolise-t-il ? Change-t-il au cours de l'œuvre ? Que nous apprend-il sur les personnages ou sur le thème de l'ouvrage ?

6 Qualifie le style de l'auteur

Caractérise le **style de l'auteur** et analyse l'**effet qu'il produit,** comme je le fais dans les fiches de lecture présentes dans cet ouvrage p. 19 à 88.

Quel type de phrases l'auteur utilise-t-il (phrases courtes, amples, rapides) ? Quel niveau de langage ? Quels procédés littéraires caractérisent son écriture ?

Note éventuellement **une ou deux citations** courtes.

7 Réfléchis au message critique, moral ou philosophique de l'œuvre

Réfléchis à la portée de l'œuvre. Au-delà de l'intrigue, qu'a voulu nous transmettre l'auteur ? **Quel message** fait-il passer ?

Le livre dresse-t-il une critique de certaines personnes, d'un milieu particulier, d'un type de comportement ? L'œuvre délivre-t-elle un **message philosophique ?**

Cette partie est essentielle car elle va te permettre de montrer ta compréhension subtile de l'œuvre et de défendre ton point de vue sur celle-ci.

8 Fais le bilan : quel est le lien entre cette œuvre et ton programme ?

- On arrive au plus important ! Demande-toi :
- Quel est le lien de l'œuvre avec le parcours au programme ?
- Pourquoi, parmi les 8 œuvres lues dans l'année, as-tu choisi de présenter cette œuvre ?
- Qu'as-tu apprécié dans cette œuvre et pourquoi ?
- Qu'as-tu moins aimé et pourquoi ?

Travaille **ton point de vue personnel** sur l'œuvre car c'est ce qui sera valorisé lors de l'entretien.

Le mémo d'Amélie

Pour préparer efficacement ton entretien avec l'examinateur :

- **Fais une fiche de lecture sur l'œuvre que tu as choisi de présenter à l'oral.**
- **Travaille ton point de vue personnel sur cette œuvre et réfléchis aux raisons pour lesquelles tu l'as choisie plutôt qu'une autre.**

6

AU SECOURS, JE SUIS STRESSÉ(E) !

1 Au secours, faut-il faire des fiches ?

T'est-il déjà arrivé d'apprendre un cours ou une analyse de texte pour te rendre compte, trois mois plus tard, que tu as presque tout oublié ?

Si c'est le cas, tu as tout à gagner à faire des fiches.

Mais avant d'apprendre comment les faire, voici quelques fondamentaux à connaître pour que tes fiches te servent vraiment.

A C'est le fait de FAIRE les fiches TOI-MÊME qui compte

Une fiche n'est utile que si tu la fais toi-même : c'est ce que montrent toutes les études en pédagogie.

Quand tu fais un exercice de maths ou une dissertation de français, tu sais qu'il ne sert à rien de recopier le travail d'un camarade ou de consulter directement un corrigé. **Seul le fait de faire les exercices te garantit de progresser.**

Pour les fiches, c'est la même chose : si tu veux qu'elles te servent à quelque chose, **fais-les toi-même.**

B Une fiche n'est pas un recopiage du cours

Faire une fiche t'oblige à passer le cours au tamis pour en extraire l'essentiel et le structurer à ta façon.

C'est donc un exercice qui te demande de réfléchir activement face à ton cours.

Cela ne veut pas dire que ta fiche ne suivra pas l'ordre du cours, mais fais attention à ce qu'elle n'en devienne pas un recopiage passif.

Demande-toi : quels sont les éléments essentiels du cours ? Ceux qu'il faut absolument retenir pour le bac ?

Il te faut extraire ces éléments, les organiser et, éventuellement, les reformuler avec tes mots.

C Fais des fiches courtes

La tentation, quand on commence à réaliser ses premières fiches au lycée, est de recopier 80 % de son cours dans sa fiche, en supprimant uniquement quelques exemples ou détails.

Or le but d'une fiche est d'extraire **l'essentiel du cours**, ce qu'il faut retenir coûte que coûte pour l'examen. Une bonne fiche, c'est donc une fiche qui ne garde en général que **30 % du cours**.

Bien sûr, cela demande un peu d'entraînement. Mais une fois la méthode acquise, elle te servira pendant toutes tes études. Cela vaut le coup, non ?

Le mémo d'Amélie

Faire des fiches est très utile à condition de les faire toi-même, en réfléchissant à leur composition, sans recopier passivement le cours.

2 Au secours, je ne sais pas faire des fiches !

Je vais te donner deux techniques pour faire des fiches utiles, efficaces et faciles à mémoriser.

A Technique n° 1 : la technique QQQOCP

La technique QQQOCP consiste à te poser six questions clés sur ton cours et à y répondre. Ces six questions sont les suivantes :

1. Qui ?
2. Quoi ?
3. Quand ?
4. Où ?
5. Comment ?
6. Pourquoi ?

Comme je te le disais dans le chapitre précédent, **une fiche est une véritable composition :** tu sélectionnes et organises les éléments du cours dans une nouvelle forme plus facilement mémorisable.

Comment sélectionner les informations importantes à retenir ?

En te posant les six questions ci-dessus et en y répondant.

Voici les deux étapes pour faire tes fiches avec la méthode QQQOCP :

Étape 1 : Relis ton cours en cherchant les réponses aux six questions.

Étape 2 : Rassemble tes réponses dans une fiche.

Imaginons une fiche sur un mouvement littéraire : le surréalisme.

Tu trouveras sur mon site commentairecompose.fr un cours sur le surréalisme.

Au lieu de suivre mot à mot l'organisation de mon cours, pose-toi les six questions QQQOCP :

1. Qui ?
2. Quoi ?
3. Quand ?
4. Où ?
5. Comment ?
6. Pourquoi ?

Trouve les réponses dans mon cours et inscris-les sur ta fiche.

Exemple

Le surréalisme

1 Qui ?

André Breton : le « pape » du surréalisme avec son *Manifeste du surréalisme*.

Poésie : Éluard et Aragon.

Peinture : Magritte, Dalí, Man Ray, Chirico.

2 Quoi ?

Un mouvement littéraire de la première moitié du XXe siècle...

... qui touche tous les arts : la littérature, la peinture, la sculpture...

... et veut aller au-delà des apparences.

3 Quand ?

Apollinaire invente le terme « surréaliste » en 1917.

Apogée du surréalisme dans l'entre-deux-guerres.

Prend fin dans les années 1960 avec la mort d'André Breton.

4 Où ?

En Europe.

5 Comment ?

En explorant l'amour fou et passionnel.

En explorant l'inconscient et le rêve.

En ayant recours à des images insolites : antithèses, oxymores, hypallages...

En adoptant une grande liberté formelle : écriture automatique, vers libre, absence de ponctuation, collages...

6 Pourquoi ?

Sentiment de révolte et d'horreur après la Première Guerre mondiale.

Influence du dadaïsme né en 1916 : goût pour le scandale et la révolte.

Pour accéder directement à la pensée (l'inconscient est découvert par Freud au début du siècle).

Pour s'engager en politique et « changer la vie ».

Voilà, ta fiche est prête !

Tu constates que **cette fiche est beaucoup plus courte que mon cours.** Sa réalisation t'a demandé de **« remâcher »** mon cours pour y trouver les réponses aux questions posées.

L'avantage de cette méthode, c'est qu'elle te pousse à **lire activement ton cours,** comme un enquêteur qui recherche des indices pour répondre à ses questions.

La méthode QQQOCP fonctionne très bien pour les cours de fond en français (sur les mouvements littéraires, les œuvres intégrales…) mais aussi dans toutes les matières (économie, histoire-géo…).

B Technique n° 2 : Le *mind mapping*

Le *mind mapping* – ou carte mentale en français – permet d'**organiser ta fiche de manière spatiale et visuelle, sous forme de schéma.**

C'est le psychologue Tony Buzan qui a créé cet outil et ses avantages sont surprenants.

En effet, une *mind map* fait fonctionner les deux hémisphères de ton cerveau en même temps : l'hémisphère droit qui traite les mots et la logique, et l'hémisphère gauche qui traite les formes, les couleurs et l'espace.

Résultat : faire une *mind map* mobilise ces deux hémisphères et améliore tes capacités de réflexion, de compréhension et de mémorisation.

Ça te tente d'essayer ?

Voici comment réaliser une *mind map* :

1. Prends une feuille au format paysage et écris ton sujet de cours au milieu de la page.

2. Fais partir des branches sur lesquelles tu inscris les parties du cours (I., II., III.).

3. De ces branches, tu peux faire partir d'autres branches (les sous-parties A, B, C) et ainsi de suite pour chacune de ces branches (1, 2, 3).

PAS DE STRESS !

4 Ajoutes-y des dessins et de la couleur si tu le souhaites.

Les couleurs ne sont pas là pour « faire joli » mais parce que notre cerveau retient les informations grâce au sens et au plaisir. Tu mémorises donc mieux ta *mind map* si tu la colores et l'illustres !

Exemple

Voici un exemple de *mind map* sur le surréalisme :

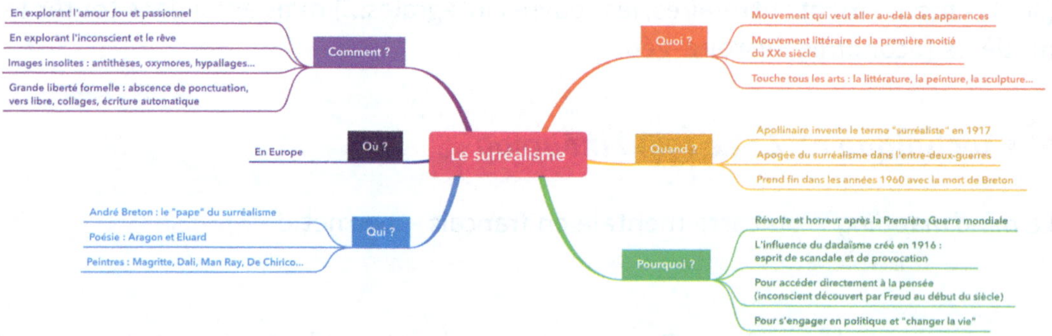

Dans l'exemple ci-dessus, j'ai utilisé les six questions QQQOCP pour former les branches de ma carte mentale.

Mais tu peux aussi utiliser la structure du cours (I, II, III puis A, B, C) pour construire les ramifications de ta carte. C'est particulièrement efficace pour une analyse de texte à mémoriser à l'oral.

Quelques conseils pour réussir tes *mind maps* :

- **Reste bref (brève)** en écrivant uniquement les mots clés dans ta *mind map*.
- **Écris sur les branches** et non au bout de ces dernières. Le regard est en effet naturellement guidé par les branches pour cueillir l'information.

Les avantages des mind maps :

- Exposer les informations sous **une forme arborescente** correspond davantage au fonctionnement de notre cerveau, qui établit spontanément des liens entre les idées. En reproduisant sur ta feuille ce fonctionnement, tu améliores ta compréhension et ta mémorisation du cours.
- N'hésite pas à utiliser des **logiciels gratuits** comme Xmind pour réaliser tes *mind maps*. Tu pourras alors facilement déplacer, ajouter ou retrancher des branches à ta carte mentale et la rendre ainsi ultra modulable.

Le mémo d'Amélie

Teste différentes façons de faire tes fiches pour adopter celle qui te convient le mieux. Deux techniques sont très efficaces :

- **La méthode QQQOCP : tu te poses 6 questions sur ton cours (Qui ? Quoi ? Quand ? Où ? Comment ? Pouquoi ?) et tu rassembles tes réponses dans ta fiche.**
- **La *mind map* ou carte mentale qui t'aide à visualiser les informations de façon spatiale sur un schéma.**

3 Au secours, je ne sais pas faire des fiches pour mes lectures linéaires !

Pour tes lectures linéaires, je te conseille de réaliser des fiches classiques toutes simples.

Notes-y :

- Quelques phrases d'introduction (auteur, contexte, œuvre).
- Les 2 à 4 mouvements du texte.
- Des procédés clés associés à des analyses.
- Une conclusion et une ouverture.

Pour le développement, ne rédige pas des phrases entières. Privilégie une prise de notes synthétique et use de flèches et signes divers pour synthétiser l'essentiel.

Exemple

Prenons le portrait de Julien Sorel dans *Le Rouge et le Noir* de Stendhal :

« Eh bien, paresseux ! tu liras donc toujours tes maudits livres, pendant que tu es de garde à la scie ? Lis-les le soir, quand tu vas perdre ton temps chez le curé, à la bonne heure. »

Julien, quoique étourdi par la force du coup, et tout sanglant, se rapprocha de son poste officiel, à côté de la scie. Il avait les larmes aux yeux, moins à cause de la douleur physique, que pour la perte de son livre qu'il adorait.

« Descends, animal, que je te parle. » Le bruit de la machine empêcha encore Julien d'entendre cet ordre. Son père qui était descendu, ne voulant pas se donner la peine de remonter sur le mécanisme, alla chercher une longue perche pour abattre des noix, et l'en frappa sur l'épaule. À peine Julien fut-il à terre, que le vieux Sorel, le chassant rudement devant lui, le poussa vers la maison. Dieu sait ce qu'il va me faire ! se disait le jeune homme. En passant, il regarda tristement le ruisseau où était tombé son livre ; c'était celui de tous qu'il affectionnait le plus, *Le Mémorial de Sainte-Hélène*.

Il avait les joues pourpres et les yeux baissés. C'était un petit jeune homme de dix-huit à dix-neuf ans, faible en apparence, avec des traits irréguliers, mais délicats, et un nez aquilin. De grands yeux noirs, qui, dans les moments tranquilles, annonçaient de la réflexion et du feu, étaient animés en cet instant de l'expression de la haine la plus féroce. Des cheveux châtain foncé, plantés fort bas, lui donnaient un petit front, et dans les moments de colère, un air méchant. Parmi les innombrables variétés de la physionomie humaine, il n'en est peut-être point qui se soit distinguée par une spécialité plus saisissante. Une taille svelte et bien prise annonçait plus de légèreté que de vigueur. Dès sa première jeunesse, son air extrêmement pensif et sa grande pâleur avaient donné l'idée à son père qu'il ne vivrait pas, ou qu'il vivrait pour être une charge à sa famille. Objet des mépris de tous à la maison, il haïssait ses frères et son père ; dans les jeux du dimanche, sur la place publique, il était toujours battu.

Stendhal, *Le Rouge et le Noir,* partie I, chapitre 4, 1830.

Sur mon site, j'ai rédigé une analyse linéaire de ce passage :
https://commentairecompose.fr/le-rouge-et-le-noir-portrait-julien-sorel/

Si tu étudies ce passage pour l'oral, il ne faudrait pas chercher à apprendre par cœur mon analyse.

Pour la retenir, tu dois extraire uniquement l'essentiel dans une fiche.
Voici un exemple :

Stendhal écrit *Le Rouge et le Noir* en 1830, à un moment où la France sort de la période de la **Restauration** sous Louis XVIII et Charles X et **entre dans une période de monarchie constitutionnelle** sous Louis Philippe, roi des Français. **Stendhal,** admirateur de Napoléon et qui a eu une carrière militaire, **déteste la Restauration et la monarchie. *Le Rouge et le Noir*** apporte le témoignage de cette transition historique à travers l'itinéraire de **Julien Sorel,** un personnage individualiste et énergique qui gravit les échelons de la société.

Présente l'auteur, l'époque et l'œuvre intégrale. Sélectionne uniquement des éléments utiles à l'analyse du texte étudié.

En quoi cet extrait campe-t-il le portrait d'un héros complexe ?

Propose une problématique qui va servir de fil conducteur à ton analyse.

I – L'opposition entre le père et le fils

(Les deux premiers paragraphes)

L'analyse étant linéaire, note le mouvement du texte sur ta fiche.

A – Une opposition théâtralisée

• **Parole paternelle dépréciative** : « Eh bien paresseux ! » → opposition entre le père et le fils.

• **Parler familier** du père à travers le **polyptote** (« liras », « livres », « Lis-les ») → parole circulaire, répétitive + le **père Sorel emploie certains mots pour d'autres** comme « scie » pour « scierie ».

Utilise des flèches et des signes pour raccourcir ta pensée.

• **Tournure orale** du père : « Descends animal **que** je te parle » → paroles d'un homme d'action.

Ne rédige pas des phrases entières : note uniquement l'essentiel.

• **Julien** est absorbé par sa lecture. **Position en hauteur** → aspire à s'élever par l'effort intellectuel.

• **Registre tragique** avec **champ lexical de la violence** → rend Julien sympathique car il est victime.

Le champ lexical de la violence est simple à retrouver dans le texte. Il n'est donc pas utile de le recopier : tu le retrouveras facilement pendant les 30 minutes de préparation.

• « étourdi » et « tout sanglant » font penser aux combats **épiques → résistance physique du héros.**

B – De nombreux symboles

• **Champ lexical de la machine** → la scierie est un espace hostile, bruyant et **menaçant** pour l'homme.

• **Analogie humoristique** entre la chute de Julien chassé par le « vieux Sorel » et la chute d'Adam poussé par Dieu hors du paradis terrestre → **parodie du péché originel** → Julien sort **de l'enfance** pour se plonger dans le monde adulte.

• **Perte du livre** sur Napoléon dans le ruisseau → Julien voue un culte à l'empereur + symbolise le renoncement aux rêves de l'enfance.

Pas besoin de noter toutes les citations car elles sont faciles à retrouver dans le texte.

PAS DE STRESS !

II – Le portrait de Julien Sorel : un portrait ambigu
(Le dernier paragraphe)

Nomme tes parties pour structurer ta présentation.

A – Une faiblesse apparente

- Portrait aux termes **péjoratifs** : « baissés », « petit », « faible »... → traits **féminins.**
- Opposition entre l'**apparence** et la **réalité intérieure : « en apparence ».**

B – Julien, un personnage ambigu

Tu peux définir des sous-parties mais ce n'est pas obligatoire.

- Personnage **hors du commun** : traits « **irréguliers** », « **saisissante** ».
- Originalité du personnage avec adverbe d'intensité « extrêmement ».
- Regard animé de « **feu** » et de « **haine** » → **prédateur au regard perçant**, prêt à saisir la moindre opportunité pour réussir.
- **Champ lexical de la sauvagerie qui** tend à **animaliser** Julien : « aquilin », « grands yeux noirs », « feu »... → potentiel de violence, capacité à **s'adapter** à un monde impitoyable.
- « Il haïssait ses frères et son père » → incarne l'**ingratitude**, l'**infidélité.**
- Mais il suscite aussi l'**empathie** → personnage **dramatiquement intéressant.**

Ne note pas toutes les citations car elles sont simples à retrouver dans le texte.

Conclusion

Rappelle la problématique et réponds-y.

À travers ce portrait contrasté, plein de **paradoxes**, Stendhal campe un héros complexe.

Julien Sorel n'est pas l'incarnation de la grandeur et de la pureté, mais un personnage ambigu, fait d'ombre et de lumière.

Il apparaît ainsi comme le produit du **romantisme,** avec ses contrastes et ses oppositions.

J'ouvre ici sur le mouvement littéraire. Tu peux aussi élargir sur l'œuvre intégrale ou sur un autre texte de ton descriptif.

4 Au secours, je ne retiens rien !

Assieds-toi bien sur ta chaise car j'ai une annonce importante à te faire : **notre cerveau est programmé pour effacer les informations que l'on reçoit.**

Oui, tu as bien lu : ton cerveau ne retient pas tout ce que tu vois ou entends mais, au contraire, efface rapidement la majorité des informations qui se présentent à toi.

Les neurosciences ont ainsi montré qu'au bout de 24 heures, notre cerveau efface 75 % des informations de la journée précédente, et 83 % de ces mêmes informations au bout d'une semaine seulement.

Le souci (tu l'as peut-être constaté), c'est que **le cerveau efface TOUT sans distinction.**

Alors comment lui faire comprendre que tu veux retenir pour le mois de juin ce cours sur les mouvements littéraires ou cette analyse de texte ?

Voici deux méthodes qui marchent bien :

- **Méthode 1 :** Réactiver tes connaissances.
- **Méthode 2 :** Actionner ton profil d'apprentissage.

A La magie de la réactivation

Le seul moyen de se souvenir à long terme d'une information est de la réactiver plusieurs fois à intervalles réguliers.

Pourquoi ?

Parce que lorsque nous présentons la même information plusieurs fois à notre cerveau, il la classe comme « importante » et la stocke dans notre mémoire à long terme.

C'est ce qu'on appelle la méthode de la réactivation, qui est d'une puissance incroyable si tu la mets en place tout au long de l'année.

Des neuroscientifiques nous indiquent le calendrier à suivre pour tirer au mieux profit de notre mémoire.

J + 1 1re réactivation du cours

Cette première étape est essentielle : **pour mémoriser un cours, relis-le dès le lendemain.** Si tu attends plus de 24 heures, tu auras oublié la majorité de ce qu'il fallait retenir. Chaque jour, prends 10 ou 15 minutes pour relire tes cours de la veille.

J + 7 2e réactivation du cours

Une semaine après ton cours, relis-le une deuxième fois.

Cette réactivation à J + 7 va envoyer un signal à ton cerveau : « Cette information est importante. Garde-la en stock. »

Une relecture de quelques minutes peut faire l'affaire. Ce qui compte, c'est de réactiver cette connaissance au bout de 7 jours pour lui éviter de tomber dans l'oubli.

J + 30 3e réactivation du cours

Un mois après, réactive de nouveau ton cours.

À partir de la troisième réactivation, ton cerveau comprend que **l'information est vraiment importante et mérite d'être mémorisée à long terme**. Il va la prendre plus au sérieux et la stocker 3 à 4 mois de plus pour voir si elle sert de nouveau.

J + 3 mois 4e réactivation du cours

Réactive alors ton cours 3 mois plus tard (si tu attends plus longtemps, ton cerveau effacera les informations).

Cette quatrième réactivation ancre l'information dans ton cerveau pour 6 ou 7 mois supplémentaires. Ce n'est pas rien !

J + 6 mois 5e réactivation du cours

Avec une cinquième réactivation, tu es parti(e) pour te souvenir très longtemps des informations mémorisées.

Mes conseils pour réussir tes réactivations :

- **Réactiver tes connaissances,** c'est relire attentivement ton cours ou ta fiche. Ne t'en fais pas une montagne : selon la taille de ton cours, cela ne te prendra que quelques minutes à un quart d'heure. C'est rapide et facile à mettre en place.
- **Planifie toutes tes séances de réactivation** dans ton agenda pour ne pas les oublier.

Cette technique de la réactivation requiert un peu d'organisation mais est très efficace. Essaie-la. Tu seras surpris(e) du résultat !

B Actionne ton profil d'apprentissage

Sais-tu que l'on mémorise mieux une information si elle est associée à une sensation ou une émotion ?

Tu as peut être déjà entendu parler de la madeleine de Proust qui illustre parfaitement ce propos. Le narrateur d'*À la recherche du temps perdu* mange une madeleine dont le goût et l'odeur le replongent dans des souvenirs d'enfance.

Ce phénomène de la madeleine de Proust est très connu des neuroscientifiques : à partir d'une sensation, il est fréquent de pouvoir retrouver des souvenirs.

Or, cela fonctionne aussi avec un cours...

Si tu mobilises tes sens au moment où tu apprends ton cours, si tu y mets de l'humour et de la couleur, tu vas créer des connexions neuronales fortes qui te permettront de te souvenir de ton cours plus facilement.

Voici des astuces concrètes pour y parvenir en fonction de ton profil d'apprentissage :

- **Si tu es visuel(le),** c'est-à-dire si la vue est ton sens dominant pour apprendre : essaie d'imaginer et de visualiser ton cours sous forme d'images, de photos ou d'un film projeté à l'écran. Tu peux aussi essayer d'écrire les mots clés du cours sur une feuille, avec des couleurs ou des dessins.
- **Si tu es auditif(ve),** c'est-à-dire si tu mémorises mieux en écoutant les paroles et les sons : rappelle-toi la voix du professeur. Te souviens-tu de ses intonations ? Tu peux aussi t'enregistrer pour te réécouter lire le cours.

- **Si tu es verbal(e),** c'est-à-dire si tu retiens mieux les informations en t'entendant parler et en les répétant à haute voix : mets-toi dans la peau d'un journaliste ou d'un conférencier qui explique le cours à voix haute face à un auditoire.
- **Si tu es kinesthésique,** c'est-à-dire si tu as besoin de mouvement pour apprendre : bouge en apprenant ta leçon. Tu peux par exemple lire tes leçons en marchant dans ta chambre ou même jouer ton cours comme une pièce de théâtre. N'hésite pas à y mettre de l'humour !

Tu ne sais pas quel est ton meilleur profil d'apprentissage ?

Même si l'on a souvent un profil d'apprentissage dominant (visuel, auditif…), nous sommes réceptifs à toutes ces façons d'apprendre.

Essaie chacune de ces techniques et tu trouveras celle qui marche le mieux pour toi.

Le mémo d'Amélie

Ton cerveau efface tout, très vite ! Pour mémoriser tes cours et tes analyses de texte pour le bac, voici deux méthodes efficaces à combiner :

- **Réactive tes connaissances à J + 1, J + 7, J + 30, J + 3 mois et J + 6 mois.**
- **Fais appel à tes sens (vue, ouïe, mouvements…) quand tu apprends un cours afin de mieux l'ancrer dans ta mémoire.**

5 Au secours, je n'arrive pas à lire une œuvre intégrale !

Ta lecture quotidienne se cantonne-t-elle aux 2 minutes de déchiffrage de la boîte de céréales du petit déjeuner ?

Tu t'affoles à l'idée de devoir lire 8 œuvres intégrales cette année ?

Rassure-toi, j'ai quelques astuces dans mon sac pour faire passer sans douleur la lecture des 8 œuvres intégrales au programme.

A Lis une analyse de l'œuvre AVANT de lire l'œuvre

Cela peut te paraître surprenant, mais je te conseille de lire mes résumés et explications sur les œuvres littéraires avant de lire les œuvres en question.

Tu trouveras une analyse des œuvres au programme dans le chapitre 2 de cet ouvrage et sur mon site commentairecompose.fr.

Il faut comprendre une chose : un classique littéraire n'est pas une série ou un feuilleton dont on aimerait maintenir le suspense jusqu'à la fin.

Connaître ce qui va arriver au personnage principal ne va pas gâcher ta lecture car l'intérêt d'une œuvre littéraire ne réside pas dans le suspense de l'histoire mais dans **les intentions de l'auteur et la façon dont il transmet ses intentions.**

Quels sont le sens de l'œuvre, ses indices cachés, sa portée symbolique ?

En quoi l'œuvre s'inscrit-elle dans un contexte littéraire qu'elle illustre ?

C'est cela qu'on te demande de comprendre au bac de français.

Or, il n'est pas facile de faire attention à ces points lors d'une première lecture de l'œuvre...

C'est là que tu comprends l'intérêt de lire un résumé et une analyse de l'œuvre avant de lire l'œuvre : cette préparation fait office de « première lecture » et te permet d'aborder l'œuvre plus facilement et avec un œil plus averti.

B Prévois des plages horaires de lecture de 30 minutes

Je vais peut-être te décevoir, mais la croyance selon laquelle on peut faire plusieurs choses en même temps est fausse.

Et cela vaut aussi pour toi : si tu lis en regardant la télé-réalité, Facebook ou en écrivant tes textos, tu n'arriveras pas à venir à bout de ton œuvre intégrale !

Pour avancer dans ta lecture, **mets ton portable en mode avion et lis au moins 30 minutes d'affilée.** Trente minutes, c'est le minimum pour t'immerger vraiment dans une œuvre et la comprendre.

C Prépare un planning de lecture

Anticiper son temps de lecture, c'est l'astuce « anti-découragement » pour ceux qui n'aiment pas lire.

Le principe est simple : lis une page en te chronométrant, puis multiplie ce chiffre par le nombre de pages. Tu obtiens alors une estimation du temps nécessaire pour lire l'ouvrage.

Par exemple, si tu mets en moyenne 70 secondes, c'est-à-dire 1 minute et 10 secondes, pour lire une page de *L'Étranger* de Camus, sachant que ce livre fait 180 pages, tu calculeras qu'il te faut 12 600 secondes (70 × 180) pour lire ce roman, soit 210 minutes, c'est-à-dire environ 3 h 30. Ce n'est pas tant que ça finalement !

Prévois alors **des plages horaires de lecture dans ton agenda**, par exemple 7 séances de 30 minutes de lecture.

Le mémo d'Amélie

Même si tu n'es pas un(e) grand(e) lecteur(trice), je t'assure que la lecture de 8 œuvres dans l'année n'est pas si difficile si tu mets en place les bons réflexes :

- **Lis un résumé et une analyse de l'œuvre avant d'entamer sa lecture.**
- **Quand tu lis, fais-le au moins pendant 30 minutes sans distraction.**
- **Planifie des plages horaires de lecture dans ton agenda.**

6 Au secours, je suis stressé(e) !

Quand tu te sens stressé(e), as-tu remarqué que les gens ont une tendance compulsive à te donner des conseils qu'il est trop tard pour appliquer : « il fallait t'y prendre plus tôt », « il faut mieux t'organiser dans l'année », etc.

Évidemment, si tu as une tendance pathologique à préparer tes examens la veille au soir à 22 heures, tu ne te mets pas dans des conditions idéales pour arriver serein(e) à l'examen.

Mais le stress n'est pas toujours lié à un manque d'organisation.

Même très bien préparés, nous ressentons du stress face aux devoirs à rendre, aux évaluations, aux examens, aux choix d'orientation…

Pour naviguer sereinement parmi tout ça, il faut t'offrir chaque jour un sas de « décompression » où tu cesses de te projeter dans le futur pour t'ancrer quelques minutes dans le moment présent.

Comment faire précisément ?

Il y a deux courts exercices que je conseille à mes élèves et qui les aident à être plus sereins au quotidien : le « scan corporel » et l'attention à la respiration.

On trouve de nombreuses études scientifiques sur ces exercices (que l'on appelle exercices de pleine conscience) et il est prouvé qu'ils améliorent l'attention, la concentration, la confiance en soi, la créativité et diminuent le stress et la dépression.

Encore plus surprenant : une pratique de quelques minutes par jour suffit à produire des effets.

Intéressant, non ?

Il y a juste une règle d'or à respecter : quand tu fais l'un de ces exercices, mets ton téléphone en mode avion. Eh oui, le but de ces exercices est de t'offrir une bulle de décompression et de déconnexion : ton téléphone ne doit pas se mettre à vibrer pendant que tu les fais.

Tu as envie d'essayer ? Tu vas voir, ça ne prend pas beaucoup de temps.

Voici les deux exercices. Tu pourras choisir chaque jour celui que tu préfères ou les alterner selon tes envies.

A Le scan corporel

Cet exercice se nomme « scan corporel » car **ta conscience va balayer chaque partie de ton corps comme le rayon X d'un scanner.**

Pourquoi faire cela ?

Car en prenant conscience de tes sensations corporelles, tu t'ancres dans le moment présent, tu calmes ton esprit, tu améliores ton attention et diminues ton stress.

Voici comment procéder.

Allonge-toi au calme sur un tapis de sol ou sur ton lit et ferme les yeux.

Inspire et expire profondément 4 ou 5 fois avec le ventre en portant ton attention sur ton ventre qui se gonfle et se dégonfle. Prends le temps d'inspirer et d'expirer. Tu peux par exemple compter 5 secondes pour l'inspiration et 5 secondes pour l'expiration.

Prends conscience des points de contact de ton corps avec le matelas. Ressens le poids de ton corps sur le matelas.

Puis porte ton attention sur ton pied gauche. Ressens-le entièrement : les orteils, la plante du pied, le dessus du pied.

Déplace ton attention à la cheville, puis au mollet, au tibia, au genou, à l'arrière et à l'avant de la cuisse.

Observe les sensations que tu ressens dans chacune de ces parties du corps.

Tu peux ressentir des picotements, une sensation de froid, de chaud, une douleur, des fourmillements... Toutes les sensations sont possibles. Ne cherche pas à les changer ou à les faire partir. Observe juste ce qui est là, ressens-le, puis passe à la partie du corps suivante.

Fais la même chose avec ta jambe droite : tes orteils, puis ton pied, ton mollet, ton tibia, ton genou, etc., jusqu'en haut de la cuisse.

« Scanne » ensuite les autres parties de ton corps : le ventre, la poitrine, le bas du dos, les omoplates, les épaules.

Déplace ensuite ton attention sur tes bras, en commençant par les doigts et en remontant jusqu'aux épaules.

Prends autant de temps que tu le souhaites pour balayer les différentes parties de ton corps. Il n'y a pas d'urgence ! **L'essentiel est de prendre conscience de tes sensations et de les observer quelques secondes.**

Termine en étant attentif(ve) aux sensations de ton visage et de ton cuir chevelu.

Une fois toutes les parties de ton corps « scannées », ouvre les yeux, étire-toi et reprends le cours de tes activités.

B L'attention à la respiration

Voici le deuxième exercice que je te propose.

Assieds-toi sur une chaise, le dos droit (légèrement décollé du dossier de ta chaise), les pieds au sol, les épaules détendues, les mains posées sur les cuisses et ferme les yeux.

Sens le contact de tes pieds avec le sol puis le contact de tes mains sur tes cuisses. Tu ressens peut-être des picotements, du froid, une sensation de lourdeur, de chaleur… Tes sensations changent de moment en moment : observe-les telles qu'elles sont, sans chercher à les maintenir ni à les changer.

Au bout de quelques minutes, place ton attention au niveau des narines et ressens l'air qui entre et qui sort juste en dessous de la narine. Porte tout simplement attention à ta respiration, à ce filet d'air qui entre et sort de tes narines.

Tu vas te rendre compte que tu perds souvent la sensation de ta respiration car tes pensées t'entraînent ailleurs. Dès que tu t'en aperçois, prends-en simplement conscience (« Tiens, je me suis laissé distraire par mes pensées. »). Ramène alors calmement ton attention à ta respiration et à la sensation de l'air qui entre et sort par tes narines.

Au bout de quelques minutes, ouvre les yeux, étire-toi et reprends le cours de tes activités.

Pratique l'attention à la respiration sans chercher la performance : ce n'est pas un exercice qui se « réussit », c'est une expérience qui se vit à l'instant T.

Le mémo d'Amélie

Pratique le scan corporel ou l'attention à la respiration chaque jour ne serait-ce que quelques minutes : tu ressentiras des effets bénéfiques sur ton humeur et ton attention.

Bien sûr, ne cherche pas dans ces exercices une « recette miracle » qui t'immuniserait à jamais contre le stress. Mais ces petits exercices vont t'aider à bien mieux gérer ton stress et ton attention au quotidien. Essaie-les : ils sont vraiment utiles !

7 Au secours, je panique (juste avant un examen) !

Les exercices précédents t'aident à réduire ton stress et à améliorer ton attention sur le long terme.

Mais que faire face à un pic de stress intense, juste avant un examen par exemple, quand tu ne peux pas t'allonger devant tout le monde pour faire un scan corporel ?

En cas d'urgence, je te conseille deux techniques efficaces :

- **t'étirer ;**
- **respirer profondément par le ventre.**

Ça te paraît trop facile ?

Pourtant, s'étirer et respirer profondément ont des effets immédiats sur le stress.

La raison est simple : corps et esprit sont intimement liés.

En parvenant à détendre ton corps, tu vas immédiatement aider ton esprit à se calmer.

Voici comment t'y prendre.

A Des étirements simples

Étirements des muscles latéraux du cou

Assis(e) ou debout, le menton légèrement rentré, penche ta tête d'un côté pour amener ton oreille vers ton épaule.

N'essaie pas de lever ton épaule : c'est ta tête qui se penche vers ton épaule.

Fais ce mouvement 4 ou 5 fois en expirant profondément, des deux côtés.

Étirement de la nuque

Assis(e) ou debout, le dos droit, rentre ton menton dans la poitrine en expirant profondément.

Sens-tu un étirement dans la nuque et le haut du dos ? C'est bon signe : c'est que tu te relâches.

Inspire en redressant la tête.

Fais ce mouvement 4 ou 5 fois.

Étirement et relâchement de tout le corps

Debout, inspire profondément en levant tes bras au-dessus de ta tête et en t'étirant en arrière, bras et jambes tendus. Tu vas sentir un étirement le long des jambes, du ventre et de la poitrine.

Puis expire profondément en étirant ton dos en avant jusqu'à ce que tes mains touchent le sol de chaque côté des pieds, tête vers les genoux.

Dans cette position, la tête en bas, les jambes tendues (sinon tu ne t'étires pas), inspire et expire profondément 3 fois. À chaque expiration, relâche complètement le haut du corps tout en gardant les jambes tendues.

Puis redresse-toi en déroulant ton dos vertèbre par vertèbre.

Répète ce mouvement autant de fois que tu le souhaites. Il te permet d'étirer et de relâcher en quelques secondes toutes les parties du corps : jambes, buste, dos, cou, bras. C'est ce qui le rend si efficace face à une montée de stress !

B La respiration par le ventre

Nous avons tendance à respirer avec la cage thoracique (le haut du corps), alors que la respiration « par le ventre » alimente mieux nos cellules en oxygène et chasse les toxines : elle est donc plus efficace pour calmer les angoisses.

Comment respirer « par le ventre » ?

Le principe est simple :

1. Quand tu sens le stress monter, inspire par le nez jusqu'à ce que l'air fasse gonfler ton ventre puis ta poitrine (sans dégonfler ton ventre).

2. Lorsque tes poumons sont remplis au maximum, expire lentement par le nez ou la bouche en rentrant le ventre pour faire sortir l'air.

3. Tu peux poser une main sur ton ventre pour le sentir se gonfler à chaque inspiration et se dégonfler à chaque expiration.

Cet exercice est simplissime, discret mais efficace en cas de montée de stress.

Le mémo d'Amélie

Tu te sens envahi(e) par le stress ?

Dans ces moments-là, **fais quelques étirements et respirations profondes par le ventre.**

C'est en agissant directement sur ton corps que tu vas réduire ton stress.

8 Au secours, je n'arrive pas à être attentif(ve) en cours !

« SOIS ATTENTIIIIIIIF(VE) ! »

Le cri de Mme Fabela, la professeure de français, vient de t'arracher à ta rêverie.

Elle te demande de répéter ce qu'elle vient de dire. Toute la classe te regarde.

Euh… Tes joues s'empourprent… Tu n'as aucune idée du sujet du cours…

Tu as l'impression d'avoir déjà vécu cette situation ?

Rassure-toi : **il est difficile d'être attentif toute la journée** et il ne faut pas culpabiliser de ne pas y arriver tout le temps.

Mais ne te laisse pas dépasser par les cours par manque d'attention.

Ton temps est une donnée précieuse, et vu que tu dois passer plusieurs heures par jour en classe, autant que ces heures servent à quelque chose.

Avant d'entrer dans le vif du sujet, il faut déjà comprendre ce qu'est l'attention.

On est attentif quand nos pensées sont en accord avec ce qui se passe à l'extérieur de nous.

Imaginons que ton professeur fait un cours sur le romantisme. Tu es attentif(ve) si tes pensées sont en lien avec ce cours : les explications de ton professeur font naître dans ton esprit des images et des questions en rapport avec le romantisme.

Au contraire, si tes pensées divaguent et t'entraînent loin, c'est que tu n'es pas attentif(ve) à ce qui se passe autour de toi.

Alors comment parvenir à maintenir cet état d'attention plus facilement et plus longtemps ?

Voici trois astuces.

A Astuce 1 : identifie POURQUOI tu veux être attentif(ve)

Avant d'entreprendre une tâche, quelle qu'elle soit, prends 5 secondes pour identifier pourquoi tu veux être attentif(ve).

Par exemple :

- **Je veux être attentif(ve) pendant 20 minutes** pour mémoriser mon analyse de texte pour le prochain bac blanc.
- **Je veux être attentif(ve) pendant l'heure de cours** pour avoir moins de travail à la maison et être mieux préparé(e) pour le DS du mois prochain.
- **Je veux être attentif(ve) à la correction de cette dissertation** pour repérer mes erreurs et ne plus les refaire.

Identifier pourquoi tu vas être attentif(ve) ne prend que 5 secondes.

Mais **cette opération mentale est ESSENTIELLE** car ton cerveau a besoin de comprendre l'intérêt de ce qu'il entreprend pour s'immerger pleinement dans une tâche.

B Astuce 2 : prends rapidement connaissance du cours avant d'y assister

Les neuroscientifiques ont fait une découverte fascinante : **pour apprendre, notre cerveau a besoin de sans cesse comparer ce qu'on lui dit à ce qu'il sait déjà.**

Quand tu écoutes un cours, ton cerveau compare donc ce qu'il entend à ce qu'il connaît et fait une multitude d'allers-retours pour ajuster ses connaissances.

Cela veut dire que tu apprends bien plus efficacement sur un sujet qui t'est déjà familier que sur un sujet dont tu ne connais rien.

Vois-tu comment tirer profit de cette découverte ?

C'est simple : **prépare rapidement ton cours AVANT le cours.**

« Sympa ce livre qui nous ajoute du travail en plus », t'entends-je marmonner.

Promis, ce conseil te fera en réalité gagner beaucoup de temps.

Exemple

Reprenons notre exemple : ton professeur de français vous a prévenus qu'il commencerait la semaine suivante une séquence sur le romantisme.

Le week-end, prends 15 minutes pour :

- **regarder ma vidéo** sur le romantisme sur commentairecompose.fr ;
- **ou lire le chapitre sur le romantisme** dans ton manuel scolaire.

Quinze minutes sont suffisantes pour arriver en classe avec quelques connaissances sur le sujet, auxquelles tu pourras rattacher le cours de ton professeur.

Or, c'est cette courte préparation qui va te permettre d'être plus attentif(ve) et intéressé(e) en cours.

C Astuce 3 : entraîne ton attention

Te souviens-tu des deux exercices de « décompression » p. 234, le scan corporel et l'attention à la respiration ?

En plus de calmer ton stress et favoriser ton sommeil, ces exercices **améliorent ta faculté d'attention.**

Je les ai découverts vers mes 25 ans, et j'aurais adoré que quelqu'un m'en parle plus tôt, quand j'avais ton âge. C'est pourquoi j'ai tenu à te les faire découvrir dans ce livre. Teste-les : ces exercices sont vraiment précieux !

Le mémo d'Amélie

L'attention est comme un muscle qui se travaille !
Pour l'améliorer, suis ces 3 conseils :

- **Avant chaque tâche, identifie la raison pour laquelle tu souhaites être attentif(ve).**
- **Prépare ton cours à l'avance (même rapidement).**
- **Pratique l'exercice du scan corporel et/ou celui de l'attention à la respiration le plus souvent possible.**

9 Au secours, je suis souvent fatigué(e) !

Tu luttes pour ne pas t'endormir au cours d'histoire de M. Michon, tu as développé des cernes de panda, tu bâilles tout au long du dîner en jetant un œil sur les réseaux sociaux et tes parents sentent que tu ne t'intéresses pas du tout à leurs questions…

Tu vas me dire que les journées sont trop courtes pour te coucher tôt et que tu as envie de profiter de tes soirées – et tu n'as pas tort –, mais il existe de nombreux moyens naturels pour doper ton énergie et ton cerveau – sans pour autant te coucher avec les poules.

A Mange mieux !

Ce que tu manges a une influence CAPITALE sur ta fatigue, ton système immunitaire mais aussi sur tes capacités cognitives !

Suis donc les recommandations de Santé Publique France.

Augmente ta consommation de :

- légumineuses (pois chiches, lentilles, haricots, pois cassés, soja...) ;
- céréales complètes (pain, pâtes et riz complets, quinoa, sarrasin...) ;
- noix, amandes, noisettes, pistaches... ;
- fruits et légumes.

Évite les aliments qui ralentissent l'activité du cerveau et de la mémoire :

- Les sucres raffinés (sucre blanc, sodas, gâteaux et viennoiseries, céréales du petit déjeuner) dont l'ingestion entraîne une surproduction d'insuline et provoque une hypoglycémie au bout de 15 minutes (traduction : les sucres raffinés te fatiguent et t'empêchent de te concentrer).
- La viande et les viandes transformées (charcuterie, saucisses, jambon, salami...), ces dernières ayant été classées par ailleurs comme cancérogènes par l'OMS.

Mets en place des réflexes simples pour substituer aux aliments nocifs des aliments qui te donnent de l'énergie et te protègent :

- Demande à tes parents de remplacer les céréales blanches par des céréales complètes : par exemple, du pain, des pâtes et du riz complets.
- Diminue ta consommation de viande au profit des légumineuses (pois chiches, lentilles, soja, haricots, pois cassés...).
- Mange tous les jours des fruits et des légumes.

Ça te semble difficile ? Tu n'es pas obligé(e) de changer drastiquement ton alimentation du jour au lendemain. **Introduis ces nouvelles habitudes au fur et à mesure,** en prenant plaisir à varier tes assiettes et à essayer de nouveaux aliments.

B Dors mieux !

Le sommeil est primordial pour permettre à ton cerveau de récupérer et de se développer. La raison est simple : **c'est pendant la nuit que le cerveau active les connexions neuronales qui aident à la mémorisation et à l'apprentissage.**

Tu ne peux donc pas te passer de bonnes nuits de sommeil si tu veux réussir tes études.

Bien sûr, on l'a déjà dit, tu n'as pas envie de te coucher à 20 heures avec une tisane et des chaussettes en poil de lama.

Mais figure-toi que ce n'est pas du tout ce que j'allais te conseiller.

Voici ce que je te propose pour bénéficier d'un sommeil réparateur tout en profitant de tes soirées.

1 Prévois 8 heures de sommeil

Si tu te lèves à 7 heures, couche-toi au plus tard à 23 heures. Tu te lèves à 6 heures ? Alors couche-toi à 22 heures. La base, c'est de prévoir 8 heures de sommeil tous les jours car, en-deçà, tu ne peux pas être au sommet de ta forme.

2 Déconnecte-toi des écrans 40 minutes avant de te coucher

La lumière blanche et bleue des écrans (ordinateur, téléphone, tablette...) trompe ton horloge biologique et retarde ton sommeil d'au moins une heure.

Le matin, les écrans ne posent donc pas de problème puisqu'ils te réveillent, mais le soir, ils perturbent ton rythme naturel et même si tu ne t'en rends pas compte, ils réduisent la qualité de ton sommeil et donc de ta mémoire.

Heureusement, des études montrent que si tu te déconnectes des écrans 40 minutes avant de te coucher, ton sommeil s'améliore : meilleur endormissement, moins de réveils nocturnes, sommeil de meilleure qualité...

L'astuce n'est donc pas de te priver d'écran durant toute la soirée (ce serait un peu difficile), mais uniquement durant les 40 minutes qui précèdent ton coucher.

40 minutes, ce n'est pas tant que ça finalement !

Durant ces 40 minutes, consacre-toi à des **activités qui ne nécessitent aucun écran.** Par exemple :

- une douche ou un bain ;
- un scan corporel ;
- la relecture de tes fiches ;
- 20-30 minutes de lecture-plaisir.

Seule règle d'or : éteins ton ordinateur et ne regarde plus ton téléphone portable jusqu'au lendemain matin.

C Fais du sport !

Le sport libère dans ton cerveau des endorphines aux vertus euphorisantes, anxiolytiques, antalgiques et favorise un sommeil profond. Pas étonnant si certains sont accros.

Toi aussi, pratique une activité sportive, quelle qu'elle soit. Si tu ne trouves aucun sport à ton goût, marche le plus souvent possible.

Le mémo d'Amélie

Être en forme n'est pas un bonus dans la vie, c'est une base pour réussir. Pour prendre soin de toi :

- **Augmente ta consommation de céréales complètes, de fruits et légumes, de noix, de graines et légumineuses.**
- **Diminue ta consommation de sucres raffinés et de viande.**
- **Fais du sport.**
- **Améliore ton sommeil en te déconnectant des écrans 40 minutes avant de te coucher et en terminant ta journée par des activités relaxantes.**

Si tu n'arrives pas à appliquer tous ces conseils d'un coup, ne te décourage pas : garde-les à l'esprit et introduis ces nouvelles habitudes en douceur, petit à petit.

Rome ne s'est pas fait en un jour !

La boîte à questions

Il est normal de te poser beaucoup de questions à l'approche des épreuves et il n'existe pas de questions « bêtes » : toutes les questions qui te tracassent méritent d'être posées.

J'ai donc essayé de répondre ici aux questions les plus fréquentes :

- **Comment doit-on s'habiller à l'oral ?**
- **Que faut-il apporter avec soi le jour J ?**
- **Combien de pages doit faire ma copie ?**
- **Que se passe-t-il avec mes notes si je redouble ?**
- **etc.**

Si tu as d'autres questions, tu peux me les poser par email sur **amelie@commentairecompose.fr :** j'essaierai de te répondre et j'ajouterai ta question dans les prochaines éditions de cet ouvrage.

? Combien de pages doit faire une copie de bac ?

Il n'existe pas d'instructions officielles concernant la longueur de ton devoir.

Mais ne te fais pas d'illusion : un commentaire ou une dissertation de deux pages ne serait pas assez approfondi pour satisfaire aux exigences de l'examen.

Pour être dans les clous, ton devoir doit faire **entre une et deux copies doubles**.

Mais **c'est toujours la qualité qui prime sur la quantité** et le remplissage ne rapporte pas de points. Au contraire, les copies trop bavardes ou redondantes agacent les correcteurs ; ne cherche pas à gonfler artificiellement ton devoir. **Bannis la paraphrase, évite les répétitions, coupe les phrases trop longues.**

Bref, **soigne la qualité de ton écrit** sans te focaliser sur la longueur de ta copie !

Faut-il obligatoirement faire des plans en trois parties ?

Contrairement à une idée reçue, le plan en trois parties n'est pas une exigence pour un commentaire.

En revanche, ton correcteur va faire attention au nombre de sous-parties : il en attend au moins 6 dans ton devoir.

Ces **6 sous-parties** peuvent se répartir de deux façons :

- 2 grandes parties de 3 sous-parties chacune **(2 × 3)** ;
- ou 3 grandes parties de 2 sous-parties chacune **(3 × 2)**.

En ce qui concerne la dissertation, un plan en trois parties est davantage attendu, mais il n'est pas obligatoire.

Comment savoir si le sujet de dissertation va tomber sur l'une des œuvres intégrales que j'ai étudiées ?

Le jour de l'épreuve écrite, trois sujets de dissertation seront proposés pour l'objet d'étude sélectionné, un sujet par œuvre intégrale et parcours au programme.

Si tu tombes par exemple sur l'objet d'étude « Le théâtre du XVIIe au XXIe siècle », trois sujets de dissertation seront proposés : un sujet pour *Le Malade imaginaire* de Molière, un sujet pour *Les Fausses Confidences* de Marivaux et un autre pour *Juste la fin du monde* de Lagarce. Tu choisiras donc l'un des trois sujets.

Est-ce que lire des résumés des œuvres suffit ?

Tu dois parfaitement maîtriser les œuvres intégrales au programme pour l'écrit – surtout si tu choisis la dissertation ! – et pour l'oral. Tu ne peux donc pas te passer de leur lecture.

En revanche, rien ne t'empêche de lire des **résumés et analyses d'autres œuvres que celles au programme** pour enrichir ta culture littéraire.

Les références variées sont appréciées dans les copies de dissertation et tu peux, dans un devoir, te référer à d'autres œuvres dont tu as lu seulement quelques extraits ou un résumé.

Peut-on s'aider d'Internet ?

On trouve beaucoup de ressources sur Internet mais fais attention à deux points.

❶ Utilise des ressources fiables et de qualité (publiées par des professeurs).

Sur mon site commentairecompose.fr, tu trouveras fiches d'auteurs, fiches de lecture, vidéos sur les mouvements littéraires, commentaires rédigés, etc.

Tu peux ainsi approfondir tes connaissances et utiliser mes analyses de texte pour compléter tes fiches pour l'oral.

❷ Ne plagie pas de corrigés en ligne dans tes devoirs maison.

Non seulement ton professeur s'en rendrait compte (et tu risques le zéro), mais tu raterais en plus l'opportunité de t'entraîner à l'écrit.

Si tu utilises Internet pour un devoir maison, voici mes conseils :

- Prends des notes sur ce que tu trouves (des idées d'analyse, des mots clés), mais sans recopier des phrases entières.
- Ferme ton ordinateur et construis ton devoir en t'aidant de tes notes, **mais sans les recopier telles quelles.** Rédige ton devoir avec tes propres mots.

À quoi sert le carnet de lecture ?

Le carnet de lecture t'aide à construire un rapport personnel avec les œuvres lues dans l'année.

Ton professeur va te demander d'y effectuer un **travail individuel,** en consignant par exemple :

- Tes impressions de lecture au fil de l'œuvre.
- Tes impressions sur les personnages.
- Des citations qui t'ont marqué(e).
- Ton point de vue justifié sur l'œuvre.
- La sélection de tes passages préférés.
- Ta réflexion sur certains thèmes.
- Tes idées d'illustrations ou de mises en scène.

Ce carnet de lecture est donc un outil très souple, un **objet personnel** que tu vas remplir au fil de l'année, **en suivant les consignes de ton professeur.**

C'est aussi un outil précieux, en fin d'année, pour relire tes notes et **préparer ta présentation de l'œuvre de ton choix à l'oral.**

Le carnet de lecture peut être évalué par ton enseignant, dans le cadre du contrôle continu, mais il n'est pas communiqué à l'examinateur le jour de l'oral.

Quand vais-je connaître la date de mon passage à l'oral de français ?

Tu vas recevoir par courrier au mois de mai une **convocation** avec la date et l'heure de ton oral de français.

Le plus souvent, les oraux commencent juste après les écrits (aux alentours du 20 juin) et se poursuivent jusqu'au 4 juillet environ.

Dans certaines académies, l'oral a lieu avant les écrits (mais c'est plus rare).

Peut-on demander à changer de texte le jour de l'oral ?

L'examinateur a choisi un texte qui ne te plaît pas ? N'essaie pas de le faire changer d'avis !

Aucune raison – grève prolongée, professeur absent, invasion par les schtroumpfs – ne viendra à bout de son choix.

Tous les textes mentionnés sur ton descriptif sont censés avoir été travaillés. Accepte (avec le sourire) le choix de l'examinateur !

Dois-je apprendre toutes mes lectures linéaires par cœur ?

Non, et heureusement !

Les examinateurs n'apprécient pas le par cœur qui donne souvent l'impression que l'élève répète l'analyse de son enseignant sans l'avoir comprise.

Un des enjeux du nouveau programme est d'ailleurs d'éviter cet écueil grâce à la lecture linéaire qui t'amène à rendre compte de ta compréhension du texte sans te référer à un plan préalable appris par cœur.

Par ailleurs, n'oublie pas que tu bénéficies de 30 minutes de préparation le jour J. Tu n'as donc pas besoin de tout apprendre par cœur : **tu auras largement le temps de retrouver les procédés dans le texte lors de la demi-heure de préparation.**

Comment s'habiller pour l'oral de français ?

La règle est de choisir une tenue correcte et neutre, une tenue passe-partout.

Tu n'es pas encore en vacances : oublie les shorts, les minijupes, les débardeurs et les tongs.

Tu ne passes pas un concours de beauté : si tu te maquilles, fais-le sobrement, évite les talons aiguilles et les décolletés.

Tu ne passes pas une épreuve de sport : laisse le jogging à la maison. Pour autant, pas besoin de dépenser tes économies dans un costume-cravate ou un tailleur en flanelle.

Adopte une tenue de tous les jours, simple et neutre : un tee-shirt à manches, un jean ou un pantalon classique, des tennis ou des ballerines : tout cela fera très bien l'affaire.

À partir du moment où l'examinateur ne prête pas attention à ta tenue vestimentaire, c'est que tu es bien habillé(e) pour l'oral !

Que faut-il apporter le jour de l'oral de français ?

Voici les 5 choses à apporter IMPÉRATIVEMENT le jour de l'oral.

❶ Ta convocation

Vers le mois de mai, tu vas recevoir par la poste ta convocation. Garde-la précieusement et apporte-la le jour de l'oral.

❷ Une pièce officielle d'identité

Ce peut être ta carte d'identité ou ton passeport. Quoi qu'il en soit, la pièce d'identité est obligatoire pour que l'examinateur s'assure d'interroger la bonne personne !

❸ Le descriptif d'activités

Il t'a été remis par ton professeur entre les mois d'avril et de juin.

❹ Les textes pour l'explication linéaire en double exemplaire

Tous les textes qui peuvent faire l'objet de la première partie de l'épreuve (l'explication linéaire) doivent être apportés en double exemplaire le jour de l'oral.

Veille à ce que tes textes ne portent aucune annotation.

❺ L'œuvre intégrale choisie pour l'entretien

Apporte aussi l'**œuvre intégrale que tu as sélectionnée pour l'entretien.** Même s'il est rare de l'utiliser pendant l'entretien, l'examinateur pourrait avoir besoin de la feuilleter.

Pense aussi à certains détails qui faciliteront ton oral :

• Une grosse montre ou un minuteur

Réussir son oral de français, c'est avant tout bien maîtriser son temps : maîtriser son temps de préparation (30 minutes c'est très court) et maîtriser le temps consacré à l'explication linéaire (10 minutes).

Il te faut donc un moyen fiable de mesurer ton temps. Le mieux est un petit minuteur électronique.

ATTENTION : tu ne pourras pas utiliser ton téléphone portable comme minuteur. Les portables sont impérativement éteints et rangés dans ton sac lors de l'oral.

• Des bouchons d'oreilles

Tu n'imagines pas à quel point la réussite au bac de français peut reposer sur des petits détails. Et notamment celui-ci : les bouchons d'oreilles.

Difficile sans eux de ne pas être happé pendant tes 30 minutes de préparation par la prestation du copain devant toi. Des bouchons d'oreilles te permettront de rester concentré.

- **Des surligneurs de plusieurs couleurs**

En 30 minutes, pas le temps de rédiger un commentaire au brouillon. Il te faut prendre des notes efficaces et surligner directement les citations dans ton texte.

Dois-je lire les didascalies à l'oral ?

Généralement, on considère que les didascalies d'un texte théâtral ne se lisent pas. Tu dois uniquement les prendre en compte pour choisir le ton approprié lors de la lecture des répliques.

Mais certains professeurs conseillent de lire les didascalies. Pour eux, elles font partie intégrante du texte, notamment pour les extraits appartenant au théâtre de l'absurde où les didascalies constituent parfois plus de la moitié du texte.

Alors, que faire ?

Le plus simple est de **demander à ton examinateur**, juste avant de débuter ta lecture, s'il souhaite que tu lises les didascalies.

Sois simple et souriant(e) : « Je vais procéder à la lecture du texte. Souhaitez-vous que je lise les didascalies ? »

En revanche ne lis jamais le nom des personnages avant les répliques. C'est le changement de ton qui permet de comprendre que tu changes de personnage.

Lors de l'oral, j'ai l'impression de me répéter. Est-ce normal ?

C'est **normal de te répéter un peu.** La présentation de ton exposé oral suit le schéma suivant :

1. Introduction : voici ce que je vais dire.
2. Développement : voici ce que je suis en train de dire.
3. Conclusion : voilà ce que je viens de dire.

Ce schéma – introduction, développement, conclusion – t'amène à **répéter** plusieurs fois les **idées directrices** de ta présentation.

Ces répétitions structurent ta lecture linéaire. Elles montrent à ton jury que tu sais exactement où tu vas. Ce sont des points de **repère.**

Pour autant, le **contenu de ta lecture linéaire ne doit pas se répéter.**

Dans chaque sous-partie, développe une **idée distincte,** commente de **nouveaux procédés,** fais **avancer la réflexion.**

Que se passe-t-il si je redouble ma Première ?

Le redoublement de ton année de Première annule les notes obtenues lors des épreuves anticipées.

Seules les notes obtenues aux épreuves l'an prochain compteront pour toi.

Le conseil d'Amélie

Même si tu redoubles, passe les épreuves du bac de français cette année : c'est un entraînement inestimable. Peu importe les notes obtenues, elles ne compteront pas pour toi et elles ne reflètent ton niveau qu'à un instant T. Tu auras une année supplémentaire pour progresser !

Que se passe-t-il si je suis malade le jour du bac ?

L'Éducation nationale a tout prévu ! Une session de remplacement est organisée chaque année au mois de septembre pour les élèves qui n'ont pas pu passer les épreuves en juin.

Mais attention, ton absence au mois de juin doit être due à une **force majeure** (maladie, accident) : un justificatif (comme un certificat médical) est obligatoire.

Aucune chance de participer à la session de remplacement si tu ne t'es pas présenté(e) à l'examen en juin sans raison valable.

Illustrations : Océane Meklemberg

Crédits photographiques : p. 19 © Photothèque Hachette ; **p. 25** © Bridgeman Images ; **p. 26** © Louis Monier. All rights reserved 2023 / Bridgeman Images ; **p. 31** © Bridgeman Images ; **p. 32** © Louis Monier. All rights reserved 2023 / Bridgeman Images ; **p. 37** © Artefact / Alamy Stock Photo ; **p. 38** © Shutterstock ; **p. 42** © kg-images ; **p. 43** © Photothèque Hachette ; **p. 47** © Éric Vandeville/akg-images ; **p. 48** © FineArtImages/Leemage ; **p. 53** © akg-images ; **p. 54** © Photothèque Hachette ; **p. 58** © Bridgeman Images ; **p. 59** © Photothèque Hachette ; **p. 64** © Musée Condé, Chantilly / Bridgeman Images ; **p. 65** © Photothèque Hachette ; **p. 70** © Bridgeman Images ; **p. 71** © Shutterstock ; **p. 76** © BridgemanImages ; **p. 77** © Photothèque Hachette ; **p. 82** © akg-images / André Held ; **p. 83** © Michel QUENNEVILLE ; **p. 88** © Pascal Victor/ArtComPress via Leemage.

BIBLIO LYCÉE

BAC 2024

Découvrez les œuvres au programme du Bac de français 2024, avec les titres de notre collection Bibliolycée

Toutes les clés pour réussir votre BAC 2024

- **Le texte de l'œuvre** clarifié grâce à de nombreuses notes explicatives.
- **Des questionnaires** de préparation à l'oral du Bac.
- **La biographie** de l'auteur.
- **Le contexte historique, artistique et culturel** d'écriture de l'œuvre.
- **La genèse** de l'œuvre.
- **Le genre** de l'œuvre.
- **Un groupement de textes** sur le parcours associé à l'œuvre.
- **Un dossier SPÉCIAL BAC** proposant des sujets d'écrit et d'oral corrigés, avec des conseils de méthode.

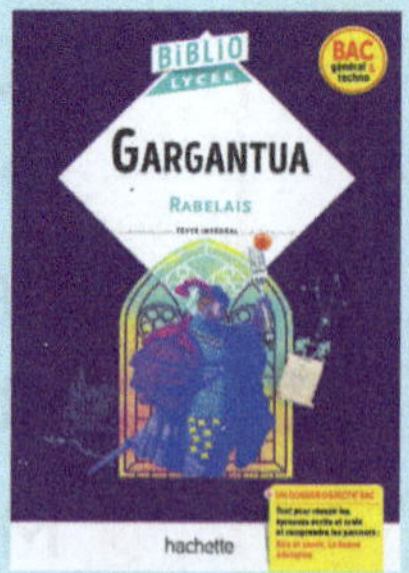

Achevé d'imprimer en avril 2024 en France par Dupliprint à Domont (95)
Dépôt légal : juillet 2023 - Édition 03
N° d'impression : 2024042289

hachette ÉDUCATION